A Bibliotecária

LOGAN BELLE

A Bibliotecária

Tradução de
Ryta Vinagre

3ª edição

EDITORA RECORD
RIO DE JANEIRO • SÃO PAULO
2014

CIP-BRASIL. CATALOGAÇÃO NA FONTE
SINDICATO NACIONAL DOS EDITORES DE LIVROS, RJ

B383b
3ª ed.

Belle, Logan.
A bibliotecária / Logan Belle; tradução de Ryta Vinagre. – 3ª ed. – Rio de Janeiro: Record, 2014.

Tradução de: The Librarian
ISBN 978-85-01-40216-5

1. Romance americano. I. Vinagre, Ryta. II. Título.

13-1854 CDD: 813
CDU: 821.111(73)-3

TÍTULO ORIGINAL EM INGLÊS:
The Librarian

Copyright © 2012 by Logan Belle

Bettie Page® é uma marca registrada da Bettie Page LLC.
www.BettiePage.com

Texto revisado segundo o novo Acordo Ortográfico da Língua Portuguesa.

Todos os direitos reservados. Proibida a reprodução, no todo ou em parte, através de quaisquer meios. Os direitos morais da autora foram assegurados.

Editoração eletrônica: Livros & Livros | Susan Johnson

Direitos exclusivos de publicação em língua portuguesa somente para o Brasil adquiridos pela
EDITORA RECORD LTDA.
Rua Argentina, 171 — Rio de Janeiro, RJ — 20921-380 — Tel.: 2585-2000, que se reserva a propriedade literária desta tradução.

Impresso no Brasil

ISBN 978-85-01-40216-5

Seja um leitor preferencial Record.
Cadastre-se e receba informações sobre nossos lançamentos e nossas promoções.

Atendimento e venda direta ao leitor:
mdireto@record.com.br ou (21) 2585-2002.

AGRADECIMENTOS

Agradeço à minha extraordinária editora, Lauren McKenna, que me incentivou em cada cena deste livro. Lauren, você não só mudou meu olhar sobre esta história como também sobre a narrativa romântica: por isso, sou grata a você. Alexandra Lewis, obrigada por toda sua ajuda e trabalho árduo para manter o trem nos trilhos!

Clare Newmann, da CMG Worldwide Inc., foi fundamental para a realização deste projeto. Obrigada por ser uma leitora tão apaixonada. Um agradecimento especial à Bettie Page LLC por apoiar este romance e por manter Bettie viva nos corações e nas mentes de pessoas ao redor do mundo.

Minhas indagações sobre o trabalho cotidiano de bibliotecários foram respondidas pacientemente pela bibliotecária e blogueira Wendy Crutcher (também conhecida como Wendy, a Superbibliotecária) e também pela escritora Jessica Rozler. A talentosa fotógrafa Ellen Stagg partilhou generosamente sua experiência no campo da fotografia erótica. Agradeço ao guru editorial Matt Schwartz — nossas conversas sempre me deixaram inspirada, e uma delas em particular levou a este livro.

Por fim, devo dar o crédito a quem é de direito: Adam Chromy, meu agente e companheiro; foi ideia dele profanar descaradamente uma biblioteca. Obrigada, como sempre, pelo golpe de gênio.

O amor é um ótimo castigo para o desejo.

— ANNE ENRIGHT

NOTA DA AUTORA

Embora a Biblioteca Pública de Nova York, na Quinta Avenida, seja um lugar real (e impressionante), tomei liberdades na descrição da arquitetura interna, de nomes e números de salas, durante a narração desta história ficcional. Quem estiver interessado em detalhes factuais sobre este prédio magnífico, recomendo o livro *The New York Public Library: The Architecture and Decoration of the Stephen A. Schwarzman Building*, de Henry Hope Reed e Francis Morrone.

1

Regina Finch parou na esquina da Quinta Avenida com a 42. Dos dois lados, pessoas se chocavam contra ela na pressa de passar, a multidão movendo-se como ondas quebrando em uma pedra. Depois de um mês em Nova York, ela ainda não havia se acostumado com a hora do rush.

Não se deixou distrair pela multidão. Era seu primeiro dia no emprego de seus sonhos, e ela pretendia saborear cada minuto. Apenas um mês depois de concluir o mestrado em biblioteconomia e ciência da informação pela Universidade Drexel, ela estava a caminho da biblioteca mais magnífica do país.

Regina contemplou o prédio de Belas-Artes, um impressionante exemplar arquitetônico em calcário branco e mármore. Se havia um lugar no mundo mais perfeito do que a Biblioteca Pública de Nova York, ela não conseguia imaginar qual era.

— Está olhando para os gêmeos? — Perguntou-lhe uma senhora. Tinha o cabelo tão branco que era quase cor-de-rosa e vestia um terninho azul-claro com botões dourados reluzentes. Segurava uma coleira cravejada de cristais, cuja extremidade continha um cachorrinho branco amarrado.

— Como? — disse Regina.

— Os leões — esclareceu.

Ah, os leões. De cada lado da larga escadaria de pedra que levava à biblioteca havia uma escultura de leão em mármore. Eram criaturas majestosas, encarapitadas em pilares de pedra como se fossem sentinelas do conhecimento que residia dentro do edifício.

— Gosto dos leões — respondeu Regina. Sua colega de apartamento a alertara de que ela não precisava responder a todo biruta que falasse com ela na rua. Mas Regina era da Pensilvânia, e não conseguia ser grosseira.

— Paciência e Perseverança — continuou a mulher. — Como são chamados.

— É mesmo? — indagou Regina — Nunca soube disso.

— Paciência e Perseverança — repetiu a mulher, afastando-se.

* * *

REGINA NÃO SABIA como dizer à nova chefe, Sloan Caldwell, que não precisava de orientação para conhecer a biblioteca — já que a visitava desde garotinha. Mas Sloan, uma loura alta e elegante do Upper East Side, havia intimidado-a durante a entrevista e, de alguma forma, era ainda mais intimidante agora que Regina conseguira o emprego.

— Não quer tomar nota enquanto andamos? — perguntou Sloan. Regina abriu a bolsa e procurou papel e caneta. Seguiu Sloan pelo corredor de mármore branco, a arquitetura franco-romana sempre fazendo-a lembrar-se das fotos de grandes construções na Europa. Mas o pai de Regina costumava dizer que não havia sentido em comparar a sede da Biblioteca Pública de Nova York com qualquer outra coisa; como peça arquitetônica, destacava-se por si só.

— E esta é a Seção de Catálogo Público — introduziu Sloan.

O salão grandioso, oficialmente chamado Seção Bill Blass de Catálogo Público, era tomado por mesas de madeira escura, dotadas de luminárias de bronze características, com cúpulas de metal com acabamento num tom escuro de bronze. Os computadores pareciam deslocados em uma sala que, exceto por eles, seria um resquício do início do século XX.

— Estes computadores não têm acesso à internet — alertou Sloan, claramente entediada com o discurso que, sem dúvida, repetira incontáveis vezes. — O único propósito deles é permitir que os visitantes procurem os livros de que precisam e peguem as senhas e quaisquer outras informações para devolução.

Regina, é claro, conhecia este sistema melhor do que qualquer outra coisa na vida. (Se havia algo que ela adorava, era um sistema eficiente. Ela queria ordem acima de tudo.) Depois de procurarem os livros, os visitantes escrevem os títulos e números de catalogação em um papel, com os pequenos lápis providenciados em porta-lápis nas extremidades das longas mesas. Regina sentiu-se reconfortada pelo fato de que, na era dos torpedos e e-mails, a Biblioteca Pública de Nova York era o único lugar onde as pessoas realmente precisavam usar lápis e papel.

Sloan continuou andando, seus saltos altos estalando no piso de mármore. Usava o cabelo preso em um rabo de cavalo chique e baixo, e estava de Ralph Lauren da cabeça aos pés. Como a colega de apartamento de Regina, Sloan Caldwell olhou-a de cima a baixo e mal conseguiu esconder o veredito: errado, errado, *totalmente errado*. Regina se perguntava se havia algum código secreto sobre como se vestir em Manhattan que era conhecido por todos, menos por ela. Desde que se mudara para a cidade, sentira-se como um dos alienígenas de *Vampiros da noite* — ela *quase* podia passar por uma pessoa local, mas qualquer um que olhasse com atenção veria outra coisa.

— E aqui temos o coração da biblioteca, o Salão Principal de Leitura.

O pai de Regina viajava constantemente a Nova York a negócios e levava a filha. Pegavam juntos o trem Amtrak, um ritual que incluía almoço no Serendipity e uma visita à sede da Biblioteca Pública de Nova York, na Quinta Avenida. Até hoje, o leve cheiro de mofo do Salão Rosa de Leitura Principal lhe trazia lembranças tão nítidas do pai, com tamanha rapidez, que sempre precisava de um minuto para se recompor.

Regina parou para ler a inscrição acima da porta, um protesto de 1644 contra a censura de *Areopagitica*, de Milton: *Um bom livro é o sangue vital e precioso de um espírito superior, embalsamado e preservado com o propósito de uma vida além da vida.*

A sala era de tirar o fôlego; somente o tamanho bastava para deixar Regina tonta. O teto tinha mais de 15 metros de altura — três a menos que um prédio de quatro andares. A sala tinha quase 24 metros de largura por 90 de comprimento — praticamente o tamanho de duas quadras. As enormes janelas arqueadas se enchiam de luz do sol; e então vinha o teto, uma tela de céu e nuvens pintada por Yohannes Aynalem, cercada de madeira ornamentada e entalhes dourados de querubins, golfinhos e pergaminhos. Mas suas partes favoritas eram os lustres de quatro camadas, de madeira escura e bronze, entalhados com máscaras de semideuses entre as lâmpadas.

Sloan parou diante da Mesa de Retirada, na frente do salão. Era mais do que uma mesa: o móvel de madeira escura ornamentada ocupava metade da extensão da sala e era, essencialmente, a central de comando. Dividia-se em 11 baias com janelas arqueadas, cada baia separada por uma coluna romana da ordem dórica.

Sloan inclinou-se em uma das baias e disse:

— Aqui está... seu novo lar.

Regina ficou confusa.

— Vou trabalhar na Mesa de Retirada?

— Sim — respondeu Sloan.

— Mas... eu me formei em arquivos e preservação.

Sloan lhe dirigiu um olhar crítico, a mão perfeitamente manicurada no quadril.

— Não se precipite. Você é esperta, mas todos os candidatos a este cargo também são. Pode galgar posições como todos os outros. Além disso, quem cuida dos arquivos da biblioteca é Margaret. Você já a conheceu? Ela é muito bem-conservada. Acho que está aqui desde que construíram a fundação.

Regina sentiu-se nauseada. Trabalhar na Mesa de Retirada não era muito desafiador. Só o que faria seria sentar-se à mesa, pegar as tiras de papel das pessoas, dar entrada nos pedidos no computador e esperar até que alguém trouxesse os livros das várias salas e andares, que ela entregaria ao visitante à espera em uma mesa, com um número.

Regina tentou não entrar em pânico. Todo mundo começava de algum lugar, disse a si mesma. E podia ser pior: podia estar trabalhando na Mesa de Devolução.

O que importava era que estava ali — finalmente era uma bibliotecária. E provaria ser digna do emprego.

2

REGINA LEVOU CONSIGO o almoço em um saco de papel pardo e sentou-se no topo da escadaria da biblioteca. Abriu a garrafa térmica de leite e observou a Quinta Avenida.

— É a nova bibliotecária? — perguntou uma mulher mais velha, parando no meio da escadaria.

— Sim, sou Regina. — Ela se apresentou, cobrindo a boca ao mastigar.

— Bem-vinda. Sou Margaret Saddle.

Era estranho permanecer sentada enquanto a mulher ficava de pé, então Regina se levantou, passando a mão pela saia de algodão xadrez.

— Ah, sim... Você trabalha nos arquivos, não?

Margaret assentiu.

— Pelos últimos cinquenta anos.

— Puxa vida. Isso é... impressionante.

Margaret tinha o cabelo branco na altura do queixo e olhos azul-claros. Costumava passar pó compacto nas bochechas, porém não usava mais nada além disso. Seu colar de pérolas era grande, e, se tivesse de adivinhar, Regina diria que eram de verdade.

A mulher olhou o prédio novamente.

— Este é um lugar que merece a dedicação de uma vida profissional inteira. Mas vem piorando desde que perdemos Brooke Astor. Bem, foi um prazer conhecê-la. Venha me visitar no quarto andar quando quiser. Pode vir a ter perguntas, e Deus sabe que a outra não terá pressa nenhuma para respondê-las... isso se souber a resposta. Bem, aproveite o sol.

Regina quis contar à mulher que tinha se graduado em arquivo e preservação, mas não quis dar a impressão de competir pelo cargo. Mas já sentia que preferia passar seus dias trabalhando com Margaret Saddle do que com Sloan Caldwell.

Margaret se afastou, e Regina se sentou novamente na escada. Esquecendo-se da garrafa térmica atrás de si, esbarrou nela e derrubou o leite, que escorreu pelos degraus. A tampa pesada quicou feito uma bola.

Regina ficou horrorizada. Não sabia do que tratar primeiro — da poça cada vez maior de líquido branco ou da tampa que ganhava velocidade ao dirigir-se para a Quinta Avenida.

Ela endireitou a garrafa na escada e depois desceu para alcançar a tampa. Mas, antes que pudesse dar dois passos, viu um homem alto de ombros largos interceptá-la com um único movimento de mão.

Ele a olhou, seus olhos de um castanho-escuro aveludado, quase pretos. Ao vê-lo caminhar em sua direção, Regina se surpreendeu ao sentir o coração acelerar.

— Isto pertence a você? — perguntou ele, erguendo a tampa com um leve sorriso no rosto, tão rudemente lindo que chegava a ser constrangedor. Tinha as maçãs do rosto altas, um nariz esculpido e uma covinha mínima no queixo. O cabelo brilhava, escuro e longo o bastante para que as pontas se enroscassem em seu colarinho. Era mais velho que ela, talvez tivesse uns 30 anos.

— Hum, sim... desculpe. Obrigada. — Embora Regina estivesse um degrau acima, ele ainda era mais alto.

— Não precisa se desculpar. Mas agora que vi essa sujeira... talvez.

Mortificada, ela seguiu o olhar dele até a poça de leite.

— Ah, eu vou... vou limpar. Nunca deixaria isso assim.

Mas o sorriso dele denunciou que era apenas uma brincadeira.

— Relaxe. — tranquilizou-a ao entregar a tampa de plástico. Seus dedos roçaram nos dela, e Regina pôde sentir o calor do contato. Então ele passou por ela e pela poça, desaparecendo pela pesada porta dianteira da biblioteca.

* * *

REGINA SUBIU OS CINCO lances de escada até seu apartamento na Bank Street, sua bolsa pesada de livros — ela não resistiu — que pegou emprestados na biblioteca do outro lado da rua, em frente à sede.

Morava em um pequeno apartamento num prédio singular da quadra mais perfeita do bairro mais perfeito da cidade. Pensava nele como válvula de escape — não só das limitações de sua cidade natal, como também dos longos braços carentes da mãe. Ali, metida em um bairro que também abrigara gigantes da literatura, tais como Willa Cather, Henry James, Edna St. Vincent Millay e Edgar Allan Poe, Regina estava — pela primeira vez na vida — verdadeiramente por conta própria.

O único porém neste cenário perfeito de liberdade recém-descoberta era a companheira de apartamento, Carly. Carly Ronak era uma estudante da Parsons tragicamente moderninha que gostava de apenas duas coisas: moda e homens. E os homens mudavam com mais frequência do que seu jeans. Parecia que, a cada semana, havia um cara diferente no rodízio.

Regina nunca tinha dividido apartamento antes. Durante a faculdade, a mãe insistira que morasse em casa em vez de ficar em um dos alojamentos da Universidade Drexel, em Center City, Filadélfia — um percurso de carro de vinte minutos da sua casa até os subúrbios. Agora que morava com Carly, percebia que a mãe talvez houvesse tido influência demais em sua vida social nos últimos anos. Como testemunha diária da turbulenta vida amorosa de Carly, Regina se perguntava por que não se arriscara mais nessa área. Em parte, culpava a mãe — ela era tão pessimista com os namoros de Regina que tentar sair escondida parecia não valer o esforço. Os poucos encontros que tivera haviam sido tão decepcionantes que não tinham valido as mentiras ou as brigas com a mãe. Mas agora Regina se perguntava se não havia perdido algo importante.

Quanto a Carly, levou algumas semanas para entender por que ela se incomodava em dividir um apartamento. Parecia ter uma fonte infinita de dinheiro, pelo menos no que dizia respeito a roupas. As sacolas de compras da Barneys, Alice and Olivia ou Scoop eram onipresentes no apartamento. Regina não entendia muito de roupas, mas sabia que havia uma grande diferença entre essas lojas e a Filene's ou a Target, onde fazia grande parte de suas compras. E havia a constante manutenção do cabelo comprido, e com luzes de Carly, na Bumble and Bumble, e suas aparentemente intermináveis refeições fora. Regina nunca a vira nem ao menos servir-se de uma tigela de cereais. Ela encomendava até mesmo ovos mexidos nas raras manhãs de fim de semana em que acordava no apartamento delas.

O mistério foi resolvido quando Regina foi acordada certa noite por Carly e seu acompanhante *du jour* transando na cozinha às duas da manhã. Carly repreendeu o homem por seus gemidos altos (que haviam acordado Regina uma hora antes): *Minha colega vai ficar traumatizada*, dissera. No que o homem respondeu: *Não entendo por que você divide apartamento. Seu pai é Mark Ronak.* Carly lhe explicou que não era uma questão de dinheiro; seus pais insistiam que dividisse apartamento por "motivos de segurança". Os dois riram, e ele sentenciou: *Ainda bem que tem alguém aqui para manter você sob controle. Senão você podia virar uma garotinha má.*

É claro que Regina tinha pesquisado Mark Ronak no Google, e descobriu que o pai de Carly era fundador da maior gravadora de hip-hop do país. Este pequeno detalhe serviu para ampliar o abismo entre Regina e a companheira de apartamento; a ideia dos pais *dela* ouvirem hip-hop — ou mesmo música pop — era inconcebível. O pai de Regina tinha quase 40 anos quando ela nasceu e morrera há oito. Era arquiteto, e a única música que ouvia era ópera. A mãe era uma violoncelista clássica que só escutava música erudita e insistia que *Regina* só ouvisse clássicos quando estivesse em casa. Alice Finch trabalhava como docente no Museu de Arte da Filadélfia; para ela, as únicas formas aceitáveis de música, pintura e literatura eram as clássicas: em casa, não havia "pop" na música, "moderno" na arte nem "científica" na ficção.

— Como foi seu primeiro dia? — indagou Carly, olhando-a por cima de sua revista *W*. Estava sentada de pernas cruzadas no sofá, vestindo calça jeans boca de sino perfeitamente desbotada e um suéter de caxemira curto, seu cabelo louro-mel em um nó desgrenhado.

— As outras crianças da biblioteca brincaram direitinho? — A sala tinha cheiro do perfume Chanel Allure dela.

— Correu tudo bem, obrigada — respondeu Regina, largando a bolsa pesada no chão e entrando na cozinha para pegar uma Coca-Cola. Nunca sabia ao certo se Carly estava mesmo interessada em conversar com ela ou se era apenas mero reflexo, porque ela era a única pessoa presente na sala. Sabia que Carly não entendia como "guardar livros", como ela dizia, podia ser o sonho de alguém. Mas era exatamente isto para ela; desde que tinha 6 anos e o pai começara a levá-la à biblioteca todo sábado à tarde — nem era a Biblioteca Pública de Nova York, apenas a pequena biblioteca de Gladwynne, Pensilvânia — Regina soube que ali era seu lugar. Nunca passara pela fase de querer ser professora, veterinária ou bailarina. Ela sempre quis ser bibliotecária. Queria estar cercada do cheiro de livros; queria ser responsável pelas filas intermináveis de prateleiras organizadas, pela catalogação meticulosa; queria ajudar as pessoas a descobrir o próximo grande romance que leriam ou o livro que as ajudaria a fazer a pesquisa que lhes daria um diploma ou resolveria uma charada intelectual. Sabia disso desde pequena e nunca perdera o foco.

E agora seu sonho se realizara, por mais ínfimo e ridículo que pudesse parecer para uma mulher como Carly Ronak, que passara a infância sonhando em se tornar a próxima Tory Burch.

— Que bom — replicou Carly. — Escute, um amigo meu vem aqui hoje à noite. Espero que não atrapalhe. — O que ela realmente queria dizer era que esperava que Regina tivesse a decência de ficar em seu quarto para não atrapalhá-*los*.

— Não se preocupe comigo. Tenho muita coisa para ler.

— Ah, e sua mãe ligou... duas vezes — disse Carly, passando a Regina um Post-it roxo com o recado, escrito de forma ilegível com caneta Sharpie.

Numa tentativa de cortar despesas ao se mudar para Nova York, Regina se livrara do celular. Isso foi até bom, porque só assim a mãe não ligava o tempo todo. Infelizmente, qualquer um na vida de Regina que tivesse uma linha fixa agora pagava o preço.

Ela amassou o recado e o colocou no bolso.

* * *

REGINA ACORDOU COM O BARULHO de alguém arrombando o apartamento. Pelo menos foi o que lhe pareceu. Depois percebeu que era só a cabeceira da cama de Carly batendo contra a parede.

Isto foi acompanhado por gemidos e o grito inquestionavelmente desnecessário de Carly dizendo *me come!*

Mais gemidos, desta vez masculinos. O barulho da cabeceira batendo ficou mais forte e acelerado, e o tom das vozes parecia indicar violência, não prazer. E então silêncio.

Regina se viu respirando ofegante. Não sabia se era por ter acordado assustada ou pela natureza dos barulhos que ouvia. Era perturbador e excitante ao mesmo tempo, e isso a incomodou mais do que o fato de estar literalmente perdendo o sono graças à vida sexual da colega de apartamento.

Ela sabia que estava atrasada no que dizia respeito a sexo; para a maioria das pessoas, era impensável ser virgem na idade dela. Mas era sua realidade — uma realidade que não a incomodara até que se mudou para Nova York e percebeu que era a última a entrar na dança.

Não que tivesse *planejado* nunca fazer sexo. Não fizera voto de castidade nem nada. Devia-se mais ao fato de a oportunidade não ter surgido. Os amigos em sua cidade diziam que ela não se dava conta de que os homens sempre repararam nela e que certamente a convidariam para sair com mais frequência se ela fizesse um esforço para sair de vez em quando. *Você é sempre tão séria*, diziam-lhe as amigas. Não que não quisesse se divertir, mas estava dolorosamente consciente de que cada festa à qual comparecia era uma noite de estudos perdida e de que cada homem por quem tivera uma queda ameaçava afastá-la do mais importante: estudar. Trabalhar muito. Preparar-se para o futuro.

Foco. Esse era o mantra de sua mãe. Ela sempre alertou Regina de que os homens não passavam de uma distração, uma maneira segura de tirar seu futuro dos trilhos. *Acontecera com ela*, alertara solenemente. Regina ouvira a história dezenas de vezes. A mãe não se cansava de contar sobre como tinha "aberto mão de seus sonhos" para sustentar o pai de Regina durante a faculdade de arquitetura e nos primeiros anos de sua carreira — e depois engravidara. "E seu pai morreu e me deixou este fardo. Ninguém pensa nas piores hipóteses, Regina. Você só pode depender de si mesma."

Regina olhou no relógio. Eram duas da manhã. Cinco horas até que o despertador tocasse.

Risadas e outro gemido.

Regina rolou na cama, desesperada para voltar a dormir. Sua camisola de algodão cinza da Old Navy estava torcida na cintura. Ela afrouxou-a, mas manteve-a acima dos quadris. Acariciou a barriga, tentando relaxar e recuperar o sono. Em seguida sua mão, como que por vontade própria, divagou para a beirada da sua calcinha.

Ela parou. No quarto ao lado, silêncio.

Regina moveu a mão para dentro da roupa íntima, os dedos tocando a si própria de leve entre as pernas. A ideia do homem estar a poucos metros de distância do outro lado da parede a deixava excitava e a distraía ao mesmo tempo. Já fazia muito tempo desde que um homem a tocara, e suas poucas experiências haviam sido atrapalhadas e dignas de esquecimento. Agora era quase impossível imaginar a mão de outra pessoa neste lugar extremamente privado e sensível, acariciando-a até que ficasse molhada, depois pressionando-a para dentro, entrando e saindo do jeito certo para incitar o forte êxtase. Ela movia a mão rapidamente, as paredes da vagina pulsando contra o próprio dedo, os quadris acompanhando o ritmo. Ela sentiu a onda familiar de prazer, e então ficou deitada imóvel contra seu edredom emaranhado. Seu coração latejava.

Como seria ter alguém ao seu lado nesse momento de clímax?

Regina começava a se perguntar se algum dia saberia.

3

Uma garota de cabelo ruivo tingido com uma camiseta da Columbia University entregou a Regina uma pilha de tiras de papel de requisição.

— Então eu, tipo assim, só espero aqui? — A menina se inclinou na mesa.

— Você pode aguardar em uma das mesas e ficar atenta ao quadro enquanto espera seu número. Ele indicará quando os seus livros estiverem prontos para a retirada — respondeu.

Regina já estava viciada no ritmo previsível da Mesa de Retirada: as manhãs tranquilas, o pico de atividade à tarde e o movimento lento no início da noite, quando as pessoas saíam para jantar — algumas retornavam, outras encerravam o dia. Ela sabia que tinha sorte de passar seus dias naquele que era talvez o salão mais bonito de toda a cidade. E embora seu emprego não fosse intelectualmente desafiador, havia certa satisfação em entregar os livros aos clientes ansiosos que esperavam na biblioteca. Perguntava-se, ao contemplar filas após filas de gente recurvada sobre livros e laptops, no que todos estariam trabalhando. Estaria o próximo grande romance americano sendo escrito naquela sala? Algo sendo inventado? Estaria a história sendo redescoberta?

No entanto, às vezes, quando havia uma calmaria, ela se sentia irrequieta.

— Por que não lê alguma coisa? — indagou Alex, um estudante da NYU inteligente e um tanto estranho, mas bonitinho de um jeito adorável, que trabalhava meio expediente trazendo livros das várias salas até a Mesa de Retirada.

— Podemos ler aqui atrás? — perguntou ela.

— Ninguém nunca me falou nada — assentiu. — E nós dois sabemos que Sloan não perderia a oportunidade de pular em nossas gargantas. Então eu diria que sim.

Regina pensou que talvez ela e Alex pudessem ser amigos, embora jamais houvesse tido um amigo homem. Sua mãe sempre alertara que homens nunca podiam ser amigos de verdade — já que "só queriam uma coisa". Mas Alex parecia genuinamente amigável. Porém, sentiu que o havia ofendido quando ele lhe contara que gostava de seu corte de cabelo, que era "muito Bettie Page". Regina respondera "O que é uma Bettie Page?" e ele a olhou de um jeito estranho, como se não soubesse se ela estava falando sério ou brincando.

— Você sabe, a lendária *pin-up*? A modelo de cabelos negros e franja curta?

Regina fez que sabia, embora não tivesse ideia do que ele estava falando. As pessoas às vezes diziam que ela parecia com "a garota daquela série... com a franja" ou estalavam os dedos e diziam "Zooey Deschanel". Ela vira o tal seriado e, embora pudesse haver alguma semelhança na cor e no corte de cabelo delas, até mesmo nas feições, a efervescência divertida da atriz tornava qualquer comparação ridícula, na opinião de Regina. Agora teria de procurar essa tal de Bettie Page no Google.

— Está na hora da boia? — perguntou Alex.

Desde seu primeiro dia de trabalho há algumas semanas, Regina e Alex haviam criado o hábito de sair para almoçar juntos e comiam um hambúrguer ou cachorro-quente do trailer estacionado na esquina da 41. Mas Regina havia decidido que hoje iria convidar Margaret para almoçar com ela.

* * *

Pegou a Escadaria Sul até o quarto andar, um pavimento acima, lar das primeiras edições, de manuscritos e cartas, e também da Sala da Curadoria. Passou por uma porta trancada que lhe chamou a atenção. Encontrou Margaret registrando uma pilha de livros.

— Você faz tudo isso à mão?

— Sim. E temos um estagiário para transferir para o computador. Não consigo me entender com essas máquinas.

— Vim ver se gostaria de almoçar comigo. Trouxe o meu lanche e podíamos sentar lá fora...

Margaret já negava com a cabeça.

— Não almoço às terças-feiras — justificou. Regina não sabia o que dizer. Margaret acrescentou. — À medida que envelhecemos, precisamos dormir e comer menos. Você verá.

— Muito bem. Bom, vejo você depois. Ah, e a propósito... o que tem na Sala 402?

— A Coleção Barnes... visitada só com permissão especial. Primeiras edições de Virginia Woolf e Charles Dickens.

— Eu costumava dar um giro pela biblioteca uma vez por ano quando era criança e não me lembro disso.

— Foi construída há uns cinco anos. A família Barnes doou 20 milhões de dólares. Reformaram todo o Salão Principal. Lembra quando ficou fechado por mais de um ano?

Regina assentiu.

— Antigamente a Sala Barnes ficava aberta. Passei algum tempo lá, mas parei quando tive que começar a pedir permissão.

— A quem devo pedir permissão?

Margaret deu de ombros.

Regina não era de ignorar autoridade, mas não entendia por que as obras literárias precisavam ficar escondidas da equipe da biblioteca. Fazia sentido que o público não pudesse ficar zanzando pela sala como lhe conviesse, mas certamente não faria mal se ela desse apenas uma espiada.

As portas escuras de bronze eram emolduradas em mármore, com as palavras SALA JASPER T. BARNES em caracteres dourados. Regina se aproximou cautelosamente da porta e pensou que, se estivesse trancada, seu dilema de entrar ou não estaria resolvido.

Posicionou a mão na maçaneta dourada e, hesitando por alguns segundos, moveu-a. A porta estava destrancada e ela a empurrou.

A primeira coisa que percebeu foi que o estilo da sala era muito mais simples do que a maioria dos outros aposentos na biblioteca. Era inglês clássico, e as paredes tinham livros do chão ao teto, em estantes de madeira e vidro. No meio da sala, havia uma mesa longa, de madeira escura — quase como uma mesa de jantar, cercada de cadeiras antigas com acabamento em couro vermelho.

E então percebeu que não estava sozinha.

Um som estranho, quase agudo, emanava de um canto da sala, um espaço impossível de se ver da porta. Mas, ao continuar, a origem do barulho tornou-se chocantemente clara. Uma mulher nua estava curvada sobre um banco de mármore, seus braços sustentando o peso da parte superior do corpo, a cabeça baixa, o cabelo comprido quase varrendo o chão. Atrás dela, um homem — também despido — permanecia de pé com as mãos em seus quadris, penetrando-a com uma ferocidade que fez Regina questionar se o que testemunhava era uma mulher em espasmos de prazer ou dor. Parte dela — a parte prática e racional — sabia que devia dar meia-volta e sair dali depressa. Mas outra parte — uma que ela não entendia bem — ficou fascinada.

Com o coração acelerado, Regina rapidamente percebeu que o que via era definitivamente prazer. O ritmo constante dos dois corpos movendo-se juntos, os gemidos descontrolados da mulher e o brilho de suor em seus braços longos, que Regina podia ver mesmo de longe, eram de puro êxtase. Ela sabia que estava errada em estar ali e, como se castigasse a si mesma pela invasão, seu próprio corpo a traiu com uma palpitação quente de excitação entre as pernas.

Envergonhada, Regina tentou desviar a vista, mas acabou olhando diretamente no rosto do homem; e, chocada, percebeu que o reconhecia: o cabelo escuro e desgrenhado, os olhos negros, as feições esculturais. Era o homem da escada, no dia anterior.

E, pelo sorriso que abriu quando seus olhos se encontraram e se fixaram um no outro, ele parecia tê-la reconhecido também.

4

REGINA SAIU DA SALA e teve o bom senso de fechar a porta atrás de si, com as mãos trêmulas.

A primeira coisa na qual pensou foi a vergonha de ter se sentido atraída para aquela ceninha obscena. Não devia ter ficado assistindo — devia ter se retirado imediatamente. Ou, melhor ainda, ter detido os dois. O constrangimento se transformou em raiva.

Esta era uma *biblioteca*. O que havia de *errado* com as pessoas? Respirou fundo, fortalecida pela sensação de ultraje. Uma vez na segurança do corredor, desceu a Escadaria Sul às pressas, voltando à rotunda do lado de fora da Sala de Catálogo Público.

Sã e salva de volta à esfera mais pública da biblioteca, conseguiu se recompor e voltar à Mesa de Retirada, onde Alex estava recostado jogando Temple Run em seu iPhone.

— Dia devagar — comentou. — Nem os CDFs querem entrar quando tem sol lá fora e faz 24 graus.

Regina concordou, colocando o pacote com o almoço em cima da mesa. O topo do saco de papel pardo estava molhado com o suor de suas mãos.

Alex a olhou com desconfiança.

— Achei que fosse sair para almoçar.

— Não estou com fome.

Ele fitou-a de maneira suspeita.

— O que há com você?

— Nada — replicou ela. Sentia-se suja e envergonhada, como se fosse ela que estivesse curvada no banco de mármore, e não a mulher que acabara de ver. E sabia que se sentia assim porque, por mais que odiasse admitir, apesar do sacrilégio ultrajante, por um momento desejou estar no lugar dela.

O que havia de errado? Tinha de ser influência de Carly — todos aqueles loucos eventos noturnos no apartamento a estavam afetando. Sofria os efeitos da privação de sono. E morava com alguém que não tinha senso de decência. Sua mãe tinha razão: nada de bom podia vir dessa mudança para Nova York.

— Se você diz. Mas estou morrendo de fome, então vou até o trailer. Quer que eu traga alguma coisa? — Levantou-se de supetão e tirou os fones de ouvido do bolso do casaco.

Regina não queria que ele saísse dali. Debatia-se com sua descoberta perturbadora. Ela tinha deixado o local, mas não conseguia esquecer aquilo tudo. Questionava se devia reportar o incidente a Sloan, mas a simples ideia a deixava nauseada.

— Espere... posso te falar uma coisa?

— Claro — respondeu ele. — Hambúrguer ou cachorro-quente?

Sua mente formou as palavras, mas a boca não conseguiu acompanhar.

— Não gosto da comida de trailer — disse, finalmente.

Ele balançou a cabeça.

— Ok. Obrigado pela informação.

* * *

ELA ESTAVA NO TERCEIRO ANDAR do prédio onde morava quando ouviu um rap martelando vindo de seu apartamento. Com um suspiro, continuou a subir. Quando colocou a chave na fechadura, sabia que não conseguiria escutar nem os próprios pensamentos, mesmo com a porta do quarto trancada.

— Ei... e aí? — cumprimentou o homem sentado no sofá fumando um grande cigarro de maconha.

— Hum, estou voltando do trabalho agora — respondeu Regina. Pelo menos reconheceu o homem: era um dos fixos. Em outras circunstâncias, Regina provavelmente o chamaria de namorado de Carly. Mas, considerando que fora outro homem o responsável pelo barulho às duas da manhã, "namorado" não era a definição mais adequada. — Pode abaixar a música? — gritou.

— Não gosta do Jay-Z?

Ela tem uma bunda que engoliria um fio dental
e acima dois peitinhos

Regina foi para o quarto e fechou a porta. Parecia que esta seria outra noite de exílio forçado até que Carly saísse — se isso de fato acontecesse. Regina torcia para fazer alguma amizade na biblioteca, para ter com quem sair de vez em quando.

A música de repente baixou uns vinte decibéis. E então ela ouviu uma batida em sua porta. Com relutância, Regina a deixou entreaberta.

— Assim está melhor? — indagou Derek.

— O quê? Ah... a música? Sim, obrigada.

— Por que não sai nunca? — perguntou.

— Como?

— Carly disse que nunca viu você saindo de casa à noite.
Regina sentiu ruborizar.

— Não vejo como isso pode ser da sua conta.

— Cara... não quis ofender. Só estou dizendo que... você pode sair com a gente esta noite. Vamos a um show na Rivington. Prometo que chegará em casa antes de virar abóbora.

Regina negou com a cabeça.

— Não, obrigada.

5

A Rivington Street era o lugar mais estranho que ela já vira. Os cantos escuros, as mulheres lindas e dolorosamente modernas vagando pelas calçadas com seus cigarros, as bizarras fachadas que não se sabia se eram bares ou lojas. Tudo fizera com que ela desejasse ter ficado sob as cobertas quando Derek — desta vez, com Carly — batera novamente em sua porta, insistindo que ela "saísse pelo menos uma vez".

Regina, não querendo ficar em casa obcecada com a cena que testemunhara na biblioteca, finalmente cedeu.

Eles dobraram na Norfolk Street e andaram até chegar a um bar chamado Nurse Bettie.

— Totó, acho que não estamos mais no Kansas. — Regina brincou com a famosa frase da personagem Dorothy. Carly revirou os olhos.

— Relaxa — retrucou ela.

Era um lugar pequeno, pouco iluminado, com teto de estanho e paredes de tijolos. O bar em si era de madeira escura, cercado por fotografias vintage, emolduradas em dourado e prata, e prateleiras de garrafas de bebida coloridas. A música pop francesa tomava o ambiente.

Do outro lado do bar havia uma mesa embutida na parede e banquetas prateadas com assento vermelho giratório. Regina e Carly pegaram as últimas duas que estavam vagas, e Derek foi pegar bebidas no bar.

Carly começou a mexer no iPhone. Sempre parecia entediada, e Regina se perguntou se isso era uma característica dela ou se era um traço comum às pessoas criadas em Manhattan. Ela não conseguia se imaginar blasé em relação aos ambientes em Nova York. Cada esquina, cada vendedor de comida, cada multidão ruidosa a enchia de questionamentos.

— Qual é seu Twitter? — perguntou Carly.

— Hum... Regina? — respondeu.

Carly digitou algo no telefone.

— Arroba Regina? — questionou.

— Arroba o quê?

Carly colocou o celular no colo e olhou-a com um esforço óbvio de quem tentava ser paciente.

— Você tem Twitter? — continuou ela.

— Acho que não.

Derek se juntou a elas e entregou uma bebida a cada uma.

— Dois Moscow Mules — disse ele.

Carly tomou um gole.

— Hum. Bom! O que tem nele?

— Suco de lima, Ketel One e cerveja de gengibre. — respondeu Derek.

Regina experimentou, mas não gostou. Colocou no balcão atrás de si.

— Que horas começa o show? — indagou Carly. Regina não ouviu a resposta de Derek, porque ele murmurou algo bem próximo à boca de Carly antes de eles começarem a se agarrar. Regina desviou o olhar, tentando entender onde o "show" poderia acontecer em uma sala tão pequena.

— Como é o show? — perguntou. Nenhum dos dois respondeu. Ela esperava que fosse música ao vivo, talvez um cantor de blues. Combinaria com o clima do bar.

Quando os dois finalmente se lembraram de que ela estava ali, tentaram incluí-la na conversa.

— E o que faz uma bibliotecária o dia todo? — perguntou Derek respeitosamente.

Carly a olhou com expectativa. Regina não sabia se era a pressão que sentia para contribuir de alguma forma com a noite, se eram as semanas que passara se sentindo deslocada ou se era uma necessidade genuína de confiar em alguém, mas acabou soltando:

— Bom, hoje dei de cara com duas pessoas transando.

Derek se endireitou.

— Na biblioteca?

— É.

— Acho que me precipitei ao desconsiderar este lugar — disse Carly.

Regina tomou outro gole de sua bebida. Ainda terrível.

— Nova York está cheia de exibicionistas — comentou Derek.

— E o que você *fez*? — perguntou Carly.

— Nada. Saí correndo da sala.

Carly e Derek pareceram pensar no assunto.

— Acho que não havia mais nada a fazer. A não ser que você visse uma oportunidade de participar — concluiu Derek.

Carly riu.

— Aí sim. — disse ela.

Apesar de terem transformado o assunto em piada, Regina ficou aliviada por ter falado sobre isso. Não sabia o que a incomodava mais, se era a ideia de que alguém podia profanar de forma tão insensível sua preciosa biblioteca ou se era o fato de ela não só ter reconhecido o responsável como tê-lo achado tão atraente.

— Não contei a ninguém. Mas agora acho que talvez devesse ter contado para a minha chefe. Quero dizer, e se uma criança tivesse encontrado os dois? — Regina sabia que isso era improvável, considerando o fato de que ela invadira uma área restrita. Mas era a melhor maneira que conhecia de expressar sua revolta.

— Eram, tipo assim, pessoas normais ou o cara parecia um pervertido?— perguntou Carly.

Uma imagem dos olhos escuros do homem e de seu rosto perturbadoramente bonito correu por sua mente.

— Como é um pervertido? — perguntou Derek.

— Como você! — disse Carly, dando-lhe um soco no braço.

* * *

LÁ PELAS ONZE DA NOITE o bar estava cheio, incluindo a área de espera, com todos lutando para conseguir um lugar o mais perto possível do fundo da sala. Regina logo entendeu o porquê.

A música pop francesa foi substituída pela canção imediatamente reconhecível de Fats Domino, "Blueberry Hill", e o canto ao fundo da sala tornou-se um palco banhado por luzes azuis e douradas. Ali havia um fogão pequeno, de aparência antiquada, e uma mesa de fórmica quadrada. Uma bela mulher estava de pé ao lado do fogão. Tinha cabelos escuros na altura dos ombros, com franjas curtas. Usava um vestido xadrez antiquado, apertado na cintura, com uma saia rodada. O avental dizia DONA DE CASA FELIZ. Regina notou que os sapatos tinham saltos plataforma e eram de couro preto.

— O corte de cabelo dela é igual ao seu — disse Derek para Regina. Carly a olhou.

— É mesmo — concordou Carly. — Você precisa trabalhar esse estilo hippie de saia e blusa camponesa. Mas seu cabelo é totalmente moderno.

— Eu não queria cortar minha franja tão curta. Mas exagerei de um lado e tive que nivelar...

— Que seja. Basta vestir a camisa — sentenciou Carly. — Fica bem em você.

A mulher no palco curvou-se para abrir a porta do forno, e seu vestido subiu o suficiente para expor a meia-calça de costura aparente e a cinta-liga. A multidão aplaudiu, algumas pessoas ovacionaram. Regina sentiu o primeiro rubor de confusão, mas manteve-se impassível.

A mulher tirou uma torta do forno e a levou para a mesa. Fez um estardalhaço ao tirar o avental e abanar-se com ele, antes de jogá-lo para a plateia. Novamente, ouviram-se o rugido da multidão e os aplausos. Depois, meteu o dedo no meio da torta, retirou-o e lambeu-o até ficar limpo.

— Mas o que *é* isso? — perguntou Regina a Carly.

— Shhh. Apenas assista.

A mulher se abanava com um guardanapo dando as costas para a plateia. Com uma das mãos, lentamente abriu o zíper do vestido e deixou-o cair no chão. Regina mal conseguia ouvir a música com os aplausos e assovios. A mulher encarou o público, agora vestida apenas com um sutiã de cetim vermelho com bojo, calcinha vermelha, cinta-liga, meias e saltos plataforma.

— Isso aqui é uma boate de strip? — perguntou Regina.

— Não! É burlesco — respondeu Carly. — Não me diga que nunca foi a um show burlesco antes.

Ela deve estar brincando, pensou.

A mulher abriu o sutiã e o deixou cair pelos ombros. Regina virou o rosto, mas, ao espiar novamente o palco, o sutiã estava no chão e só o que cobria os seios fartos e redondos da mulher era um adesivo vermelho brilhante em cada mamilo. Ela pegou uma faca de bolo e começou a fatiar a torta.

O contraste entre o corpo exuberante, quase nu, da mulher e a tarefa trivial que ela realizava a confundia. Havia distração suficiente para Regina pensar que não estava realmente assistindo a algo sexual. Mas a mulher pegou uma das fatias com as mãos e deu uma mordida, e um pouco do recheio de mirtilo caiu entre seus seios. Ela fez uma careta exagerada de "oops", passando um dedo pela barriga até o decote, alcançando o mirtilo e lambendo-o, os olhos meio fechados de prazer, a língua passando pela própria mão. Regina estremeceu, pressentindo que a mulher não poderia parecer mais devassa nem se estivesse se masturbando no palco.

E então sentiu a própria respiração acelerada, os mamilos endurecendo e um formigamento dentro de seu sutiã.

— Vou para casa. — anunciou.

— Não seja ridícula... o show acabou de começar — disse Carly.

— Estou cansada. — Regina pulou da banqueta e abriu caminho pela multidão até a porta da frente, onde viu uma longa fila de espera para entrar. Ela se perguntou por que sempre se sentia mais segura do lado de fora.

6

PELA MANHÃ HAVIA UM BILHETE de Sloan em sua mesa. *Me procure imediatamente.*

Se Sloan queria falar com ela, pensou Regina, talvez o universo a estivesse ajudando a resolver o dilema de reportar ou não "o incidente", como agora o via.

Durante toda a ida de metrô até o trabalho, pensara se devia contar a Sloan o que vira no quarto andar na véspera. Enquanto o trem parava na estação da 42, Regina finalmente decidira que era responsabilidade sua pensar na biblioteca em primeiro lugar e denunciar o cara. Em seguida, sua única dúvida foi quando e como abordar o assunto. Mas ser convocada à sala de Sloan logo cedo certamente adiantava as coisas.

— Queria me ver? — perguntou Regina da porta.

Sloan estava sentada em sua mesa, folheando uma edição da revista *Modern Bride*. Na tela do computador, assistia a um desfile da coleção de noivas de Vera Wang.

— Sim — confirmou ela.— Preciso que vá comigo a uma reunião do Young Lions. Você conhece o Young Lions, certo?

Regina balançou a cabeça.

Sloan suspirou.

— Faz parte do setor de arrecadação da biblioteca. É um grupo de associados entre 20 e 30 anos. Vou lhe dar algum material sobre eles para ler. Mas o que você deve saber é que eles patrocinam um baile para a premiação anual de ficção. Estamos muito atrasados este ano. O comitê é formado parcialmente por membros do conselho da biblioteca e também do comitê de leitura que decide os indicados e o vencedor.

— Acho que ouvi falar disso — comentou Regina, perguntando-se como faria para abordar o que testemunhara no dia anterior.

— Era o que eu esperava. De qualquer modo, preciso que tome nota da reunião. Eu tinha uma estagiária para isso, mas ela se demitiu; então, por ora você irá substitui-la. A reunião será na Sala da Curadoria, no segundo andar, às dez.

Regina sabia tudo sobre a Sala da Curadoria — uma das mais abastadas da biblioteca. Mas nunca a vira com os próprios olhos, e ficou animada com a oportunidade. Ainda assim, uma nuvem pairava sobre ela.

— Tudo bem, mas antes da reunião tem uma coisa que preciso lhe contar...

— Agora não, Regina. Vamos. — Sloan saiu do site de noivas e colocou a bolsa Chanel sobre o ombro.

Regina seguiu-a obedientemente pelo corredor. Sua chefe não parecia interessada em conversar. Então, seguiu-a em silêncio.

A Sala da Curadoria não decepcionou; com o piso de teca e lareira de mármore branco esculpido, era a imagem da elegância. Uma inscrição na lareira dizia, em parte, A CIDADE DE NOVA YORK ERGUEU ESTE PRÉDIO PARA O LIVRE USO DE TODAS AS PESSOAS. MCMX.

Acima dela, o teto de baixo-relevo tinha um formato oval e uma moldura creme. Um imenso lustre de bronze pendia do centro e, mesmo olhando de onde estava, Regina podia distinguir os detalhes das máscaras de sátiros e leões entalhados. Sentou-se à mesa de carvalho escuro no meio da sala. Todos os lugares estavam ocupados, menos um. Um bloco tipo ofício, um lápis recém-apontado e uma garrafa d'água estavam posicionados diante de cada um.

— Vamos começar assim que Sebastian chegar — anunciou uma morena baixinha de voz aguda e estridente, dirigindo-se ao grupo.

Enquanto todos esperavam, conversando entre si, Sloan inclinou-se e falou:

— Vou apresentá-la quando todos estiverem presentes. Acho que só estamos esperando pelo diretor do conselho. Ah... Aí está ele. Sebastian Barnes.

Regina seguiu o olhar de Sloan até a porta e quase desmaiou.

Era o homem que estava no quarto andar.

7

— Vamos começar — disse o homem, tomando seu lugar na cabeceira da mesa. Sua beleza morena era ainda mais visível no contexto da sala de reuniões. Com as maçãs do rosto proeminentes e cabelo incrivelmente belo, ele era um anúncio ambulante da Ralph Lauren.

Regina estava a curta distância dele e, de alguma forma, seus olhos escuros pareciam encará-la.

Sebastian Barnes.

A Coleção Barnes.

Regina baixou os olhos para as folhas de ofício, o rosto em brasa.

— Sebastian, antes de começarmos... — interrompeu Sloan, olhando para Regina.

Não, não, não, pensou ela.

— Quero apresentar a você nossa nova bibliotecária, Regina Finch. Ela irá tomar nota da reunião.

— Bem-vinda a bordo, Regina — saudou Sebastian. Ouvir o próprio nome dos lábios dele era surreal. Sentiu que o restante da mesa a olhava, mas não conseguiu formular uma resposta — nem mesmo um simples "obrigada". O que realmente a surpreendia era que não havia o menor indício de vergonha nele ao olhá-la — nem mesmo uma sombra de reconhecimento que indicasse que ela o flagrara em uma situação comprometedora.

Era tão lindo quanto a imagem que Regina tinha em mente — talvez até mais. Sua beleza de Adônis podia ser genérica em qualquer outro, mas seus olhos negros e seu cabelo escuro e acetinado lhe conferiam uma beleza que beirava o exótico. E havia uma energia nele, algo vibrantemente vivo — algo inconfundivelmente sexual.

Ele começou a reunião discutindo o baile de premiação. Ao que parecia, nos últimos 11 anos ele fora realizado na primavera, mas, neste ano, a curadoria da biblioteca queria que acontecesse no outono, junto com o início da estação, para angariar o apoio necessário a uma boa arrecadação de fundos no final do ano. Infelizmente, a mudança de última hora atrapalhara todo o cronograma.

— Isso não nos dá tempo de ler, planejar... é um calendário impossível — protestou uma mulher.

— A curadoria acha que o evento está se perdendo na primavera. O fim de ano é uma época de troca de presentes e de doações de caridade, e uma celebração da literatura de ficção trará atenção para a biblioteca quando ela nos é mais valiosa.

— Não pode tentar dissuadi-los? — perguntou outra pessoa.

— Temos centenas de inscrições de editores. Mais do que no ano passado até, quando tivemos o dobro do tempo. Simplesmente não há como dedicar a atenção devida a cada romance desta lista.

Sebastian balançou a cabeça.

— Precisamos dar um jeito. Sou voto vencido.

A mesa explodiu em protestos vigorosos.

— Temos que conseguir mais leitores — disse uma mulher. — Sloan, você terá que pegar alguns títulos.

— Adoraria — disse Sloan, embora Regina suspeitasse, pela maneira como apertava o lápis, forçando as juntas dos dedos, que ela sentia exatamente o contrário.

— Sloan, todos sabemos que está ocupada com o planejamento do casamento, e este é um trabalho que consumirá tempo — disse Sebastian. E então, olhando para Regina, falou: — Acho que vamos ter que convocar a novata para esta tarefa.

— O quê? — perguntaram Regina e Sloan ao mesmo tempo.

— Boa ideia — concordou a morena baixinha, de voz aguda. — Toda ajuda é bem-vinda.

— Espere um minuto — cortou Sloan. — Regina é minha funcionária, e é minha responsabilidade garantir que seu tempo seja usado sensatamente...

— Não estou pedindo a ela para ler no horário de trabalho, Sloan. E você ouviu Betsy... todos temos que contribuir. — Em seguida, como se estivesse decidido, ele fixou o olhar novamente em Regina.

— Você é oficialmente uma das leitoras do comitê de ficção. Explicarei depois da reunião. Resumindo, este prêmio foi criado para apoiar o trabalho de jovens escritores de ficção com até 35 anos. O prêmio paga 10 mil dólares. Editores enviam seus indicados e nós selecionamos os finalistas. Como disse, podemos discutir isso depois da reunião. Agora temos que seguir adiante, para a série de leituras de outono. Jonathan Safran Foer desistiu. Então, precisamos de um substituto para novembro...

Regina o assistia, mal conseguindo ouvi-lo, porém ainda fascinada com sua confiança, com o controle que exercia na sala. Ela ainda não entendia os papéis e a hierarquia da biblioteca, nem as várias redes de arrecadação e patrocínio, mas tinha a nítida sensação de que era Sebastian quem mandava, não importava o setor ou o evento. Refugiou-se em seu bloco. Tomar nota era a única coisa que a impedia de encará-lo, a ver seus gestos com as mãos largas. Sua camisa de risca repuxava um pouco dos ombros largos. Seu sorriso sugeria que o que quer que estivesse acontecendo na sala, estava a quilômetros de distância do que se passava em sua mente.

Parecia que o tempo havia parado e acelerado ao mesmo tempo. Ela não queria que a reunião terminasse. Era como se, quando a ampulheta se esgotasse, ele fosse desaparecer. Ela sabia que isso era irracional e, no entanto, a sensação de simplesmente estar no mesmo ambiente que ele não era algo que quisesse perder naquele momento.

— Preciso ir — anunciou Sloan. — Almoço com a Coalizão de Leitores do East Side.

Regina olhou no relógio e viu que já era quase meio-dia.

— Já estamos acabando aqui, de qualquer modo — disse Sebastian, levantando-se. — Regina... Fique mais um pouco. Quero lhe mostrar como funciona o processo de seleção para os indicados de ficção.

Sloan virou-se e olhou os dois de um jeito estranho.

— Sebastian, ela precisa voltar ao trabalho — disse, soltando uma risada curta e falsa, como se indicasse que, embora isso não tivesse importância, era seu dever ao menos dizê-lo.

— Não vou prendê-la por muito tempo, Sloan. Faça-me essa gentileza. — E piscou para ela. Sloan sorriu e, agora mais calma com o papel de coconspiradora, saiu da sala.

Os outros integrantes do conselho se aglomeraram do lado de fora da porta. Quando a Sala da Curadoria ficou vazia, exceto pelos dois, Sebastian gesticulou para Regina sentar-se à mesa de novo. Ele voltou para seu lugar na cabeceira.

— Você pode sentar mais perto. Não tem mais ninguém ocupando esses lugares. — disse ele, sorrindo ao perceber as quatro cadeiras que Regina deixara entre os dois. Engolindo em seco, ela passou para o lugar ao lado dele, carregando o bloco consigo. Não conseguia encará-lo.

— Regina, é ótimo tê-la conosco. — Com essa, ela conseguiu olhá-lo nos olhos. Ele sorriu, como se os dois partilhassem um segredo, o que de fato acontecia. Ela desviou o rosto.

— Há quanto tempo trabalha aqui?

— Duas semanas — respondeu.

— Você é de Nova York?

— Não — retrucou Regina, pouco à vontade por ter de responder as perguntas. Pensou que iriam falar do baile de premiação, não dela. Sebastian a fitou com expectativa, e Regina percebeu que ele esperava que ela continuasse. — Sou da Filadélfia... Main Line.

— Ah, a respeitável Main Line — comentou ele, sorrindo. Ela não sabia se era brincadeira ou não.

— Minha família não é assim — replicou, na defensiva.

— E quando se mudou para Nova York?

— Há um mês.

— Puxa. Você é mesmo novata.

Ela sentiu uma pontada de irritação.

— Não sou novata no que diz respeito a livros. Sou formada em biblioteconomia e ciência da informação. Eu me formei com honras. — Não sabia por que dissera aquilo. Que importava o que ele pensava dela?

Ele assentiu, como que refletindo sobre essa enxurrada de informação.

— Suponho que seja uma leitora rápida. Gosta de ficção?

— Sim — respondeu ela, cruzando os braços.

— Quais são seus autores preferidos?

Ela o olhou novamente, cautelosa.

— Contemporâneos ou clássicos?

— Qualquer um. — Ele sorriu, claramente encantado ou, no mínimo, se divertindo um pouco. Ela o achou condescendente e irritante, mas jamais se acanharia diante de suas perguntas.

— Bom, Henry James, para começar.

— Ah, sim. *A fera na selva.*

Ela o olhou estupefata.

— Leu este?

— Não fique tão surpresa. Eu me formei em literatura. E, sim, li. É um dos meus contos preferidos.

— Só um deles?

— Acho que alguns de Raymond Carver estão no topo da minha lista.

Ela assentiu. Era difícil ter argumentos contra Raymond Carver.

— Ora, isso é estimulante — disse ele, batendo palmas. — Pelo menos sabemos que temos o mesmo critério para contos de ficção. — Seus olhos brilhavam. — E os contemporâneos?

Ela pensou por um minuto, sua mente em branco. Isso era ridículo — não precisava provar nada a ele. Não ligava se ele se formara em literatura. Este era um assunto com o qual ela se sentia inteiramente à vontade.

— Jess Walter. Todos os romances dele são maravilhosos, completamente diferentes um do outro. Então, acho que Tom Perrotta, Michael Chabon...

— Interessante — disse ele, como se Regina tivesse revelado alguma coisa.

— O quê?

— Todos os escritores que citou são homens. Você deve se identificar muito com a sensibilidade masculina.

Seria verdade? Será que realmente não citara nenhuma escritora? Sentiu certa irritação. Quem era ele para julgar suas respostas, analisando-as como uma espécie de teste de Rorschach literário?

— Não sei o que quer dizer — rebateu ela. — E, aliás, você não me enganou nem por um segundo. Toda essa conversa sobre ficção não muda o fato de que você é o tipo de pessoa que é capaz de... de... — Ela hesitou, repentinamente ciente de que a intensidade de sua indignação a deixara encurralada.

— Capaz de quê? — perguntou ele, claramente se divertindo. Seu lindo sorriso, o modo como se inclinava em direção a ela, esperando ansiosamente por sua resposta, era o insulto definitivo.

— Transar com alguém *na biblioteca* — sussurrou ela.

— Ora, ora... acho que não deve andar por aí fazendo acusações tão sérias. — retrucou ele, de maneira tão inocente que, por um momento, Regina pensou ter imaginado tudo que vira. Então ele começou a rir.

— Não acredito que ache isso engraçado. — Ela se revoltou.

— Ei, não vamos esquecer que era *você* quem estava xeretando uma sala particular. Você é uma garota malvada.

E ele não sorriu. Seus olhos se fixaram nos dela de um jeito que a fez revirar-se por dentro. Sua mente tomada pela imagem daquela mulher curvada, seu cabelo varrendo o chão... A expressão de prazer em seu rosto enquanto Sebastian a penetrava repetidamente...

Regina se levantou e saiu correndo da sala.

* * *

— COMO ESTÁ O LANCE DA BIBLIOTECA? — perguntou Derek, colocando a mão no pacote de Oreo de Regina e comendo dois de uma vez. Ela olhou para Carly como que pedindo que corrigisse os maus modos do namorado, mas a colega de apartamento estava distraída, empoleirada na bancada, pintando as unhas do pé de verde-néon.

— Ah, tudo bem — replicou Regina, abrindo a geladeira e pegando o resto de espaguete que sobrara do jantar da noite anterior.

— Encontrou mais alguém pelado? — perguntou Carly.

— Não.

— Contou à sua chefe? — perguntou Derek.

Regina colocou a massa no micro-ondas.

— Não, não toquei no assunto.

— Vai deixar o pervertido à solta? — protestou Carly, com satisfação.

Regina deu de ombros.

— Não sei se ele é necessariamente um pervertido. Ele estava em uma sala particular, que, na verdade, foi doada pela família dele ou coisa parecida.

Ela se sentou à mesa de jantar, empurrando para o lado a mais recente pilha de revistas de moda de Carly.

— Oi? Não pode ir embora deixando esse detalhe bizarro — disse Carly.

Ela andou pela cozinha com os dedos dos pés abertos, pisando nos calcanhares. Derek a seguiu.

— Como assim, a família dele doou a sala? Quem é a família dele?

— Não quero te contar.— respondeu Regina.

Carly riu.

— E por que não? Você finalmente tem alguma coisa interessante para contar e vai esconder da gente?

— Vocês vão *twitar*, postar no blog ou colocar no Tumblr, ou qualquer coisa do tipo.

— Não vou não — afirmou Carly. — Eu prometo. Seu amiguinho tarado da biblioteca será nosso segredinho. Não vai sair desta sala. Não é, Derek?

— É — confirmou Derek, na deixa.

Regina hesitou por um minuto, mas sua necessidade de confiar em alguém superou a cautela.

— Sebastian Barnes — soltou.

— Que tem ele? — perguntou Carly.

— Ele é o cara.

Carly puxou uma cadeira da mesa e se jogou nela, os olhos arregalados.

— Tá de sacanagem comigo?

— Não estou. Por quê... Você o conhece?

Derek pairava por perto, claramente interessado na resposta. Carly alcançou uma revista *W* na pilha, folheando às pressas as últimas páginas. Sem encontrar o que procurava, pegou outra. Examinou uma página brevemente, depois empurrou a revista aberta para Regina. Era uma foto em preto e branco de uma mulher flexível, curvada, revelando o arco de sua coluna em um vestido decotado nas costas. Suas mãos, com dedos de bailarina, alcançavam os pés, quase tocando seus elegantes saltos agulha.

— Quem é? — perguntou Regina, estranhamente com medo de a resposta de Carly ser *a namorada dele*. Mas por que isso importaria? Mas Carly apontou para a letra miúda ao pé da página: *Fotógrafo Sebastian Barnes*. Levou um minuto para a ficha cair.

— Deixe-me ver isso. — Regina pegou a revista e virou a página seguinte, depois a outra. A foto que Carly mostrou era a primeira de todo um editorial, inteiramente fotografado por Sebastian.

— Ele é, tipo, importante — afirmou Carly. — Quando apareceu pela primeira vez nas revistas, as pessoas pensaram que era só um hobby... Por causa de todo o dinheiro, sabe como é. Mas ele calou todas as críticas com fotos como essa.

Regina largou a revista.

— Bem, que bom para ele. Mas isso não lhe dá o direito de usar a biblioteca como playground particular.

Carly suspirou.

— Relaxe, Regina. Deveria reconhecer um grande momento tipicamente nova-iorquino quando ele está bem diante da sua cara.

— Ou se está diante da bunda dele — brincou Derek.

Eles riram, enquanto Regina remexia o espaguete no prato. Cansada do humor incisivo de Carly e Derek, ela finalmente falou:

— O que sugere que eu faça?

Carly apoiou a mão em seu braço.

— Divirta-se. Sabe fazer isso, Regina?

8

PELA MANHÃ, ENCONTROU uma pilha de romances em sua mesa, todos recém-publicados e com boas resenhas. Dois deles ela já havia lido. No topo da pilha havia um Post-it azul: *Gostei da nossa conversa sobre ficção ontem, embora tenha terminado abruptamente. Gostaria de continuá-la durante um jantar esta noite. Pego você na frente da biblioteca às seis.*

Ela olhou em volta rapidamente, como se tivesse sido apanhada fazendo algo errado, e enfiou o bilhete na bolsa.

— O que está havendo, Finch? Pagam você em livros? — perguntou Alex.

— Não — respondeu Regina, movendo os livros para o lado. — Estou lendo para o comitê de ficção.

— Ah, mais uma coisa. Um cara deixou isso aqui para você. — Alex lhe entregou um grande livro de arte com uma morena pouco vestida na capa. Tinha franja curta, e seu estilo fazia Regina lembrar-se da mulher no show burlesco. O título do livro era *Bettie Page: uma história fotográfica*. O nome lhe pareceu familiar.

Ela olhou a quarta capa. Não era um livro da biblioteca.

— Espere... O que é isso? — perguntou.

Alex deu de ombros.

— Pensei que você tivesse tomado a iniciativa de fazer uma pesquisa.

E então ela se lembrou de Alex dizer-lhe que tinha um *cabelo estilo Bettie Page*. Ela folheou o livro. Todas as fotos eram em preto e branco. Todas da morena deslumbrante, em vários estágios de nudez, alguns bizarros e sensuais demais para que ela olhasse sem ruborizar. Uma foto no meio do livro estava marcada com um pequeno envelope branco. A foto em preto e branco de Bettie Paige sentada no encosto de um sofá de aparência absolutamente ordinária. O cabelo caía pelos ombros em ondas suaves e escuras, e seus braços estavam cobertos por luvas pretas até os cotovelos. Ela usava um bustiê preto, meias arrastão com ligas até as coxas e saltos pretos que deviam ter 10 centímetros.

Regina abriu o envelope e encontrou um pequeno cartão branco, do tipo que, em geral, era entregue com flores. Na mesma letra firme e elegante do Post-it estava escrito: *Seu dever de casa*. Devolveu o cartão para o envelope, olhando em volta para se certificar de que ninguém a observava.

E foi aí que percebeu que o jantar com Sebastian Barnes não era um convite. Era uma ordem.

9

Às seis da tarde, Regina desceu a Escadaria Sul até o hall de entrada da biblioteca, depois saiu sob o fim de tarde quente de verão.

Não esperava realmente que Sebastian Barnes estivesse lá. Depois de um dia inteiro de trabalho, passou a achar que o livro sobre Bettie Page e os bilhetes eram apenas uma brincadeira — castigo por tê-lo flagrado no quarto andar.

Ainda assim, sua pulsação acelerou um pouco ao descer a escadaria de mármore branco em direção à Quinta Avenida. Insegura, alisou a saia estilo camponesa, depois se abanou com a brochura que levava.

— Onde está o livro sobre Bettie Page?

Assustada, Regina virou-se e viu Sebastian parado atrás dela. Sua beleza era de cair o queixo, vestido com um terno escuro e gravata roxa num tom escuro. Seus olhos, sombrios contra a pele levemente dourada, estavam concentrados nela com tal intensidade que a fizeram perder o fôlego. E, novamente, ela se admirou com a perfeição de seu rosto, os ângulos dramáticos e as feições refinadas que, de algum modo, eram belas e também profundamente másculas.

— O quê?

— O livro de arte que lhe dei. Imagino que não tenha cabido nessa sacola surrada que você carrega — disse, olhando com desdém para sua bolsa Old Navy a tiracolo.

— Tenho tudo o que preciso nesta bolsa, muito obrigada.

— Espero que isso inclua o livro.

Ela ajeitou a bolsa no ombro e admitiu:

— Não... não inclui.

— Vá pegá-lo — disse ele.

— Como? — Que atrevimento desse sujeito!

— Você me olha como se eu tivesse dito algo ofensivo. Não viu meu bilhete de "dever de casa"? Quer dizer "leve o livro para casa". Certo?

— Certo... Só que não sei por que *você* está me dando dever de casa.

Ele sorriu, revelando uma covinha na bochecha direita.

— Acho que isso quer dizer que eu gostaria de ser seu professor. — E então sua expressão ficou séria, os olhos ainda perturbadoramente fixos em Regina, enervantes. — Você ficaria admirada com o que pode vir a aprender.

Ela engoliu em seco.

— Vamos... me faça essa gentileza — pediu ele.

Com um suspiro, Regina decidiu entrar na brincadeira. Dirigiu-se novamente para a escadaria.

— E seja rápida — disse ele. Ela se virou e o olhou feio; ele riu, uma risada tão calorosa e alta que foi impossível para ela não sorrir também.

Muito bem, então ele era charmoso. *Mas isso é loucura*, disse a si própria. Por que deixava esse cara mandar nela? Não sabia se era curiosidade pelo que ele estava aprontando ou sua tendência em querer agradar às pessoas; ou, mais patético ainda, sua atração constrangedora por ele.

Apesar de tudo, correu para a biblioteca e foi rapidamente em direção à sua mesa. Pegou o livro e pressionou-o contra o peito com um braço, surpreendida pelo peso. Em seguida, teve um pensamento inquietante: e se saísse da biblioteca e ele tivesse ido embora?

Ela não sabia por que isso a deixara tão nervosa. E se ele fosse embora? Ela desconsideraria a coisa toda, classificando-a como um dos momentos tipicamente loucos de Nova York.

Mas, ao sair, ela o viu de imediato. Esperando por ela.

Novamente notou sua aparência impecável, desde o terno de corte perfeito aos sapatos sem um arranhão. Em contraste, sentiu-se insegura em sua saia larga e blusa simples de mangas curtas que tinha desde o primeiro ano de faculdade.

— Posso carregar isso para você? — ofereceu ele. Ela lhe entregou o livro. — Damas primeiro — continuou ele, gesticulando em direção à Quinta Avenida. Ela desceu cautelosamente a escadaria e ele a seguiu, logo atrás.

Uma Mercedes preta reluzente esperava por eles na esquina da 41. Sebastian abriu a porta de trás para ela.

— Aonde vamos? — perguntou Regina, hesitante.

— Jantar. Não recebeu meu bilhete?

Ela deslizou devagar para o banco traseiro e Sebastian a acompanhou.

Um motorista de terno estava ao volante. Ele dirigiu para longe do meio-fio, claramente ciente do destino.

— Trouxe os outros livros — disse Regina. — Os romances.

Sebastian assentiu.

— Talvez você descubra o próximo Tom Perrotta.

Ela o olhou com cautela.

— Está zombando de mim?

— Não — negou ele, sorrindo e balançando a cabeça. — Por que estaria? Alguém descobrirá o próximo grande escritor. Por que não pode ser você?

— Não sei — retrucou ela, ainda sem estar convencida de que ele falava sério.

O carro seguiu em direção ao norte da cidade, lentamente, devido ao trânsito.

— Deixa eu te perguntar uma coisa — continuou Sebastian. — Por que se mudou para Nova York?

— Para trabalhar na biblioteca — respondeu Regina com convicção.

— Este foi o único motivo?

— Bem, sim — replicou, subitamente repensando a resposta. — Quero dizer, isso não basta?

— Não sei — respondeu ele. Havia provocação em seus olhos escuros. — Basta?

Regina sentiu-se desafiada e, por reflexo, virou o jogo contra ele.

— Bem, o que o fez se mudar para cá?

— Eu não me mudei para cá, fui criado aqui. Mas, se não tivesse sido, eu *teria* me mudado para cá, com certeza. E a maioria das pessoas que conheço que não foram criadas aqui não só se mudaram para cá, como *correram* para cá... Para deixar sua marca.

— Ou talvez estivessem fugindo de alguma coisa — opinou ela, pensando em sua mãe. De imediato se arrependeu do comentário, mas por sorte ele não a forçou a esclarecer.

— Então nunca pensou em ser atriz, modelo ou coisa parecida?

Ela cruzou os braços, agora certa de que ele caçoava dela.

— Não — respondeu Regina, com frieza.

— Interessante — disse ele. — A maioria das mulheres com sua aparência o teria feito. Não acredito que você não tenha noção do quanto é bonita.

Ela sentiu ruborizar. Não que nunca tivesse ouvido um elogio; as pessoas diziam que tinha olhos bonitos ou cabelo bonito. Fora chamada de "bonitinha" e nunca se preocupara com sua aparência ou peso, como muitas de suas amigas. Mas tinha altura mediana, o nariz era largo demais, e o lábio superior, fino demais para ser associado à beleza sedutora de uma Scarlett Johansson, Kim Kardashian ou Angelina Jolie. Certamente nunca sentira que era objeto de verdadeiro desejo, e talvez isso se devesse, em parte, ao fato de sentir que não merecia sê-lo.

O trânsito fluiu, e a Park Avenue passou como um borrão. Quando chegaram a uma quadra no meio da 50, o motorista pegou novamente a Quinta Avenida. Parou diante de um prédio que ela reconheceu — o Four Seasons Hotel, de 52 andares, projetado por I. M. Pei. Ela conhecia muitos dos prédios projetados por I. M. Pei. Era um dos arquitetos preferidos de seu pai.

Um porteiro do hotel abriu a porta do carro. Sebastian saiu primeiro, estendendo a mão para ajudá-la. Ela hesitou em lhe dar a mão, mas, mesmo em sua relutância instintiva, não pôde prever como o toque dele provocaria um tremor por seu corpo, como uma corrente elétrica.

Ele a levou para o saguão de calcário claro, de inspiração art déco, com um teto que devia ter quase 10 metros de altura.

— Esperarei por você aqui — disse ele, entregando-lhe um cartão-chave. — Esta é do quarto 2020.

Ela olhou o cartão, mas não o pegou.

— Não estou entendendo.

— Não achou que poderia ir jantar vestindo isso, não é? — perguntou ele. Ela sentiu o rosto corar e não sabia se devia ficar constrangida ou ofendida.

— Se não puder vestir isso no restaurante, então talvez a gente deva ir a outro lugar.

Ele a encarou, os olhos sérios e imponentes, um gesto que ela começava a reconhecer como sua provocação habitual.

— É mesmo? Pensei que alguém com sua curiosidade intelectual gostaria de ver o outro lado da vida.

Ela pensou na sensação que a atormentava desde sempre: medo. Medo do que poderia acontecer se não fizesse o que era certo, se não se comportasse bem, se não se sobressaísse. E então, ao mesmo tempo, o medo de que a vida passasse por ela — de sempre estar observando de fora, como espectadora.

Ela aceitou o cartão.

10

O VIGÉSIMO ANDAR ESTAVA SILENCIOSO. Ela andou lentamente pelo corredor acarpetado, certa de que alguém a pararia para perguntar o que fazia ali. Ninguém o fez.

Encontrou o quarto 2020 e colocou o cartão no slot, de certo modo esperando que não abrisse. Mas pressionou a maçaneta de bronze, e ela se moveu facilmente sob a palma de sua mão.

Lá dentro, Regina se viu cercada de tons de bege e rosa, madeira e mármore claros. A decoração era conservadora, porém moderna. Ela esperava que fosse mais opulenta, considerando o saguão, mas se sentiu surpreendentemente à vontade com o bom gosto sutil da decoração. As janelas com vista para o sul proporcionavam uma visão impressionante da cidade, do ponto mais alto em que já estivera.

— Regina?

Uma mulher apareceu do nada, quase matando-a de susto.

— Você me assustou! — Engasgou quando conseguiu voltar a respirar.

— Desculpe... não era minha intenção — disse a mulher, com um sotaque britânico seco. Vestia jeans branco e uma bata turquesa. O cabelo cor de cobre estava puxado para trás em um coque frouxo, e usava joias chiques de platina. — Meu nome é Jess. Sebastian me pediu para vir caso precisasse de ajuda.

— Você... trabalha para ele?

Trabalhei *com* ele — corrigiu Jess. — Sou *stylist* e maquiadora. Mas só estou aqui fazendo um favor. Ele achou que você poderia precisar de mim.

Regina assentiu, como se tudo fizesse sentido.

— Suas roupas de noite estão no quarto — Jess apontou para sua direita. — Me chame se precisar de alguma coisa. E vista *tudo* o que Sebastian deixou para você. Ele foi muito incisivo nisso. Sebastian é muito detalhista, como deve saber.

Não, ela não sabia. Mas começava a ter uma ideia.

Regina seguiu as orientações de Jess no quarto. Duas sacolas de compras e um saco protetor de roupas repousavam na cama king-size. O saco tinha as palavras MIU MIU escritas nele. Uma das sacolas era cor-de-rosa com laço preto e dizia AGENT PROVOCATEUR. A outra era laranja, da Prada. Ela reconhecia o nome Prada, mas não os outros dois.

Decidindo pela que lhe era familiar, pegou a sacola Prada primeiro. Dentro dela, encontrou três caixas de sapatos. Abriu a primeira, encontrando sandálias de salto alto pretas quase conservadoras o suficiente para serem algo que ela mesma teria escolhido. Mas o salto em si tinha mais de 10 centímetros e era de metal. Parecia mais uma vareta ou um prego e menos o salto de um sapato.

— Isto não é um sapato, é um instrumento de tortura. — Regina o deixou de lado. Abriu a segunda caixa e encontrou o mesmo par, um número maior. A terceira caixa continha o mesmo.

O primeiro par era do tamanho exato. Isso a irritou mais do que surpreendeu.

Regina voltou-se para o saco, segurando-o pela alça forrada de veludo com uma das mãos, enquanto abria o zíper com a outra, perguntando-se por que Jess estava no outro cômodo e se estaria irritada ou não com Sebastian por pedir para ficar de babá. Nossa, aquilo era tão constrangedor. Tirou o saco do cabide, revelando um vestido preto básico. Não tinha mangas, e sim uma gola alta, e batia pouco acima do joelho. Parecia algo que Audrey Hepburn vestiria.

Qualquer coisa que lembrasse Hepburn — Audrey ou Katharine — estava bom para ela. Era um desenrolar positivo, depois dos sapatos que também serviam como arma.

Em seguida, a sacola rosa. Teve de procurar em meio a um monte de papel de seda rosa para encontrar pacotes achatados embrulhados em papel preto. Com cuidado, desembrulhou o de cima, encontrando um delicado sutiã de renda preto. Era lindo, muito diferente do sutiã simples de algodão da Gap que usara a vida toda. Com seu bordado intrincado e sistema de fechos mínimos e elaborados, a peça não lhe parecia nada prática. Deixou-a de lado e desembrulhou o item seguinte. Mais renda saiu do papel de seda, mas esta peça ela não conseguiu identificar. Tinha a forma de um sutiã de cabeça para baixo, com quatro tiras com ganchos soltos saindo delas. A coisa era tão desestimulante que ela devolveu-a para a bolsa.

Em seguida, encontrou meias pretas que iam até a coxa, tão transparentes e sedosas que pareciam feitas de teia de aranha. Ouviu uma batida à porta.

— Está tudo bem aí? — perguntou Jess. Regina lembrou-se de que Sebastian a esperava no saguão. Era melhor se apressar.

— Tudo bem, obrigada — respondeu.

— Lembre-se de vestir *tudo*.

Regina olhou a quantidade de itens na cama. A coisa fina de renda que parecia feita de teia de aranha a encheu de ansiedade. Pensou: *posso simplesmente ir embora.*

Podia simplesmente sair porta afora, dizer à ruiva inglesa: *me desculpe, mas sua ajuda não será necessária.* Podia deixar o cartão-chave na recepção. E podia dizer a Sebastian: *não, obrigada.* Não estava interessada em bancar a Eliza Doolittle de seu Henry Higgins. Depois iria para casa, para seu quarto pequeno e... o quê? Imaginaria o que poderiam ter conversado no jantar? Como devia ser vestir-se como alguém saído das páginas da *Vogue*? E, seis meses, um ou dois anos depois, podia sentar-se sozinha neste mesmo quarto e lembrar-se da vez em que o homem mais lindo que vira na vida lhe dissera que ela era linda.

Por que você se mudou para Nova York?

Regina pegou de volta a peça misteriosa de renda preta de dentro da sacola e foi até a porta do quarto, espiando, cautelosa.

— Jess, detesto incomodar...

— É para isso que estou aqui — retrucou ela, bem-humorada.

— Não sei o que é isso. — Regina segurou a renda preta como se fosse um animal raivoso.

— É uma liga. Elas podem ser complicadas. Eu ajudo você. Não se ofenda, mas você estava levando uma eternidade.

Jess devia ter coisas mais importantes a fazer do que vestir uma adulta como se ela fosse uma garotinha indefesa. Não era de se admirar que quisesse apressar as coisas.

— Tudo bem, obrigada — agradeceu Regina, dando um passo para o lado para que Jess entrasse.

Jess pôs as mãos nos quadris e avaliou o que havia na cama.

— Lindo vestido. E perfeito para você. Ele tem um ótimo olho.

— Mas os sapatos... — ressaltou Regina, olhando os Prada como se fossem um inimigo. — Eu não conseguirei andar nessa coisa. Vou usar os meus mesmo.

Jess passou o olho pelo calçado de Regina e balançou lentamente a cabeça.

— Eu não faria isso se fosse você.

Regina assentiu.

— Tudo bem, então acho que vou andar bem devagar.

Jess ficou visivelmente aliviada.

— Boa ideia. Agora coloque o sutiã e a calcinha e lhe ajudarei com a liga e as meias.

Regina esperou que Jess saísse do quarto, mas ela não demonstrou sinais de que lhe daria privacidade.

— Não estou acostumada a trocar de roupa na frente dos outros — disse, com timidez.

— Regina, eu sou *stylist*. Já vi algumas das mulheres mais famosas do mundo sem roupa nenhuma. E Sebastian está esperando no saguão. Eu me apressaria se fosse você.

Regina se sentiu uma tola. A mulher só estava tentando ajudar, e ela fazendo estardalhaço com sua presença no quarto.

Tentando não se sentir insegura, ela tirou o casaco. Jess o pegou e o dobrou. Em seguida, desabotoou a blusa e abriu o zíper da saia, entregando as peças a Jess. De repente, ficou ciente do ar frio, a pele se arrepiando. Sentiu os mamilos endurecerem no sutiã. Não queria tirá-lo, mas a renda preta esperava por ela.

Regina estendeu os braços atrás das costas para abrir seu sutiã, mas seus dedos se atrapalharam com o gancho que abrira e fechara mil vezes.

— Eu ajudo. — Antes que Regina pudesse protestar, os dedos estranhos de Jess roçaram entre suas omoplatas e abriram o sutiã. Deixou que o sutiã simples de algodão caísse no chão e cobriu os seios, cruzando os braços na frente do tórax. Jess endireitou o sutiã de renda preta, passando as alças pelos ombros de Regina, depois o fechou.

— Não entendo como ele acertou o tamanho — comentou Regina, sentindo imediatamente que aquele era o sutiã com o melhor caimento que já vestira na vida.

— Ele tem um bom olho — repetiu Jess, os próprios olhos verdes cintilando. Algo no tom de sua voz fez Regina se perguntar se a mulher carismática conhecia Sebastian de outras maneiras, não apenas profissionalmente. — Agora isto — continuou Jess, entregando-lhe a calcinha.

Regina tirou a dela e vestiu-a o mais rápido possível, levantando a cabeça apenas uma vez para se certificar de que Jess não a olhava.

Ela olhava.

— A liga — disse Jess, entregando-lhe o objeto desconcertante.

Regina o pegou, deixando-o pendurado por dois dedos.

— Não sei como...

Jess pegou a liga e parou na frente dela. Apertou-a em volta da cintura de Regina e puxou-a para baixo de modo que repousasse em seus quadris. As tiras balançavam por suas coxas como tentáculos.

— Coloque as meias e vou apertá-las para você.

Regina sentou na cama, concentrada demais na tarefa que tinha pela frente para ficar constrangida, e lentamente puxou as meias para cima, ajeitando-as aos poucos pela coxa. Quando ambas estavam vestidas, ela se levantou e Jess se ajoelhou para abotoar as quatro tiras nas meias, uma na frente e outra atrás em cada coxa.

— Inacreditável — balbuciou Jess, quase sem fôlego. — Por que não se olha no espelho?

— Não, tudo bem — Regina ficou acanhada, mas secretamente estava curiosa.

Jess segurou o vestido preto para Regina entrar nele.

— Vire-se. — Jess puxou o zíper.

— Enfim pronta.

— Quase. — Jess colocou os sapatos lado a lado na frente de Regina e ela os calçou com cuidado. Sentia-se uma Cinderela do Mundo Bizarro.

Olhou-se no espelho e não reconheceu nada do que viu do pescoço para baixo.

— Posso recomendar mais uma coisa? — perguntou Jess.

— Hum, claro — assentiu Regina. Jess lhe entregou um batom. A embalagem era preta e tinha um acabamento quase emborrachado; era ornado com letras brancas que diziam NARS. Regina tirou a tampa, revelando um tubo novo de vermelho-escuro fosco.

— Ele deixou isso para mim também? — Jess não respondeu, mas esperou que ela o aplicasse. Já fazia muito tempo desde que Regina usara batom, no baile de formatura do ensino médio. Ela fora com Robert Wellers, seu coeditor do jornal da escola. Mais tarde, na festa de encerramento na casa de praia de Samantha Sinclair, ela esperou que Robert a beijasse na praia escura e enluarada. Em vez disso, ele contou a ela que era gay.

A mão de Regina tremeu e levou um minuto para se estabilizar o bastante para aplicar a cor vibrante nos lábios. Depois que o fez, ficou maravilhada ao ver como o vermelho dos lábios realçara o azul de seus olhos.

Sorrindo, afastou-se do espelho e entregou o batom a Jess.

— Fique com ele — disse ela. — Você está uma gata. Agora vá. Sebastian não é um homem paciente.

* * *

Regina andou pelo saguão do Four Seasons, cambaleando em cima dos saltos. Pela primeira vez na vida, estava ciente de que as pessoas a olhavam quando passava por elas. No início, pensou que fosse por causa do andar desajeitado, como se desse os primeiros passos da vida. Depois viu a expressão de um executivo e percebeu algo que jamais notara refletido nela: desejo.

Desorientada com a atenção de estranhos, o saguão desconhecido e a roupa com a qual ela não estava acostumada, Regina quase esbarrou em Sebastian.

— Oh, quase não vi você — desculpou-se, parando de repente.

Os olhos dele a percorreram da cabeça aos pés. Ela percebeu que ele sabia o que ela vestia por baixo e sentiu uma onda de constrangimento. Esperou que ele comentasse seu modelito, mas ele não disse nada, apenas a elogiou com um olhar intenso e imóvel.

Ele tirou a bolsa Old Navy que ela carregava de seu ombro.

— Isto é horrendo, você sabe.

— Bom, é uma questão de opinião. E cumpre sua função.

Agora que estava sem bolsa, ele a olhou novamente e, parecendo satisfeito, ofereceu-lhe o braço. Ela o olhou, dando o braço a ele, como se estivesse sendo acompanhada a um baile de debutante.

Esperava que fossem ao restaurante do hotel, mas ele a conduziu para fora.

— Não vamos comer aqui?

— Não. Meu restaurante preferido aqui fechou no início desse ano... L'Atelier de Joël Robuchon — respondeu, sorrindo para ela. — Mas não se preocupe, não faltam ótimos restaurantes nessa cidade. Ele abriu a porta para ela, que entrou novamente na Mercedes, desta vez com cuidado para acomodar os saltos e o vestido.

A Mercedes os levou rapidamente pela Park Avenue. Quando ela começava a se acostumar, o carro parou na 65.

O motorista saiu para abrir a porta e Regina saltou na frente de um lindo prédio neoclássico. Acima da porta da frente havia um letreiro grande, no qual se lia DANIEL.

Ao entrar, Regina viu o teto decorado de quase 6 metros, a balaustrada, os arcos e as pilastras entalhadas. A arquitetura clássica era equilibrada com móveis e objetos de decoração modernos em cores suntuosas e neutras — nogueira e creme, compensados pelas cadeiras vermelhas. O espaço era banhado por uma luz quente que emanava de lustres e arandelas na parede, e ela sabia que sua mãe ficaria impressionada com as pinturas. Cada centímetro gritava elegância, e Regina sentiu-se feliz por ter feito a vontade de Sebastian e trocado de roupa.

O maître cumprimentou Sebastian efusivamente.

— A Sala Bellecour, Sr. Barnes.

Sebastian gesticulou para que ela o seguisse, e Regina foi atrás do maître pelo salão de jantar. Novamente, sentiu os olhares observando-a e tentou ao máximo não tropeçar nos próprios sapatos. Sentia-se como Julia Roberts em *Uma linda mulher*, toda produzida naquele vestido vermelho, de braços dados com Richard Gere. Sentiu uma energia nervosa no estômago, uma felicidade frívola.

O maître abriu a porta de uma sala privativa que podia acomodar cem pessoas, mas possuía apenas uma mesa. Puxou a cadeira para Regina e ela se sentou rigidamente, enquanto Sebastian assumia seu lugar na frente dela.

— Podíamos comer no outro salão — disse ela, com uma risada desconfortável. — Isto aqui é muito espaçoso.

O sommelier trouxe a carta de vinhos, mas Sebastian mal a olhou.

— Seguiremos com o menu degustação. Então, escolha o que harmonizar com ele. — Em seguida, virou-se para Regina: — O menu degustação tem oito pratos. Espero que não esteja com pressa.

Regina fez que não com a cabeça, tentando não entrar em pânico. Sobre o que falariam durante *oito* pratos? E o quão boa podia ser a comida para que alguém quisesse tantas porções?

— Você está linda — elogiou ele. — Este vestido combina com você.

— Ah, obrigada — agradeceu ela, olhando para o copo d'água. — Você acertou os tamanhos.

— Passo muito tempo observando mulheres. — Ela corou com a declaração, depois percebeu que ele devia estar falando de seu trabalho como fotógrafo.

O garçom apareceu com os *amuse-bouche*. Colocou três pratinhos brancos diante de cada um deles e anunciou:

— Mosaico de frango e rabanete *daikon*, geleia de cogumelos selvagens e salada de vegetais baby.

— Obrigada — disse ela, desejando desesperadamente reconhecer algo colocado em sua frente. E então Sebastian piscou para ela, e seu estômago deu uma cambalhota tão rápida que ela percebeu que não seria capaz de comer nada.

11

REGINA REVIRAVA A COMIDA no prato, quando levantou a cabeça e viu que Sebastian a encarava.

— Estou decepcionado, Regina — falou. — Não pensei que você fosse do tipo que não come.

Ela sentiu o rosto corar, e o desconforto e o absurdo da situação finalmente superaram a emoção.

— Me perdoe por não devorar a comida, mas, como recebi ordens pela última hora, sinto como se estivesse em alguma peça bizarra, e não participando de um jantar de verdade. Então, perdi o apetite.

Sebastian riu.

— Hum. Uma cliente insatisfeita. É inédito para mim — brincou ele, ainda mais provocador.

— E como vou pegar minhas roupas de volta? Não vou para aquele quarto de hotel depois do jantar.

— Muito justo — concordou ele, claramente se divertindo, o que a irritou ainda mais.

— Só estou lhe dizendo desde já que não seguimos a mesma cartilha.

— Mesma cartilha, hein? Falou como uma verdadeira bibliotecária — disse ele.

Sem saber como responder a esse comentário, ela provou o vinho. Era delicioso, e o gole desceu quente pela garganta.

— Agora que mencionou o assunto, não vamos falar dos livros? Pensei que o jantar fosse para isso.

— Ansiosa para ir direto ao ponto.

— Sim — concordou, tomando mais um gole. *Basta, agora pare*, disse a si mesma.

— Por que não tem um celular? — perguntou ele.

Ela se surpreendeu com a pergunta, que pareceu ter saído do nada.

— Hum, não sei — respondeu. Jamais confessaria sua frugalidade a alguém que andava em um carro com motorista e considerava um dos hotéis mais caros do mundo apenas um quarto de vestir.

— É inconveniente — continuou ele.

— Não para mim.

— Algum dia usou ligas? — perguntou.

Ela quase cuspiu o vinho.

— *Como?*

— Você disse que queria ir direto ao assunto. — Seus olhos eram intensos e sua expressão, séria. Claramente o interrogatório sobre o celular tinha sido apenas um aquecimento. — Como se sente usando a lingerie que comprei para você?

— Como se estivesse fantasiada — retrucou ela.

— Você fala como se fosse ruim.

Os pratos foram retirados e o garçom reapareceu, o que deu a Regina uma trégua momentânea das perguntas de Sebastian. Um novo prato foi colocado diante dela, tão elegantemente preparado que parecia mais arte do que comida.

— Raviólis de *mousseron* e acelga suíça, queijo Nettlesome, picles de cogumelos St. George, brotos de samambaia — anunciou o garçom. O sommelier retirou as taças, embora ainda estivessem pela metade, e outras novas foram colocadas. Ele apresentou outra garrafa a Sebastian.

— Domanine Drouhin Meursault, safra 2008.

Regina começou a recusar educadamente o vinho, mas um olhar crítico de Sebastian a silenciou.

Quando estavam novamente a sós na mesa, Sebastian ergueu a taça.

— Às fantasias — brindou com um sorriso.

— Por que está brindando às fantasias? — perguntou ela, tocando a taça na dele.

— Porque são inspiradoras. E libertadoras.

Para você é fácil falar, pensou.

— O que há de tão libertador em me dizer o que vestir?

— Pense bem. Imagine se eu tivesse lhe dito que iríamos a um restaurante e que você iria precisar se produzir. Você ficaria em um dilema sobre o que vestir, onde comprar a roupa, quanto gastar... eu só cuidei de todo esse trabalho e da preocupação. Abrir mão do controle é a libertação definitiva.

— E quanto a dar alternativas?

— Você pôde escolher — disse ele. — Podia ter se recusado a sair comigo. A vestir as roupas.

Regina assentiu, pensando em como havia cogitado ir embora do hotel.

Ela deu uma mordida no ravióli. Estava delicioso e surpreendentemente satisfatório, sem comparação com qualquer coisa que tivesse comido antes.

— Quero ver você nesse sutiã e nessa liga — disparou ele. Ela engoliu em seco antes de estar pronta para tal. Tossiu e tomou um gole grande de vinho.

— Isso não vai acontecer — falou Regina, embora apenas ouvir as palavras saindo da boca de Sebastian tivesse provocado um formigamento entre suas pernas igual ao que sentira quando estivera na cama sozinha, acordada no meio da noite tocando a si mesma.

— Não precisamos fazer sexo — tranquilizou ele. — Fico apenas muito inspirado com a beleza e fiquei curioso sobre como você ficaria de lingerie no minuto em que pus os olhos em você.

— Sei que você é fotógrafo — retrucou ela.

— Ah... a vida na era do Google. Estamos sendo privados de qualquer senso de descoberta ou mistério. Não concorda?

— Eu não procurei você no Google. Minha colega de apartamento estuda na Parsons e tem praticamente todas as revistas de moda do planeta. Vi suas fotos em uma delas.

Ele assentiu.

— A fotografia de moda sempre é um exercício interessante. Mas, em geral, é só um trabalho. Meu tipo de fotografia preferido é bem diferente.

— E que tipo é esse?

Ele sorriu, e algo no modo como a olhou a fez se sentir mais exposta do que estivera enquanto se despia diante de Jess.

— Se me permitir, vou lhe mostrar.

— Vou procurar no Google — disparou Regina, com raiva do efeito que Sebastian tinha sobre ela. Não queria que ele soubesse que exercia todo aquele poder.

— Não vai encontrá-las na internet — sentenciou. — Não vai encontrá-las em lugar nenhum.

— Neste caso, acho que não as verei então.

— Tenho certeza de que irá vê-las — afirmou Sebastian. — E, por falar em fotos, viu o livro de Bettie Page?

— Um pouco. Eu estava no trabalho, então não pude realmente...

— Faça-o antes de dormir esta noite.

Regina tomou outro gole do vinho.

— Por que essa fixação em Bettie Page?

Ele pareceu avaliar cuidadosamente a pergunta, embora fosse evidente que tivesse a resposta na ponta da língua.

— Eu a acho... assim como o efeito que tem nas pessoas... intrigante. É compreensível o fato de ela ter gerado tanto burburinho em sua época: poucas mulheres posavam daquele jeito, certo? Mas por que ela ainda faz tanto sucesso? Hoje há mulheres nuas por toda parte. As fotos na internet são muito mais explícitas do que qualquer coisa que ela tenha feito. Muitas mulheres são bem mais bonitas. Mas, ainda assim, só existe uma Bettie Page.

Sua expressão era animada, e o fato de ser fotógrafo de repente pareceu mais real. Ele se interessava por este tipo de coisa. Pensava nisso como Regina pensava em livros.

Regina desejou poder deslumbrá-lo com alguma observação digna de Camille Paglia sobre a semiótica de Bettie Page, mas, verdade seja dita, ela jamais ouvira falar nela antes do comentário de Alex sobre seu cabelo.

— Queria que levasse isso a sério — interrompeu ele de repente, os olhos fixos nos dela. Ela respirou fundo. — Não a convidei para jogar conversa fora. E, apesar do que você pensa, não a convidei para trepar com você... Embora eu pense nisso, Regina.

Seu estômago deu uma pequena cambalhota e ela desviou o olhar. Parte dela queria que ele parasse de falar e outra parte rezava para que ele não o fizesse.

— Incomoda-se que eu diga isso? — perguntou.

— Não. — Ela suspirou, quase inaudível.

— Você me olha com esses olhos azuis enormes e eu não sei se é só timidez ou se você está me julgando em silêncio — retrucou ele.

Ela o olhou, sobressaltada.

— Por que eu o julgaria?

— Você me julgou no dia em que me viu trepando com aquela mulher na biblioteca.

Ela se encolheu com o uso repetido e tranquilo do termo *trepar*.

— Bom, sim. Não acho que a biblioteca seja um lugar apropriado para isso...

— Posso lhe dizer uma coisa? — indagou ele. Algo em sua voz e no modo como seu olhar passou dos olhos para os lábios de Regina deixou-a com o corpo tenso.

— Sim — sussurrou.

— Eu penso em trepar com você na biblioteca.

O sangue tomou seu rosto. Ela baixou os olhos para a mesa. E então, entre as pernas, sentiu uma pulsação apavorante de desejo.

* * *

DEPOIS DO JANTAR, a Mercedes esperava por eles do lado de fora do restaurante. Virou para a esquerda e seguiu rumo à Sétima Avenida.

— Aonde vamos? — perguntou ela.

— Vou levar você para casa — respondeu ele. Regina tentou não sentir-se decepcionada.

— Não precisa do meu endereço?

— Eu tenho seu endereço.

— O quê? — Qualquer que tivesse sido o feitiço lançado pelo vinho, pelas roupas elegantes e pela conversa sobre sexo fora subitamente rompido. — Como sabe meu endereço?

— Peguei na administração da biblioteca.

— Eles não podem dar meu endereço a qualquer um!

— Eu não sou "qualquer um", Regina. Eles me conhecem.

— A questão não é essa!

— Está se sentindo violada? — Algo no modo como a olhou a fez ter certeza de que não falava do endereço.

— É só que... não é adequado — disse ela.

Ele pareceu pensar no assunto e assentiu devagar.

— Posso ser inadequado, é verdade. Não sou bom em pedir permissão. — Ele pegou a mão dela, e ela olhou nos olhos de Sebastian. A intensidade deles a agitou de uma forma que jamais experimentara. — Acho que deve saber isso a meu respeito, se vamos passar mais tempo juntos.

E, com essas palavras, a irritação dela evaporou. Eles passariam mais tempo juntos.

Quando o carro estacionou na frente de seu prédio, ela conseguiu dizer:

— Obrigada pelo jantar.

Ele pegou a mão dela, e seu toque pareceu pesado e quente, fazendo-a querer se inclinar na direção dele.

— Eu falei sério sobre ver o livro de Bettie Page esta noite. Quero saber o que você acha dele. Quero conhecer você, Regina.

— Tudo bem. — Novamente, os olhos dele se fixaram nos dela. Naquele olhar inabalável, ela sentiu que, de certo modo, fizera uma promessa significativa. Mas nem imaginava o que havia prometido.

12

REGINA NÃO CONSEGUIA DORMIR.

Horas depois de Sebastian tê-la deixado, sua mente ainda martelava com trechos da conversa e a lembrança de como ele a olhara. E embora mal a tenha tocado a noite toda — uma mão no braço aqui e ali, o roçar do ombro — seu corpo estava excitado, tenso como uma mola que ela sabia que precisava soltar.

Regina puxou a camisola sobre os quadris e se esticou na cama, e então tocou-se levemente por baixo da calcinha de algodão. Passou a mão por dentro da calcinha, masturbando-se da maneira que nunca falhava em lhe dar prazer. Esfregou seu clitóris e passou o dedo indicador novamente para dentro e para fora, mas mal sentiu alguma coisa. O que diabos havia de errado com ela? Tentou pensar em Sebastian, tocando-se novamente, mas isso só a deixou envergonhada.

Confusa, ela levantou e sentou-se na cama. Era melhor parar agora do que ficar ainda mais frustrada. Virou-se e olhou pelas cortinas. A lua estava pela metade e brilhava, e ela abriu a cortina para que sua luz tomasse o quarto. Então, vendo as sombras brincando na parede, lembrou-se do pedido dele para que visse o livro de Bettie Page.

O exemplar repousava sobre sua mesa de cabeceira e ela o levou para a cama. A linda morena da capa sorria para ela, quase piscando, como se dissesse: "Não se preocupe".

Aposto que você nunca teve um problema desses, pensou Regina. A luz da lua não era forte o suficiente para que ela conseguisse ler.

Então, acendeu a luz do teto. Piscou com força e voltou para a cama levando o livro. Folheou as páginas, procurando por alguma dica do que Sebastian achara tão interessante. A mulher era bonita, isso era certo. Mais do que isso, ela parecia confiante. Apesar de algumas poses mais provocantes, seus olhos azuis tinham, como diria o pai de Regina, um "brilho". Em muitas das fotos, ela exibia um largo sorriso que, de algum modo, conseguia ser muito antiquado e ao mesmo tempo inteiramente americano em sua sinceridade.

A primeira parte do livro, *Prelúdio a uma pin-up*, mostrava fotos de uma jovem Bettie Page vestida normalmente e em nada extraordinária — mas bonita. Nem tinha ainda a franja que era sua marca registrada. O capítulo seguinte mostrava Bettie na época em que se mudara para Nova York, pouco antes de se tornar modelo. O texto dizia: "Ela era uma secretária anônima que trabalhava a semana toda e fazia longas caminhadas solitárias nos fins de semana, sonhando com uma vida mais glamorosa." Regina não conseguia imaginar como aquela mulher bonita e de pose autoritária que via na última metade do livro podia ter se sentido solitária ou ter trabalhado em um tedioso emprego como secretária.

Ela folheou mais o livro, examinando a progressão: Bettie de sutiã e meia-calça com cinta-liga, depois brandindo chicotes e, por fim, sendo amarrada e amordaçada.

Regina fechou o livro.

Perguntou-se se Bettie um dia sentira-se como ela naquela noite, sob o olhar de Sebastian: em parte emocionada, em parte mortificada. Imaginou se Bettie um dia teria deixado que um fotógrafo a tocasse.

Regina pensou no pedido de Sebastian para fotografá-la. O que dissera a ele era verdade: odiava que a fotografassem. Envergonhava-se enquanto os outros focavam a câmera nela e, em geral, odiava como saía. Não se considerava presunçosa, mas a ideia que fazia de sua aparência não combinava com o que via nas fotos. Ela se perguntou como devia ter sido para Bettie Page. Será que resistira de início? Teria feito por dinheiro? Como encontrara coragem para tirar a roupa? Regina jamais poderia fazê-lo, e vivia em uma época na qual era mais comum ver mulheres despidas do que vestidas. Quem *não* tinha fotos nuas na internet hoje em dia? Ou um filme pornô? Às vezes Regina acreditava ser a única.

Ela olhou para chão, para a lingerie empilhada, formando um montinho escuro. Estivera cansada demais para colocá-la na máquina de lavar. Pegou as ligas, brincando com os pequenos ganchos. Depois saiu da cama e levou as peças consigo até o espelho de corpo inteiro, recostado contra a parede ao lado de seu pequeno armário. Tirou a camisola e olhou para seu corpo. Estava nua, exceto pela calcinha simples de algodão branco. Pensou em experimentar as ligas para ver como ficava com elas, mas era trabalhoso demais. Em vez disso, teve o impulso de se tocar. Passou as mãos levemente pelos seios. Não conseguia se ver; em vez disso vislumbrava a dançarina burlesca, a mancha de torta de mirtilo entre os seios, os dedos correndo pelo corpo e entrando na boca. Regina não entendia como aquela mulher era capaz de fazer aquilo na frente de uma plateia ou como Bettie Page podia tirar a roupa para a câmera. Será que era bom ter gente assistindo? Será que isso fazia com que elas se sentissem bonitas?

Regina correu a mão da barriga até os seios, como a dançarina fizera. Brincou com os mamilos, vendo-os crescer em pontinhos, e imaginou outra pessoa olhando-a. Desviou o olhar do espelho, sem graça. Mas não havia como negar o que seu corpo precisava que fizesse. Voltou para a cama, apagou a luz e deitou-se sobre as cobertas. Em segurança sob a escuridão, tocou novamente os seios, desta vez sem desistir até sentir a familiar pulsação entre as pernas. Moveu uma das mãos levemente para afagar o clitóris, a outra ainda esfregando gentilmente os mamilos. Fechou os olhos, imaginando Sebastian ali, na beira da cama, olhando-a, dizendo a ela que não parasse. Ela lhe diria que não podia fazer isso na frente dele, e ele perguntaria: *Não foi por isso que você se mudou para Nova York? Para fazer algo sexual, vivo e real?*

Ela gemeu baixinho, colocando um dedo dentro de si. Imaginou Sebastian dizendo: *deixe que eu faça isso para você.* E ela diria: Não, não posso. Mas ele afastaria sua mão e a tocaria, e ela deixaria, e ele a masturbaria com suas mãos grandes... Tocando-a de um jeito que ela nem saberia que queria ser tocada.

A mão de Regina movia-se rapidamente para dentro e para fora, ficando escorregadia com a própria excitação. Manteve os olhos fechados, o rosto e a voz de Sebastian nítidos enquanto sentia os primeiros tremores de orgasmo, uma onda que veio sucessivas vezes e a fez rolar na cama até pegar no sono.

✳ ✳ ✳

O BARULHO DO DESPERTADOR a acordou de supetão. Como já podia ser de manhã?

Regina abriu as cortinas, e o sol brilhava alto. Afundou nos travesseiros novamente. Havia se revirado na cama a noite toda e, mesmo enquanto dormia, sua mente disparava com sonhos que a despertavam. Ela acordava ensopada de suor, mas incapaz de se lembrar de nada. Por um minuto, pensou que o jantar com Sebastian Barnes havia sido um deles, mas o vestido Miu Miu no chão, ao lado dos sapatos de salto alto, era prova de que o encontro tinha sido real, não apenas fruto de sua ativa imaginação noturna.

E então, constrangida, lembrou-se da fantasia que tivera enquanto se masturbava.

Uma batida na porta a assustou.

— Você esta aí? — chamou Carly.

— Sim. Está tudo bem? — perguntou Regina, sentando-se e passando a mão pelo cabelo.

Carly abriu a porta. Ainda estava com as roupas de dormir, uma camiseta Juicy Couture e calça de ioga preta Athleta. O cabelo estava preso em um rabo de cavalo alto e embaraçado, seu iPhone já zumbindo com as mensagens que recebia.

— Você não estava aqui quando saí ontem à noite. Depois fiquei em dúvida se você dormia em casa. — Carly notou a pilha de roupas no chão. Curvou-se e pegou o vestido Miu Miu. — Mas o que é isso? Você assaltou a Bergdorf?

Regina saiu da cama e passou por Carly, indo até a cozinha e ligando a cafeteira Keurig.

— Falando sério — continuou Carly, seguindo-a. — O que tá rolando? Sei que esse vestido custa uns 600 dólares. No mínimo. E esses sapatos! Pensei que você fosse devotada a seu estoque vitalício de Tom's...

Regina abriu a geladeira e tirou um vidro de manteiga de amendoim Skippy, pegando uma colherada.

— Como pode comer tão cedo? — perguntou Carly.

Regina lambeu toda a manteiga de amendoim da colher.

— Jantei com Sebastian Barnes ontem à noite.

Os olhos de Carly se arregalaram com respeito recém-adquirido.

— Você saiu com Sebastian Barnes? — perguntou ela.

— Isso mesmo. — Regina encheu outra colher de manteiga de amendoim.

— Sua vaca sortuda! — exclamou Carly. — Meu Deus, você me enganou, Regina. Choramingando pelos cantos toda quietinha, enterrada em seus livros... eu nunca poderia ter imaginado.

— Acredite... nem eu.

— Ele é bom de cama? — perguntou Carly.

— *O quê?* Eu não transei com ele. — Regina ficou mortificada.

— Ora, que erro. Onde vocês foram?

— Ao Daniel — disse Regina, procurando na gaveta cheia de sachês de café pelo mais forte que pudesse encontrar.

— Eu *aaaamo* o Daniel — exagerou Carly, fazendo biquinho. — Quantos anos ele tem? É mais velho que a gente, né? Os homens de 20 anos não entendem nada de encontros. Percebeu isso?

Regina, claro, não tinha percebido. Não sabia nada sobre homens de 20 anos e encontros — aliás, não sabia nada sobre homens de qualquer idade. Além disso, nem tinha certeza se fora um encontro de verdade. Mais parecera uma espécie de exercício estranho, uma demonstração de poder de um homem que gostava de jogar dinheiro fora, que provavelmente dormira com todas as mulheres de Nova York e estava apenas procurando carne fresca.

— Eu não chamaria de encontro — corrigiu Regina. — Não vou nem pensar muito no assunto.

— Ah, não... não vou deixar que faça isso — avisou Carly.

— Fazer o quê?

— Pensar demais. Você não sabe se divertir, Regina? Toda mulher em Nova York quer uma chance com Sebastian Barnes... e você a tem. Vai nessa. Viva um pouco. Há mais na vida do que guardar livros em uma biblioteca qualquer.

— Talvez não para mim — retrucou Regina. Mas, pela primeira vez, começava seriamente a questionar isso.

13

— Aqui é a Mesa de Retirada?

— Sim — confirmou Regina, levantando a cabeça de sua pilha de tiras de requisição. Era um dia movimentado para a Mesa de Retirada. As sextas-feiras sempre eram. Era o último dia do horário normal da biblioteca durante a semana e, além disso, supunha que a maioria das pessoas não queria trabalhar o fim de semana todo.

A jovem parada diante dela tinha a cabeça raspada, piercings em toda a orelha esquerda e um dos braços tomados por tatuagens. Também trazia uma bolsa trespassada ao corpo e um saco protetor de roupas pendendo sobre um braço.

— Tenho uma encomenda para... — A jovem pegou um pedaço de papel amassado de dentro do bolso; usava luvas de couro sem dedos.— Regina Finch — concluiu.

— Sou eu — disse Regina. A essa altura, Alex percebera a fada mensageira e ficou por perto, claramente tentando descobrir um jeito de entrar na conversa.

A jovem lhe entregou o saco protetor de roupas.

Regina sentiu o rosto ficar vermelho. Suas roupas da noite anterior.

— Hum, obrigada — murmurou, rapidamente colocando o saco debaixo da mesa.

— Espere um minutinho. Tem mais — prosseguiu a jovem, mascando o chiclete. Vasculhou a bolsa e entregou a Regina um envelope dourado lacrado. — Assine aqui. — Estendeu-lhe uma prancheta e uma caneta. Regina assinou.

A jovem colocou a prancheta na bolsa e foi embora.

— Que gata — disse Alex. — Por que não enrolou um pouco?

— Enrolar para quê?

— Eu estava trabalhando na minha apresentação.

Regina revirou os olhos.

— Da próxima vez, trabalhe mais rápido.

— O que é isso? — perguntou ele.

Uma senhora idosa aproximou-se da mesa e entregou a Regina algumas tiras de requisição. Regina passou-as a Alex, efetivamente despachando-o.

Esperou que a mulher voltasse para sua mesa e que Alex desaparecesse para pegar os livros antes de abrir o zíper do saco protetor. Confirmando suas suspeitas, dentro dele encontrou as roupas que tinha deixado no Four Seasons. Justo quando a noite anterior começava a parecer fruto de sua imaginação, a visão da saia e da blusa que deixara para trás como uma pele velha reaparecia como um sapatinho de cristal, provando que tudo realmente tinha acontecido. Enfiou as roupas embaixo da mesa, abrindo o envelope dourado e tirando dele um rígido cartão preto com letras douradas.

Junte-se a nós no vernissage da exposição **Começos, com fotografias de Luc Carle, Joanna Lunde e Sebastian Barnes.**

Galeria Manning-Deere , Greene Street, 42, 18h.

O evento era naquela noite. Tudo em que conseguia pensar era que Sebastian queria vê-la de novo.

A ideia de realmente ir a deixou nervosa, mas ela sabia que, se não se forçasse a ficar fora de sua zona de conforto, passaria o resto da vida em Nova York escondendo-se em seu quarto mínimo enquanto todo mundo seguia com suas vidas.

— Regina, por que não atende o telefone? Estou ligando há cinco minutos.

Regina levantou a cabeça e viu Sloan perto da mesa.

— Desculpe... Não o ouvi tocar.

— O que é isso? — perguntou ela, olhando o convite em sua mão.

— É só... não sei. Encontrei na minha mesa.

Sloan tirou-o de suas mãos, e um leve sorriso abriu em seu rosto.

— Devem ter entregado errado — afirmou ela, metendo-o sob o braço. Olhou para Regina como se a visse pela primeira vez.

* * *

REGINA ENTROU EM SEU APARTAMENTO, lutando com os braços cheios de livros que ainda precisava ler para as indicações ao prêmio de ficção. Fechou a porta da frente com o pé e foi pega de surpresa por estranhos ruídos que saíam do quarto de Carly. *Que ótimo,* pensou Regina. *A última coisa de que preciso é ouvir Carly transando a noite toda.*

Mas, ao entrar na cozinha, percebeu que o barulho que ouvia não era, pela primeira vez, dos gemidos e grunhidos de paixão

Ela estava chorando.

Regina largou as bolsas no quarto e foi até a porta de Carly. Bateu de leve.

— Carly? Está tudo bem?

Nenhuma resposta, a não ser por um aumento no volume do choro.

— Carly, posso entrar?

Esperou alguns segundos, ouvindo em seguida um arrastar de pés.

Carly abriu a porta, e Regina percebeu que ela estava com o rosto inchado, vermelho e encharcado de lágrimas.

— O que houve? Você está bem? — perguntou Regina.

— Rob terminou comigo — respondeu ela, a resposta incitando uma nova onda de soluços.

— Quem é Rob? — Parecia uma pergunta inofensiva, mas, por algum motivo, fez Carly chorar ainda mais.

— Meu *namorado* — esclareceu.

— E o Derek?

— Derek? Derek é só, sei lá, um estepe até que Rob estivesse disposto a se comprometer. Fala sério, Regina... não achou que eu levasse Derek a sério, achou?

Parecia muito sério nas vezes em que fui acordada no meio da noite, pensou Regina.

— Vou te contar... A dor é quase física. Parece que vou morrer — desabafou Carly, teatralmente. — Estou apaixonada por ele. *Apaixonada*. Já se apaixonou alguma vez?

Regina balançou a cabeça.

— Bom, sorte a sua. Eu não desejaria esse inferno nem para meu pior inimigo. — E então, para completa surpresa de Regina, Carly se jogou em seus braços, seu corpo magro sacudindo com os soluços.

— Vai ficar tudo bem — tranquilizou Regina, afagando sua cabeça.

E então seus pensamentos se voltaram para o convite, para a exposição de fotografia. Sentiu-se egoísta ao pensar nisso quando Carly estava tão abalada, mas não conseguiu evitar. Não sabia o que fazer sobre ele e a insistência de Sloan de que fora entregue errado. Passara o dia todo querendo contar a Carly. Mas teria de esquecer isso por ora. Seu drama imaginário era menos importante que a mágoa real da colega de apartamento.

E então Carly falou.

— Não estrague seu lance com Sebastian.

Regina a olhou, surpresa.

— Por que diz isso?

— Porque eu estraguei tudo, e estou tentando te poupar de sentir o que estou sentindo agora. Ele telefonou?

— Não.

— Hum. Essa história de não transar não é atraente, Regina. Você devia pensar nisso.

Regina ignorou-a e disse:

— Ele me convidou para uma de suas exposições fotográficas.

Carly se animou.

— Quando vai ser?

— Hoje. Mas não tenho certeza absoluta de que ele pretendia me convidar.

Regina contou a Carly sobre o comentário de Sloan. Carly revirou os olhos.

— Essa mulher é uma vaca. E quem liga se o convite foi entregue no lugar errado? Você é da elite agora, Regina. Aproveite. Como se diz mesmo? É melhor depois pedir perdão do que permissão.

Regina não estava convencida. Mesmo que ele de fato *tivesse* mandado o convite, ela percebeu que estava prestes a bancar a tola. Tinha uma paixonite por um homem que era muita areia para o seu caminhão. Talvez ele a achasse divertida; talvez tivesse havido uma brecha em sua agenda social e ele gostasse de passar o tempo transformando a nova garota do pedaço em seu projeto pessoal. Era a única explicação para as coisas loucas que lhe dissera sobre ficar só de saltos ou querer fotografá-la. E nada disso fazia sentido porque não era para valer. Era melhor esquecer tudo... e esquecer ele também.

— Não sei. Eu não vou — disse Regina.

— Não vai uma ova. Não tem por que ficarmos infelizes aqui. — Assoou o nariz ruidosamente. — Além do mais, ajudar você a se vestir me dará alguma coisa útil para fazer.

— Não preciso de ajuda para me vestir.

— Regina, agora você falou como louca. Abra meu armário.

* * *

REGINA O VIU ASSIM QUE entrou na galeria fortemente iluminada e de paredes brancas da Greene Street.

Sebastian estava no meio do salão, cercado de pessoas. Elegante, como sempre. A camisa aberta no pescoço, os ombros largos retos, os cabelos pretos lustrosos, alguns centímetros mais alto do que qualquer outro por perto. De repente, ele levantou a cabeça, fixando os olhos escuros nos dela. O estômago de Regina deu um salto, e ela mal conseguiu manter a compostura. Não queria interrompê-lo, e decidiu que circularia pelo salão para ver as fotos. Mas Sebastian já se separava do grupo, indo na direção dela. E todos os demais presentes no ambiente seguiam o olhar dele.

— Fico feliz que tenha conseguido vir — saudou Sebastian, sorrindo.

Então o convite havia sido para ela, afinal. A confirmação a deixou tonta. Sabia que devia dizer alguma coisa despretensiosa como *eu não perderia por nada* ou algo indiferente como *eu estava passando por aqui mesmo*. Mas só conseguiu sorrir timidamente, e isto pareceu agradá-lo. Em seguida percebeu a única coisa que deveria ter dito, algo que genuinamente pensava.

— Meus parabéns. Não entendo muito de fotografia, mas tenho certeza de que isso é grande.

Ele riu, mas não de forma jocosa.

— Eu diria que é entre médio e pequeno. Digamos apenas que estou subindo aos poucos.

E então uma forma loura conhecida deslizou pela multidão como mercúrio, surgindo do nada ao lado deles. O cabelo platinado de Sloan estava preso em um rabo de cavalo baixo e ela vestia uma saia lápis preta e blusa sem mangas que mostrava seus braços bronzeados e torneados.

— Que surpresa vê-la aqui, Regina — saudou Sloan. O tom era distraído, mas qualquer um que visse o olhar que ela disparara entenderia por que Regina se retraiu. Felizmente, Sloan voltou sua atenção de imediato para Sebastian. — Então finalmente conseguiu a mostra que queria. — Sloan ergueu a taça de champanhe em um pequeno brinde.

Sua declaração indicava uma familiaridade entre eles que surpreendeu Regina.

— Não *exatamente* o que eu queria, mas um passo na direção certa — devolveu Sebastian. O tom era mais educado que simpático. — Pode nos dar licença por um momento?

Isso era mais uma ordem que um pedido.

Se Sloan se sentiu desprezada, disfarçou rapidamente.

— Claro, você está trabalhando. Vá... circule. Vou dar uma olhada na concorrência — disse, dando uma piscada de olhos.

Sebastian guiou Regina pelo grupo de pessoas que os cercavam por todos os lados. Ela resistiu ao impulso de olhar para Sloan, sabendo o bastante para entender que, de algum modo, pagaria pelo pouco caso de Sebastian. Sentiu-se acuada e desejou que Carly tivesse concordado em vir.

Seguindo Sebastian de volta ao salão, Regina percebeu que uma das paredes tinha o nome dele em grandes caracteres pretos.

— É o seu trabalho? — perguntou, ao parar para admirar.

— Sim — respondeu ele.

— Quero ver. — Regina foi até as fotografias. Ele parecia impaciente, e isso a surpreendeu. — Não foi por isso que me convidou? Para ver as fotos?

— Convidei-a até aqui porque queria ver *você*.

Ela não sabia nem o que responder. Então, virou-se para a parede de fotografias. Eram todas em preto e branco. Então notou que todas eram da mesma mulher, um rosto tão famoso que até Regina a reconheceu: a modelo holandesa Astrid Lindall.

— São incríveis — elogiou Regina. — De que revista tirou?

— São minhas fotos pessoais — rebateu ele. — Nunca foram publicadas em uma revista.

Regina sentiu uma pontada desagradável de ciúme... e insegurança. Teria ele namorado Astrid Lindall? E, se o tivesse, como podia estar interessado *nela*?

— São mesmo... lindas. São suas fotos preferidas?

Ele soltou uma risada curta.

— Não, por quê?

— Bom, porque você as escolheu para expor.

— Eu não as escolhi... foi o que a galeria pediu. Eu as tirei há muito tempo. Foi por isso, em parte, que consegui entrar nesta exposição. Todas as fotos aqui esta noite são do início da carreira dos fotógrafos. Conhece o trabalho de Luc Carle? Se conhece, ficará surpresa ao ver seus primeiros temas.

Regina não sabia nada a respeito de Luc Carle — era totalmente ignorante quando se tratava de fotografia. A única razão pela qual reconhecera Astrid Lindall é que o rosto dela fora onipresente durante a adolescência de Regina.

— Sebastian, bravo — disse uma mulher de cabelo branco e curto, usando óculos imensos com armação redonda preta. — Que ensaio magnífico. Sabe, há um tempo ouvi boatos a respeito de suas fotos com Astrid, mas pensei que fossem apenas um mito... Como o Pé Grande. — A mulher riu.

— Obrigado por vir — agradeceu ele, sem esconder o fato de que estava distraído.

Com a mão repousando de leve nas costas de Regina, ele a conduziu para um canto tranquilo embaixo de uma escada.

Regina percebeu Sloan olhando disfarçadamente para eles.

— Por que não está usando os sapatos que te dei? — perguntou. Regina o olhou, surpresa.

— Estamos no meio da sua exposição e você está preocupado com os sapatos que estou calçando?

— Claramente eu sou uma pessoa observadora, Regina. Eu te disse que esse tipo de coisa é importante para mim. Você pelo menos está com a lingerie?

— Hum, sim. — mentiu.

Ele examinou seu rosto, e ela riu de nervoso.

— Venha comigo. — Sebastian subiu as escadas estreitas e pintadas de preto, e ela o seguiu. O segundo andar era mais escuro, e as paredes estavam nuas. Mesas e cadeiras foram empurradas para um dos lados da sala e caixas de papelão grandes achatadas estavam encostadas em uma parede.

Eles estavam completamente sozinhos.

— Acho que não devíamos estar aqui em cima — alertou ela.

— Tenho certeza que não — disse Sebastian, abrindo-lhe um sorriso arrasador. — Agora me mostre sua calcinha.

— Não vou te mostrar minha calcinha!

— Eu sabia que estava mentindo para mim.

Ela ruborizou.

— Muito bem. Eu menti. Mas, mesmo que não fosse mentira, não iria mostrar minha calcinha. Sinceramente, você só pode estar de brincadeira.

— Eu não podia estar falando mais sério. — A maneira como a olhou fez seu coração pular por um instante.

Ele se aproximou dela até que poucos centímetros a separavam do corpo dele. Inicialmente, ela teve medo, achando que ele a tocaria. Então, quando ele não o fez, ela ficou decepcionada. Passou-se um minuto e ela olhou para o chão. Sentiu os olhos dele nela e ficou envergonhada.

— Da próxima vez, faça o que eu pedir — sussurrou ele.

E ele passou por ela, descendo a escada.

14

POR MAIS QUE REGINA TENTASSE resistir à tentação de ler enquanto cuidava da Mesa de Retirada — achava desrespeitoso com as pessoas que precisavam de sua ajuda —, podia justificar sua leitura se fosse para o Prêmio de Ficção Young Lions. Naquela manhã, as tiras de requisição começaram a empilhar na mesa antes que ela abrisse um dos romances de sua lista. Era a estreia de uma jovem britânica cujo pai fora um premiado romancista. Regina estava absorvida tentando discernir a influência estilística do pai da escritora quando ouviu Alex dizer: "Oi de novo!", com uma inapropriada voz estourada.

Assustada, percebeu que ele não falava com ela, mas com a mensageira tatuada que havia voltado.

— Ei — respondeu a jovem, olhando para Regina, não para ele. — Assine aqui. — disse ela, entregando uma sacola de compras cor-de-rosa e preta que Regina rapidamente enfiou debaixo da mesa. Rabiscou sua assinatura e praticamente prendeu a respiração, esperando que a garota se retirasse.

Regina olhou para baixo em direção à sacola a seus pés. Um envelope estava preso às alças de plástico pretas. Puxou-o e o abriu.

Bom dia, Regina.

Fiquei feliz em vê-la na galeria ontem à noite. Espero que tenha gostado da exposição... E da nossa conversa.

Isso me leva à sacola de compras. Dentro, você encontrará um par de Louboutins e algumas roupas de baixo. Por favor, vista-as imediatamente.

— S.

Suas mãos tremiam ao enfiar o bilhete dentro de sua bolsa Old Navy.

— Na boa, Finch, o que tá pegando? — Alex reapareceu atrás dela.

— Nada — respondeu ela.

O telefone da mesa tocou, e ele caridosamente recuou para atender, deixando-a sozinha com a sacola. Ela furtivamente espiou dentro e encontrou uma caixa achatada preta, embrulhada com uma fita dourada. A caixa tinha grafadas letras douradas que diziam AGENT PROVOCATEUR: NOITE.

Não havia como abri-la disfarçadamente em sua mesa.

— É para você — anunciou Alex, entregando-lhe o telefone.

Ela lhe lançou um olhar intrigado, e ele deu de ombros.

— Alô — disse.

— Regina, é sua mãe.

Ela sentiu o estômago se contrair.

— Mãe, estou trabalhando. Por que está me ligando?

— Não precisaria telefonar se você me retornasse de vez em quando. Acha que essa mudança é fácil para mim?

— Ok, me desculpe. Está tudo bem?

— Tudo bem. Estou me acostumando a ficar sozinha. Acho que as pessoas podem se acostumar a qualquer coisa.

Regina esperava que sua mudança para Nova York fizesse com que a mãe finalmente começasse a viver a própria vida e parasse de usar sua viuvez e sua filha única como desculpa para evitar tudo. Mas obviamente havia sido ingênua ao pensar dessa forma.

— Realmente não posso falar agora, mamãe.

— O que vai fazer no seu aniversário?

— O quê? — O aniversário de Regina era dali a duas semanas. Ela não tinha pensado muito a respeito, e certamente não imaginava que a mãe fosse fazer parte de qualquer comemoração.

— Tudo bem, se você insiste, eu vou até aí. Jantaremos. Faça uma reserva num local perto da biblioteca. Quero ver seu escritório.

— Regina?

Ela olhou para cima e viu Sloan pairando sobre a bancada.

— Que diabos está fazendo?

— Hum... nada — respondeu. Então sussurrou ao telefone: — Tenho que ir.

— Era uma ligação pessoal?

— Não — mentiu. Viu os olhos de Sloan movendo-se em direção à sacola de compras. Regina chutou-a para debaixo da mesa.

— Peça a Alex para cobrir você. Haverá uma reunião do Young Lions em dez minutos.

* * *

A SALA DA CURADORIA estava menos cheia do que na última reunião. Parecia que apenas os membros do comitê de ficção estavam presentes, tornando impossível para Regina desaparecer em meio à multidão.

— Você senta aqui, Regina — ordenou Sloan, puxando uma cadeira perto dela. A cadeira escolhida era ao lado de Sebastian.

Regina podia sentir o olhar sedutor dele, mas manteve os seus no bloco à sua frente. Pensou no bilhete com instruções que havia ignorado. Irracionalmente, sentiu pânico. Então se deu conta do quão absurdo era tudo aquilo. Importava se ele não gostasse dos sapatos dela? Quem ele pensava que era, dizendo como ela devia se vestir? Talvez ela gostasse de sapatos confortáveis e lingerie prática. Era uma pessoa normal, não uma foto de Astrid Lindall em uma galeria de arte ou Bettie Paige no livro.

Sebastian começou a reunião com um apanhado dos candidatos e um cronograma que todos deviam seguir para entregar seus escolhidos. Em seguida, houve uma discussão a respeito da omissão de um conto de uma coleção em particular, mas Regina mal podia acompanhar o que diziam. Na única vez que ousou olhar para cima, vislumbrou Sebastian gesticulando com as mãos e imaginou-as tocando-a, talvez ajudando a tirar o vestido, como Jesse havia feito. Mas, ao contrário dela, ele alcançaria seus seios, envolvendo-os com as mãos.

— Regina? — chamou ele. Ela ergueu os olhos, seu corpo tomado pelo calor. Em segundos, sua testa estava encharcada de suor. O que estava acontecendo? Estaria tendo um derrame?

— Sim? — respondeu. Sua voz soava normal? Não sabia dizer. Ele era tão bonito. Como todos pareciam alheios a esse fato? Todos menos Sloan, quer dizer; Regina não pôde deixar de notar a forma como ela se inclinava sobre ele, rindo e agindo de maneira quase boba na reunião. Era difícil conciliar o comportamento da chefe com a irritação da qual Regina era alvo quando geralmente era obrigada a lidar com ela.

— Você tem algum comentário sobre os romances que leu até agora? — Ele sorriu pacientemente. Ela sentiu o olhar de expectativa de todos na mesa.

— Ah, sim — respondeu. — Acabei de ler um romance policial que me lembra Tana French, mas se passa no extremo sul durante os anos de 1970. Definitivamente um candidato.

— Tenho tanta sorte de ter achado alguém com tempo para ler — interrompeu Sloan, como se tivesse resgatado Regina debaixo de uma pedra.

— Uma pena Margaret não ter podido ajudar esse ano — disse um dos leitores. — Ela tem um gosto impecável.

— E por que ela não pôde ajudar este ano? — perguntou Regina. A coisa toda era uma má ideia. Talvez Margaret pudesse tomar seu lugar no comitê de ficção. Dessa forma, não precisaria aparecer para trabalhar sem saber quando seria jogada em uma reunião com Sebastian. Diabos, isso tornava difícil para ela sequer *respirar*.

— Ah, por favor, Regina. A coitada mal consegue enxergar, que dirá ler uma pilha de livros em um mês — disse Sloan.

— Temos todos os leitores de que precisamos — tranquilizou Sebastian. — No que diz respeito a escritores, aí já é outra história. Onde estamos em relação aos substitutos de Jonathan Safran Froer? Alguém ligou para outra pessoa?

Alguém sugeriu Jay McInerney, no que todos reclamaram:

— De novo?

Regina sabia quem queria ver na biblioteca; tinha acabado de ler *State of Wonder* pela segunda vez. E adorava o fato de Anna Patchett ter aberto a própria livraria em Nashville enquanto quase todas as outras na vizinhança haviam fechado.

— E quanto ao Ann Patchett?

Um burburinho irrompeu na mesa.

— Preferimos autores nova-iorquinos para a série — esclareceu Sloan. — Precisamos deles para múltiplos eventos, e pessoas de fora da cidade sempre pedem reembolso de custos de viagem.

— Não é uma má ideia. — Sebastian a contradisse. — Acabei de vê-la em uma reprise do programa *Colbert Report*. Ela foi encantadora.

— Ela é uma tremenda defensora da leitura em comunidade — opinou alguém.

— Vamos explorar isso — concluiu ele. — Coloque-a na lista de autores de contos. E Doris, talvez possa fazer uma ligação para a HarperCollins e checar a agenda deles.

Então Regina percebeu que todos levantavam e reuniam seus papéis e canetas. A reunião estava encerrada.

Ela tropeçou ao reerguer-se, atirando a bolsa Old Navy por cima do ombro.

— Regina, você fica. Quero lhe passar mais algumas tarefas. Sloan, você consegue cuidar do andar de baixo sem ela por mais alguns instantes?

Sloan estava visivelmente perturbada.

— Não pode fazer disso um hábito — disse ela, dando de ombros.

Quando a última pessoa saiu, ele fechou a porta. E trancou-a.

— Esqueça minha teoria sobre sua preferência por autores homens. Aquela foi uma boa sugestão. Fico feliz que tenha se manifestado.

Ela achou o comentário condescendente.

— Não tenho problema algum em me manifestar — rebateu.

— Mas tem problemas em seguir instruções. Vejo que não está usando os sapatos que lhe mandei.

— Não quero usar aqueles sapatos no trabalho — respondeu nervosamente. Sabia que era um absurdo sentir-se constrangida, como se fosse uma colegial quebrando uma regra. Mas era exatamente como se sentia.

— Onde estão?

— Hum, na minha mesa.

— Vá buscar a sacola com a lingerie e os sapatos. E volte rápido — ordenou ele como se não houvesse nenhuma dúvida de que Regina obedeceria.

Só isso já era o suficiente para Regina querer dizer a ele que a esquecesse, que podiam jogar esses joguinhos em hotéis e restaurantes, mas não no trabalho, muito obrigada. Mas algo a impediu. Percebeu que, embora soubesse que isso era o que *deveria* dizer, não era o que queria dizer. O que queria era ver até onde isso ia. Se não o fizesse, se fugisse, então não seria diferente de sua mãe.

Sem olhar para ele, Regina saiu rapidamente da sala e correu escada abaixo até o terceiro andar. Passou voando pela Sala de Arquivamento Público, esperando não encontrar Sloan. Seria difícil explicar por que estava indo e voltando.

Havia algumas pessoas na frente da Mesa de Retirada, e Alex estava cuidando dela sozinha.

— Pronta para reassumir? — questionou ele.

— Ainda não... só mais alguns minutos — murmurou. Mal conseguia pronunciar as palavras. Sua mente estava acelerada. Devia ser essa a sensação de estar drogada.

Passou a mão por trás dele e apanhou a sacola.

15

ELA FECHOU A PORTA DA Sala da Curadoria. Sebastian se aproximou mais uma vez, trancando-a. Não tocou em Regina, mas seu ombro roçou no dela ao estender a mão para alcançar a tranca.

Regina lhe entregou a sacola.

— Por que está me dando isso? Vista-os — ordenou.

Ela colocou a sacola na mesa e pegou a caixa de sapatos. Tirou os seus aos chutes e rapidamente calçou os sapatos de salto alto Louboutin.

— Tudo bem — disse, virando-se para ele.

— Muito melhor — elogiou. — Agora a lingerie.

Ele queria que ela se despisse ali mesmo?

— Eu não... não posso fazer isso.

Sebastian foi até Regina, seus olhos fixos nos dela, levantando seu queixo com os dedos. Ela esperava que ele a beijasse, e percebeu que queria isso mais do que qualquer coisa que já desejara.

— Regina, acho você incrivelmente bonita. E adoro o fato de você não perceber isso. Tenho esse desejo intenso de lhe mostrar como é linda e quero que você experimente essa beleza comigo. Tentei ser franco com você. Quis lhe mostrar, da melhor maneira possível, como sou. Do que gosto. Mas vejo agora que talvez esteja pressionando-a demais em uma direção que você não quer seguir. — Ele sorriu para ela, um sorriso de tal magnetismo que ela sentiu alguma coisa estalar dentro de si.

— Não é que eu não queira... seguir nessa direção — replicou lentamente, sem saber do que falavam. — É só que estou no trabalho.

Ele pareceu pensar nisso.

— É isso o que a impede?

Ela assentiu. Provavelmente havia vários outros empecilhos, coisas que ela não queria analisar naquele momento. Mas, se o local de trabalho era desculpa suficiente para se livrar daquela situação, iria usá-la sem culpa.

Sebastian pegou a mão dela e puxou-a gentilmente para que se aproximasse dele. Olhou-a com tal intensidade que ela teve de desviar o rosto, o coração saltando. Ele beijou as costas de sua mão e ela o olhou, surpresa.

E então ele saiu da sala.

* * *

REGINA SE ESTICOU NA CAMA, apoiando o livro que estava lendo no peito. Estava encarando a mesma página, a mesma frase, havia cinco minutos.

Lá fora, a chuva batia na janela, uma chuva de verão que deixara o ar quente com cheiro de concreto molhado. Abriu a cortina, assistindo à água criar filetes no vidro.

Perguntou-se se haveria cometido um erro mais cedo na Sala da Curadoria. Será que fora covarde demais? Talvez merecesse a mediocridade de sua vida. Alguns meses antes, usara sua seriedade e seu comedimento como medalha de honra. E, na Filadélfia, nunca achou que evitar os riscos lhe custaria caro. Estudou muito, trabalhou em empregos estranhos e economizou dinheiro; saíra com homens, mas nunca se deixara distrair ou se envolver. Tinha tudo sob controle.

Mas desde que se mudara para Nova York havia percebido que estivera tão ocupada controlando sua vida que estava deixando de vivê-la. E agora jogara fora sua chance com o homem mais inacreditável que já tinha conhecido — ou que poderia conhecer.

A mãe não estava ali para fazê-la se sentir culpada por sair. Ela não tinha ninguém para culpar, só a si mesma.

— Quer ver um filme na TV a cabo? — perguntou Carly da sala. Ainda abalada com a traição do "namorado" Rob, ela estava em casa.

— Claro — concordou Regina. Não estava conseguindo ler mesmo. Saltou da cama, colocou o livro na mesa de cabeceira e foi até a sala. Carly estava encolhida no sofá com seu uniforme composto por calça de ioga preta e top. Apontava atentamente o controle remoto para a televisão, procurando pela lista de filmes disponíveis.

— Posso te fazer uma pergunta? — perguntou Regina.

— Claro — consentiu Carly, distraída.

— Outro dia você meio que deu a entender que as coisas talvez tenham dado errado com Rob por causa de uma decisão sua... ou por algo que fez?

Carly deu de ombros.

— Eu não estava raciocinando direito naquele dia. Na verdade, o problema é dele, ele é que não quer compromisso. Nós mulheres sempre nos culpamos. Mas eles é que são o problema.

— Tudo bem, esquece. — Regina pensou que talvez o comportamento de Carly às vezes não demonstrasse muito comprometimento com Rob, mas não disse nada. — Digamos que, de certa forma, tenha sido um pouco culpa sua. Você tentaria consertar ou só deixaria para lá e diria que não era para ser?

— Antes de mais nada, não existe "não era para ser". Existe "faça acontecer". Isso ajuda?

Regina assentiu. Talvez estivesse ficando louca, mas o que Carly falava estava começando a fazer sentido. Ela até parecia — ousou pensar — sensata. Como uma Yoda loura e piranhuda.

A campainha tocou.

— Derek está vindo? — perguntou Regina.

Carly a olhou como se ela tivesse sugerido que o Papai Noel faria uma visita.

— Eu já te disse que Derek era só um estepe até eu conseguir Rob. Sem Rob, não há necessidade de Derek.

Isso não fazia o menor sentido para Regina. Lá se foi Yoda.

Carly se arrastou para fora do sofá e apertou o botão do interfone.

— Quem é?

— Sebastian Barnes. — Regina ouviu a voz dele, falhada pela estática do interfone. — Por favor, peça a Regina que desça.

Carly a olhou espantada e, reprimindo o riso, murmurou AI-MEU-DEUS.

— Diga a ele que preciso de alguns minutos — pediu Regina, o coração batendo loucamente. Já corria rumo ao quarto, fechando a porta depois de ouvir Carly lhe dar o recado.

Se a vida, como dizia Carly, era feita de "fazer acontecer", então esta era sua chance — sua segunda chance. E talvez a última.

Agora, onde estava mesmo aquela lingerie?

16

SEBASTIAN JOGOU AS CHAVES na mesa de vidro e apanhou o guarda-chuva da mão de Regina.

Apesar da chuva implacável, ela estava inteiramente seca. Sebastian estacionara o carro em uma garagem que dava diretamente para o prédio dele. Eles pegaram um elevador até a cobertura, e a porta se abriu diretamente em um enorme loft.

O apartamento tinha janelas do chão ao teto com vista para o rio Hudson. O espaço amplo bastou para deixá-la maravilhada, mas o interior era visualmente estonteante, uma mistura dramática de madeira escura e mármore. Os cômodos eram pouco mobiliados, mas as poucas peças que ele tinha pareciam objetos de arte. As paredes brancas estavam cheias de fotos em molduras pretas.

— O que é tão importante que você precisou me trazer aqui no meio de um temporal? — perguntou ela.

— Você disse que não estava à vontade no trabalho. Agora estamos aqui. Não tem mais desculpas — afirmou ele. — Vou tomar uma taça de vinho. Quer uma? — Ele foi até a cozinha de mármore preto.

— Tudo bem — concordou, nervosa, aproximando-se da primeira parede de fotografias. Mesmo a uma distância considerável, podia ver que eram fotos de moda, como as que vira na revista de Carly. Eram mais trabalhadas, em comparação com o estilo cru que ele usara nas fotos de Astrid Lindall. Mas aqui também reconheceu muitas das modelos, tendo-as visto em capas de revista, em cartazes nas vitrines da Quinta Avenida e em anúncios publicitários, nas laterais dos ônibus. Andou lentamente de uma ponta da parede à outra, parando a cada passo para examinar as fotos. Não entendia muito de fotografa, mas sentia-se atraída pelas imagens de maneira visceral, como reagia a certa música no rádio ou a uma ótima abertura de um romance.

— Eu não a trouxe aqui para ver estas — explicou Sebastian de repente, atrás dela. Regina deu um pulo, recompondo-se em seguida. Ele estendeu o braço diante dela, colocando uma taça de vinho branco em sua mão.

— O que me trouxe para ver? — perguntou, tomando um gole.

— Eu lhe disse no jantar que fotografia de moda não era meu trabalho preferido, lembra?

— Sim. — Sentiu o corpo dele apertado contra o dela, mas seus braços e suas mãos não a tocavam. Só isso foi suficiente para que seu coração martelasse. Tomou outro gole de vinho. Era leve e fresco, e precisou se lembrar de ir devagar.

— Siga-me — pediu em voz baixa.

Ele a pegou pela mão e a conduziu para o fundo do loft. O aperto era firme e autoritário, mesmo naquele simples contato. Ela queria se reafirmar de alguma maneira, dizer que não tinha terminado de ver as fotografias na sala de estar. Mas esses protestos seriam inúteis. Ele sabia — e ela também — que, a partir do momento em que deixara seu apartamento, embarcara naquela viagem.

O espaço do loft formava um ângulo agudo, as paredes se estreitando para criar um longo corredor. Sebastian a conduziu pela semiescuridão até acender o interruptor, iluminando-o. E então ela percebeu que estava cercada de fotos que iam do chão ao teto, todas em preto e branco, todas de mulheres parcamente vestidas e escandalosamente bonitas.

Todas tinham os seios expostos, algumas estavam completamente nuas. Usavam cinta-liga, saltos altos, vestidos pretos transparentes, abertos no peito. Tinham a pele leitosa, algumas cobertas de tatuagens, outras puras como um manto de neve. Os olhos grandes — muito maquiados, sedutores, sonolentos, devassos, furiosos — contavam mil histórias.

Ela continuou andando lentamente, hipnotizada pelas imagens. Na medida em que seguia pelo corredor, elas tornavam-se mais intensas: uma foto reticulada de uma mulher amarrada a uma cadeira por uma corda, nua, a não ser pelas ligas e a meia arrastão, com uma mordaça em sua boca. Ao fundo, uma mulher de smoking segurava um chicote ao seu lado. Depois, uma foto de duas morenas se beijando, usando lingeries semelhantes à que Sebastian comprara para ela, enquanto ao fundo havia uma mulher olhando as duas, brandindo um chicote. E então uma foto de uma mulher de joelhos, com uma cortina de cabelos pretos até a cintura, as costas arqueadas, a bunda empinada, as pernas cobertas apenas com meia arrastão até os tornozelos, os pés em saltos plataforma de couro preto. Uma foto do traseiro de uma mulher, sua pele branca e lisa como creme fresco — a não ser por uma marca vermelha, fraca mas discernível, em forma de uma mão.

— Você tirou todas essas? — perguntou Regina, mesmo já sabendo a resposta.

— Sim. — Ele se colocou bem atrás ela, e pôs as mãos em seus ombros.

— Você... namorou todas essas mulheres?

— Não. — Ele riu. — São apenas modelos. Mas, quando fotografo, minha modelo pode muito bem ser minha amante. Minha namorada. Esposa. A pessoa diante da câmera é a única mulher do mundo para mim.

Regina engoliu em seco, sentindo algo que podia ser entendido como ciúme, por mais absurdo que fosse.

— Como surgiu o interesse por fotografia? — continuou ela.

— Por causa da minha madrasta.

— Ela era fotógrafa?

O rosto dele se fechou.

— Não. Modelo. — Ele deu de ombros. — Adoraria fotografar você.

Ela girou e olhou para ele como se fosse louco.

— Isso não vai acontecer — afirmou ela.

Ele riu.

— Sabia que você diz muito isso? Por que não pensa no assunto por uns dois segundos antes de decidir?

— Não gosto que me fotografem.

— Isso porque você não se sente digna de ser objeto de atenção. Percebi isso quando você entrou no saguão do Four Seasons naquela outra noite. Quero te ajudar a superar isso.

— Bom, obrigada, mas não quero ser um projeto seu. Estou vendo que você tem muitas participantes dispostas em seu, hum, leque de opções.

— São modelos profissionais. Eu não quero elas. Quero você.

— Prefiro continuar lendo para o prêmio de ficção. Isso nos dará muito o que fazer juntos. — Ela riu, sentindo-se pouco à vontade. Ele pegou o rosto dela nas mãos e olhou-a nos olhos. O coração de Regina começou a bater com tanta força que achou que podia haver algo de errado com ela.

— Viu o livro da Bettie Page?

— Um pouco. — Ela corou ao lembrar-se do que havia feito depois. E então ficou constrangida com a ideia de Sebastian tocando-a como ela se tocara sozinha em seu quarto naquela noite.

— Já pensou no que lhe perguntei no jantar? O que Bettie Page tem naquelas fotos que nenhuma dessas outras mulheres tem?

Era uma pergunta capciosa? Regina fez uma lista mental: franjas? Peitos? Um maiô retrô?

— Não sei.

— Contentamento — respondeu. — Ela parece estar se divertindo. Ela é todas as mulheres ao mesmo tempo e ainda consegue não se parecer com nenhuma. Ela tem uma dualidade de inocência e sensualidade que nunca foi reproduzida. Mas vejo isso em você.

— É só o corte de cabelo — disse Regina em voz baixa.

— Milhões de mulheres têm esse corte de cabelo. E por que você não aceita um elogio?

— Só não entendo por que você está tão obcecado em mim. Não estou sendo modesta. Simplesmente não entendo.

— Você estava tão linda, tão indefesa e perdida na escadaria da biblioteca. Ver você foi como ver a sequência de abertura de um filme no qual você sabe que a atriz vai ser uma estrela. Depois eu me aproximei de você e senti alguma coisa. E sei que você também sentiu, não foi?

Ela assentiu devagar. Claro que sentira alguma coisa. Sabia que ele era o homem mais bonito que ela já tinha visto. Mais do que isso, sua proximidade física a fazia tremer por dentro. Aconteceu quando ele lhe entregou a tampa da garrafa térmica na escadaria da biblioteca, e quando ela se sentou ao lado dele depois da reunião dos Young Lions. E no momento em que ele se colocou atrás dela minutos antes, enquanto Regina olhava as fotos eróticas. O leve toque de seu corpo contra suas costas fez alguma coisa agitar fundo nela.

Ela se reequilibrou nos sapatos. Os pés doíam e os dedos formigavam na frente.

— Você se importa se eu tirar esses sapatos? — perguntou.

— Sim — respondeu ele. — Eu me importo. Jamais quero vê-la sem saltos novamente.

Ela o olhou, sem fala.

Ele tirou a taça de vinho de suas mãos.

— Venha comigo — disse.

Ela o seguiu de volta à sala.

Sebastian se sentou no sofá preto. Ela ficou de pé, sem graça, esperando que ele a convidasse a se sentar também.

— Devo... me sentar ali? — indagou, indicando uma poltrona de couro preto.

— Não. Fique de pé. Você é uma mulher linda, Regina. Não mais uma garota... é uma mulher. É inaceitável que não saiba usar saltos.

Ela não acreditava no que estava ouvindo.

— Imagino que depois da nossa conversa na biblioteca hoje você esteja aqui porque quer. Estou certo? — continuou ele.

Ela assentiu.

— Diga.

— Eu quero estar aqui — retrucou ela.

— Ótimo. Esta é a última vez que vou lhe perguntar isso, Regina. A partir de agora, temos um trato: o que acontecer entre nós é consensual. Mas, ao mesmo tempo, você precisa aceitar o fato de que o que você *quer* não importa.

Ela teve um impulso de afastar uma mecha de cabelo escuro da testa dele. Ele era tão lindo que chegava a ser uma distração.

— Não sei do que está falando.

— Venha cá — disse, indicando o sofá. Regina se sentou ao lado dele. Sebastian pegou a mão dela e colocou-a sobre sua palma; ali ela parecia pequena, quase a mão de uma criança. — Quero ter uma relação física com você, Regina. Um tipo muito específico de relação física.

— Tudo bem — concordou ela devagar, ainda sem entender. Ele falava de sexo? As pessoas sempre colocavam dessa maneira?

— Eu quero dominar você.

— Como assim?

— Especificamente? Quero lhe dizer o que fazer e quero que você obedeça sem questionar... seja usar um tipo específico de lingerie, ou de sapatos, ou tirar a roupa quando e onde eu mandar, ou chupar meu pau quando eu quiser.

Ela engoliu em seco, certa de que seu rosto ficara vermelho vivo. Ele afagou sua mão.

— Às vezes eu posso querer fazer outras coisas também. Mas tudo se resume em você ceder o controle a mim. E podemos conversar se houver alguma coisa que você realmente não queira fazer, mas é importante que você, em suma, se entregue a mim.

Regina assentiu, a mente travada como um DVD arranhado, repassando sem parar as palavras *chupar meu pau*. Não era uma expressão que estivesse esperando ouvir. Mas, ao mesmo tempo, o olhar de Sebastian refletia o mesmo sentimento que ela tinha por ele, uma forte mistura de curiosidade e desejo.

Já chega, disse a si mesma. Chega de viver como espectadora. Todas as coisas que sempre pareceram fora de alcance — excitação, paixão, sexo — estavam sendo oferecidas a ela. Bastava ter coragem de estender a mão e pegá-las.

— O que me diz, Regina? — perguntou ele. Ela concordou, sem confiar em sua voz. Mas foi o suficiente para Sebastian.

— Levante-se — ordenou ele. Ela hesitou por um segundo, depois se levantou sem jeito. Os olhos de Sebastian a percorreram da cabeça aos pés. Depois, ele falou:

— Você foi uma menina muito má hoje na biblioteca, me desobedecendo daquele jeito.

Ela riu, um riso nervoso, involuntário como uma coceira. Os olhos escuros dele tornaram-se turvos, olhando-a com tamanha intensidade que ela não conseguiu sustentar o contato visual.

— Deite-se no meu colo.

Regina ficou paralisada, olhando-o incrédula.

— Deite-se no meu colo. De bruços — repetiu.

— Por quê? — perguntou ela.

— Estou mandando, Regina. Não quer me agradar?

Sim, pensou ela, com cada fibra de seu corpo.

Ela se mexeu lentamente — e sem jeito — colocando-se no colo dele, na posição que ele mandara.

Sebastian acomodou-se sob o peso do tronco de Regina, e as pernas dela se estenderam pelo sofá.

— Chegue um pouco para a frente. — instruiu Sebastian. Ela se moveu de maneira que sua cintura ficasse no colo dele

— Isso é ridículo.

— Calada — disse Sebastian. Pelo que pareceu bastante tempo, ela ficou apenas deitada, imóvel, a cabeça virada de lado, pousada em seus braços flexionados.

E então sentiu que ele erguia seu vestido.

Seu primeiro instinto foi se levantar, mas ela se obrigou a ficar quieta. Sabia que, se fosse para protestar, seria melhor ir embora. Mas não queria isso — ainda não.

Sebastian levantou seu vestido pouco acima da cintura. Era de Carly, um vestido de verão com corte enviesado azul-marinho, da Alice and Olivia. Quando o pegara emprestado mais cedo, não imaginara que acabaria embolado acima de seus quadris, deixando as pernas e o traseiro expostos.

A respiração de Regina se acelerou, e ela tentou não pensar em como sua bunda ficava na calcinha que havia pegado apressadamente na primeira gaveta da cômoda. Mal a olhara desde que a tirara da máquina de lavar, depois da primeira vez que a usara, e agora nem conseguia lembrar se era transparente ou não. E esperava ter prendido as ligas corretamente.

Nunca ninguém a vira de lingerie. Os poucos namorados que tivera só a haviam apalpado no escuro dos quartos dos alojamentos na madrugada ou no banco da frente de seus carros. Nenhum deles a vira realmente — não desse jeito.

— Fico feliz em vê-la com a lingerie apropriada, Regina. Mas ainda terei que castigá-la por hoje. Agora vou tirar sua calcinha — anunciou, enquanto gentilmente puxava a peça para baixo.

— Não! — protestou ela, a mão voando até as costas, segurando a calcinha no lugar. Ele não disse nada, mas parou. Regina também ficou paralisada. Depois, lentamente, levou a mão de volta ao rosto.

Sebastian continuou puxando sua calcinha para baixo. Ela sentiu o ar frio da sala em sua pele nua e sentiu arrepios. A ideia de Sebastian olhando seu traseiro nu era agoniante.

Paft!

A palma dele desceu fortemente em sua nádega esquerda.

— Ai! — gritou Regina, movendo a mão para esfregar o traseiro no ponto em que ele havia batido. — Isso doeu.

— Você foi uma menina má. Não me desobedeça assim de novo. Se eu lhe disser para usar os saltos e a lingerie, você deve usar os saltos e a lingerie. Se eu disser para trocar de roupa na minha frente, você se trocará. Entendeu?

Regina não podia acreditar naquilo. Ela não disse nada... não conseguia. O que devia dizer? Sim? Ou pior, *Não*?

Paft!

A mão dele desceu de novo, no mesmo ponto. Isso era normal?

— Quer que eu pare? — perguntou ele.

— Hum, sim... não... não sei. — Ela não conseguia se decidir.

— Levante-se, Regina.

Com a mente zunindo, ela se levantou lentamente. Não queria ficar de pé com o vestido puxado acima da cintura, mas calculou que ele cairia rapidamente assim que levantasse. Depois, como se lesse sua mente, Sebastian ordenou:

— Segure o vestido onde está ou terá que tirá-lo.

Regina sentiu o rosto arder e sabia que provavelmente ficara vermelha. Mas fez o que ele mandou, postando-se diante do sofá, o vestido embolado nas mãos, acima dos quadris. Ela olhou para todas as direções, menos para ele. Sentiu os olhos de Sebastian e percebeu que estava excitada.

E então, para sua surpresa, ele estendeu a mão e afagou-a entre as pernas, mal tocando seus pelos. A mão dele se movia lentamente, o polegar esfregando seu clitóris. Ela respirou fundo e sentiu o choque dos dedos fazendo pressão dentro dela.

— Você está molhada — disse ele. — Eu sabia que ficaria.

Ela gemeu, e suas pernas quase cederam. O dedo dele mergulhava e saía. Ela se agarrou nele, e Sebastian rapidamente passou um braço por sua cintura para apoiá-la, enquanto aumentava a pressão em seu centro palpitante. Ela sentiu-se abrindo as pernas para ele, e os dedos dele penetraram mais fundo, tocando um ponto que a fez engasgar. Ele retirou rapidamente, depois meteu-o mais uma vez antes de tirá-lo para contornar lentamente seu clitóris.

— Não — gemeu Regina, inclinando-se para ele. Sentiu seu rosto contra o dela, e ele sussurrou "shhh" em seu ouvido tão suavemente que ela podia ter imaginado essa cena. Os dedos dele continuaram fazendo sua dança de toque e afastamento, para dentro e para fora, até que ela sentiu uma pressão insurgindo, terminando com uma explosão de prazer que a fez gritar. Ficou constrangida com o som que fizera, algo animalesco e inteiramente estranho a seu ver. Sentiu sua vagina em convulsão em torno da mão dele, e ele continuou o movimento acompanhando seus espasmos, até que o corpo dela estremeceu e se aquietou.

Ele a guiou de volta até o sofá. Ela se deitou, o corpo inteiro tremendo.

Fora a primeira vez que gozara com um homem. A pergunta que sempre se fizera, "Como seria, o que aconteceria com alguém ao seu lado?", finalmente fora respondida.

Sebastian se sentou na extremidade do sofá, ao seu lado. Para a surpresa de Regina, ele se abaixou e tirou os sapatos dela. Afagou seu cabelo. Ela fechou os olhos, constrangida demais para encará-lo. Depois de um minuto, quando percebeu que sua respiração voltara ao normal e não sentia mais um latejar residual entre as pernas, ela se sentou.

— Preciso ir — disse ela. A única coisa que queria naquele momento era ficar sozinha em seu quarto para processar tudo aquilo.

— Fique — pediu Sebastian, puxando o rosto dela em direção a ele, de modo que Regina finalmente foi obrigada a olhá-lo. Ele era tão lindo, e isso tornava muito mais difícil pensar em como havia se comportado lascivamente diante dele. Ela perdera o controle de si mesma, e quanto mais cedo saísse dali e tentasse entender o que havia acontecido, melhor.

— Está tarde — disse ela, recolocando os sapatos e cambaleando pela sala à procura da bolsa, que ele a entregou.

— Eu levo você. Vou pegar meu casaco.

— Não — retrucou Regina. — Não quero que me leve. Quero ficar sozinha.

E disparou porta afora.

17

Regina contrabandeou o copo do Starbucks para dentro da biblioteca.

Não podia acreditar que estava infringindo uma regra tão importante ao levar bebida para dentro do Salão Principal de Leitura, mas era a única maneira de conseguir sobreviver à manhã.

Não dormira mais que algumas horas, e cada uma delas fora interrompida por sonhos estranhos, sensuais e até violentos. De vez em quando, acordava suada, a mão dentro da calcinha.

Ela varreu da lembrança os sonhos e todos os pensamentos sobre a noite anterior. Mas a noite se agarrava a ela como um aroma.

O toque de Sebastian deixara seu corpo e sua mente em um estado elevado. Sentia-se extraordinariamente sensível a tudo — sons, luz... até paladar. Percebeu, pela primeira vez, o caráter terroso de seu café matinal, a maneira como cada gole terminava com uma nota de doçura, como chocolate amargo.

Aproximando-se de sua mesa, viu uma caixa branca sobre ela.

Olhou a caixa mais de perto e reconheceu o logotipo inconfundível da Apple.

— Mas que diabos? — Abriu a tampa e retirou da caixa um iPhone de última geração, novinho em folha. E um envelope branco pequeno que dizia o seguinte:

Querida Regina,

Imagino que tenha chegado bem em casa ontem à noite.

Da próxima vez que fugir desse jeito, por favor, pelo menos me mande um torpedo para eu saber que você está bem. Melhor ainda, eu ligarei para este telefone para checar eu mesmo.

Sim, este telefone é seu, mas para contato somente entre nós dois. Quero que fique com ele — ligado e com você — o tempo todo.

— S.

Regina conseguira conhecer provavelmente o único homem do planeta que enviava iPhones em vez de flores no dia seguinte.

— O que está havendo, Finch? — perguntou Alex, assustando-a.

— Nada — respondeu, tentando disfarçar. — Sabe como mexer em um desses? — Ela lhe entregou o iPhone.

— Estou respirando, não estou? — Ele apertou um botão. O logo branco da Apple apareceu na tela.

— Onde estava essa esperteza toda quando você queria cantar a mensageira? Tudo bem, quando tocar, como eu atendo?

Alex suspirou e iniciou um tutorial rápido sobre o iPhone, os dedos deslizando pela tela.

— Onde fica o teclado? — indagou ela — Não vou conseguir digitar nisso.

— É. Você me parece mais uma pessoa estilo BlackBerry, Finch.

Com essa, ele voltou para pegar mais livros.

Ela colocou o celular na bolsa, em seguida leu o bilhete repetidas vezes, incapaz de conter o sorriso... ou seus pensamentos, que não tinham lugar em uma biblioteca

18

Regina esqueceu que prometera sair com Carly à noite. Quando combinou com ela, estava ansiosa por isso. Agora era a última coisa que queria fazer.

Sua cabeça estava tomada por Sebastian. O dia todo no trabalho só conseguia pensar nele tocando-a entre as pernas. Repassou mentalmente a cena várias vezes, um ciclo interminável enquanto processava mecanicamente as requisições de livros. Pensou em como os olhos escuros dele se fixaram nela enquanto seus dedos penetravam fundo. Só de pensar ficava insuportavelmente excitada.

Quando o táxi delas parou em frente ao Nurse Bettie, Regina viu que a fila para entrar no bar já dobrava a esquina. Carly correu para a entrada. Regina se esforçou para acompanhá-la, usando seus saltos. Por insistência de Carly — que cismou que ela tinha que parecer "uma gata" —, decidira usar o vestido preto e os sapatos que Sebastian comprara para ela.

— Parece lotado — comentou. Carly olhou para as pessoas, esperando.

— É, esses manés nunca vão entrar — disse ela. Pegou Regina pela mão e levou-a até a porta, entregando um cartãozinho ou uma espécie de convite ao segurança. Ele abriu a corda de veludo vermelho e elas entraram direto.

— Como conseguimos furar a fila?

— Hoje é só para convidados — revelou Carly. — E estou na lista.

Lá dentro, não havia apenas pouco espaço para ficar de pé, *mal se conseguia* ficar de pé. Regina circulava com dificuldade, arrependendo-se de sua escolha de roupa, os pés já apertados nos saltos.

— O que está acontecendo? — perguntou. Um espaço foi aberto perto da área do palco e uma imensa bandeira britânica estava pendurada na parede.

— Katrina Darling vai se apresentar esta noite — disse Carly. Regina a olhou sem entender. — Ela é prima da Kate Middleton.

A prima da Kate Middleton era dançarina burlesca? O mundo estava mesmo, como diria sua mãe, indo para o inferno.

— Vou pegar as bebidas. Espere aqui.

Antes que ela pudesse se oferecer para ir com ela, Carly já estava abrindo caminho pela multidão. E então Regina assustou-se ao sentir alguma coisa vibrando em sua bolsa. E se lembrou do iPhone. Pegou o aparelho — que ainda lhe parecia totalmente estranho — e tentou deduzir se estava tocando. Percebeu o texto na tela: *Onde você está? Estou na frente do seu prédio.*

Seu coração começou a bater loucamente. Seu primeiro pensamento foi se matar por não ter ficado em casa. Mas depois pensou que talvez não fosse a pior coisa do mundo ele saber que ela podia muito bem sair e se divertir sozinha.

Eu saí, digitou sem jeito, apertando as letras e cometendo erros, de modo que a autocorreção colocava mais palavras na tela do que ela própria.

— Ei... Você parece familiar. Se apresentou aqui na outra noite?

Regina levantou a cabeça e viu um loiro atraente sorrindo para ela. Sua camiseta dizia "SPiN New York".

— Está falando comigo? — Ela sentiu o telefone zunir de novo em sua mão.

— Sim. Você se apresenta aqui?

— Apresentar? Eu? Não — disse ela, se perguntando se esse cara realmente achava que ela era dançarina burlesca ou se essa era alguma cantada ruim. Olhou de relance o celular.

O aparelho vibrou com outro texto: *Onde você está?*

Ela sorriu e digitou *Nurse Bettie*, depois colocou o celular de volta na bolsa.

— O que está bebendo? — perguntou o cara.

Carly apareceu com dois coquetéis. Entregou um a Regina.

— E quem é *você*? — questionou ela sedutoramente ao homem.

— Brandon.

— Carly.

Regina deu um gole no coquetel. Era o mesmo drinque que bebera na noite em que havia saído com Derek e Carly, e ainda tinha um gosto ruim. Mas ela continuou bebendo.

— Eu estava dizendo à sua amiga aqui que ela se parece com uma das dançarinas — continuou o cara.

— Parece mesmo — concordou Carly, piscando para Regina. Sua expressão dizia *coopere.*

Regina olhou para o palco, perguntando-se quando começaria o show.

Um dos amigos de Brandon se juntou a elas, e Carly começou a conversar com ele também.

— Por que está tão calada? — indagou-lhe o amigo de Brandon, colocando a mão em seu ombro e sorrindo. Ele era muito magro e cheirava a cigarros.

— Está meio barulhento aqui — explicou Regina. — Não é o ambiente ideal para uma conversa.

— Qual é o seu nome? — perguntou o cara, de olho em seus seios.

Ela murmurou com relutância.

— Regina.

— Legal. Eu sou o Nick.

Ela assentiu e desviou o rosto, bebendo seu drinque. A ardência no fundo da garganta era uma distração bem-vinda da companhia indesejada. Olhando para Carly, viu que a colega de apartamento claramente não sentia o mesmo. Estava de olho em Brandon, jogando o cabelo para o lado e rindo de tudo que ele dizia.

— Ei — disse Nick —, Audrina aqui disse que está barulhento demais. Talvez devêssemos ir embora.

Regina não se incomodou em corrigir seu nome.

— Vamos nessa — continuou Nick. Carly também fez que sim com a cabeça.

— Mas o show ainda nem começou — protestou Regina, sentindo-se ligeiramente em pânico. De maneira nenhuma iria a algum lugar com esses sujeitos, mas não queria ficar sozinha no bar. Nem sabia onde ficava a estação de metrô mais próxima.

Nick riu.

— Você é engraçada — comentou ele, pegando seu braço. Ela se desvencilhou dele.

Os três começaram a se dirigir para a porta.

— Espere, posso falar com você um minuto? — perguntou Regina, puxando a blusa de Carly. Ela se inclinou para dizer alguma coisa a Brandon, que Regina não pôde ouvir, depois fez a vontade da colega de apartamento, indo até um canto com ela.

— Qual é o problema? — Os olhos castanhos de Carly brilhavam por causa do álcool. Regina se perguntou como ela conseguira ficar bêbada tão rápido. — Esses caras são uns gatos. Sabe como estive chateada por causa de Rob. Vamos nos *divertir*.

— Eu não vou, e acho que você não deveria ir também — retrucou Regina.

— Você precisa relaxar — falou Carly, dirigindo-se em seguida até os homens que esperavam perto da porta. Regina a viu sair, mas não se mexeu. Carly se virou para olhá-la e acenou. Quando Regina não respondeu, ela deu de ombros, como quem diz *quem sai perdendo é você*. Regina assistiu quando ela e Brandon saíram e ficou mortificada ao ver que Nick voltava em sua direção.

— Qual é o problema, Audrina? Confie em mim, não vai perder nada aqui. Prometo que vou mantê-la entretida esta noite

Seu sorriso não alcançava seus olhos.

— Não estou com vontade de ir a nenhum outro lugar. Mas não se prenda por minha causa. Tenho certeza de que vocês terão uma ótima noite.

— Vamos — insistiu, aproximando-se dela. — Vai me fazer segurar a vela. Não quer isso, quer?

Ela desviou o olhar dele. Nick estava muito perto, mas ainda havia espaço para ela se movimentar. E então, sobre o ombro de Nick, Regina viu algo que a fez pensar que estava tendo uma alucinação.

Sebastian vinha diretamente na direção deles.

Ela sentiu a respiração acelerar e não conseguiu tirar os olhos dele. Sebastian atravessou o lugar como um tubarão cortando a água sem se abalar com a densa multidão.

Nick ainda falava, mas ela já não ouvia mais. Segundos depois, a mão grande do fotógrafo estava no ombro do cara, fazendo-o girar.

— Com licença — disse-lhe Sebastian bruscamente, agarrando Regina pela mão.

19

SUBIRAM PELO ELEVADOR privativo em silêncio, rumo ao loft de Sebastian.

Ele mal falara com ela desde que saíram do Nurse Bettie. Do lado de fora do bar, o motorista os aguardava junto ao carro, e Sebastian abriu a porta para Regina, acomodando-se em silêncio ao lado dela no banco traseiro. Parecia tenso e furioso, e ela hesitou em perguntar por que ele estava irritado.

Agora, no apartamento, o clima gélido continuava.

— Me siga — disse, indo até o fundo do apartamento sem olhar para ela. Ela o seguiu desajeitada, estalando os saltos no piso de tábua corrida.

Ele a conduziu pela primeira parede de fotografias, depois pelas fotos eróticas, e ela se viu entrando em uma área do loft que não vira na primeira visita. As paredes se estreitavam formando um corredor, o loft se dividindo em dois cômodos distintos. Ela começou a espiar um deles, e Sebastian rapidamente fechou a porta.

— Por aqui — ordenou ele, abrindo outra porta. Ela entrou e percebeu que era o quarto dele.

As paredes eram de um verde floresta intenso, a cama *king size* tinha uma armação de madeira escura e pesada. Um lado do quarto era composto inteiramente por vidraças que iam do chão ao teto, com vista para o rio Hudson. A outra parte era coberta de pinturas, algumas das quais ela reconheceu dos livros da faculdade. Ela duvidava que fossem reproduções. Estava familiarizada com uma em particular, uma linda tela de Marc Chagall com uma mulher montando um cavalo azul. Um homem estava com ela, os braços em volta de sua cintura, o rosto parcialmente coberto pelos braços erguidos da mulher; a parte de cima do vestido vermelho da figura feminina caía abaixo de seus seios, expondo-os.

O mais interessante era que não havia fotografias nas paredes.

Sebastian acionou um interruptor, e uma cortina escura e pesada se moveu pela vidraça. Regina tremeu com um arrepio súbito.

Ele se virou para ela.

— Quem era o sujeito com você esta noite?

— Eu não estava com ele. Estava com minha companheira de apartamento e conhecemos dois caras lá...

Sebastian ergueu a mão para silenciá-la, como se apenas ouvir aquilo já fosse uma afronta.

— O vestido era para você usar comigo, só para mim. Então agora vou pegá-lo de volta. Tire-o, por favor.

A essa altura, sabia que ele não estava brincando, tampouco que o ouvira mal, e só havia uma coisa a fazer.

Com as mãos trêmulas, ela alcançou as costas e abriu o zíper do vestido.

Sebastian olhava com muita intensidade e seriedade. Sua expressão era solene, e ela entendeu que o ato de tirar o vestido tinha um peso enorme.

Estremecendo de vergonha, ela deixou que o vestido caísse no chão. Parada diante dele, com um sutiã da Gap branco e uma calcinha de algodão simples, sentiu-se humilhada. Depois pensou em como ele a havia tocado na última vez em que se colocara à sua frente e começou a sentir uma pulsação aguda entre suas pernas.

— Você é linda, Regina — elogiou ele, os olhos percorrendo seu corpo. — Mas sabe que não pode usar sutiã e calcinha velhos comigo. Por favor, tire-os também.

O coração de Regina começou a martelar, suas mãos estavam escorregadias de suor. Ela se atrapalhou com o fecho do sutiã que abrira e fechara inúmeras vezes e, por um minuto, não sabia se seria capaz de tirá-lo. Mas finalmente conseguiu desenganchá-lo, deixando-o cair no chão.

Sentiu os olhos dele observando-a, mas não suportava encará-lo. Fingindo estar sozinha em seu próprio quarto, puxou a calcinha sobre os quadris e deixou que caísse nos tornozelos. Depois, afastou-a aos chutes.

— Seu corpo me deixa tão duro — disse Sebastian.

Ela ruborizou de tal maneira que seu rosto parecia formigar. Seu coração batia forte contra o peito, e ela se perguntou se seria possível ter um ataque cardíaco por puro constrangimento.

— Deite-se na cama — continuou ele. Ela virou-se e olhou a cama *king size*, tentando imaginar como subiria nela sem que ele visse seu traseiro nu.

Ele percebeu sua hesitação e, como se lesse sua mente, aproximou-se e colocou-se bem atrás dela.

— Ande — ordenou.

Sem ter como se esconder, ela obedeceu.

— De bruços.

Ela seguiu suas instruções, enterrando a cabeça na curva do braço, as costas expostas para ele. Depois de alguns segundos sem ouvir nada, ela se virou para ver o que ele estava fazendo.

— Não se mexa — sussurrou Sebastian. Ela baixou a cabeça de novo.

Passaram-se mais alguns minutos e nada aconteceu. Novamente, ela se virou. Desta vez, ele respondeu com um tapa em sua bunda.

— Ai!

— Eu disse para não se virar — justificou pacientemente, como se lidasse com uma criança indisciplinada. Ela permaneceu imóvel, preparando-se para outro tapa. Mais tempo se passou, e nada.

Ela o ouviu andando pelo quarto. Depois, a cama balançou com o peso dele.

— Abra as pernas.

Ela obedeceu, e outros segundos agonizantes se passaram sem movimento nenhum. Por fim, sentiu a mão dele afagando seu traseiro no local onde havia batido e descendo até o espaço entre as pernas. Regina sentiu o dedo dele entrando em seu corpo. Sentiu que ficava molhada, e ele retirou o dedo, inserindo-o novamente, repetindo o movimento até que faíscas de prazer se acenderam dentro dela.

— Vire-se — mandou, retirando a mão. Ela sentiu a ausência de seu toque, a vagina latejando. Não havia espaço em sua mente zonza para o constrangimento conforme os olhos dele percorriam seu corpo. Notou que a camisa dele estava desabotoada e que sua ereção pulsava contra a calça preta.

Ele separou suas pernas, e Regina esperou ansiosamente por sentir seus dedos dentro dela mais uma vez. Em vez disso, para seu choque e horror, ele colocou o rosto ali. Ela se sentou, afastando-se dele. A ideia de ele olhar para ela naquela posição era demais.

— Eu não disse que podia se mexer. Fique de bruços novamente — mandou.

Ela se deitou novamente e rolou na cama, a cabeça mais uma vez repousada nos braços. Não ficou surpresa quando o tapa desceu em seu traseiro, desta vez mais forte, provocando uma dor real.

E de novo.

Ela mordeu o lábio, ofegante quando o dedo dele voltou ao local mais sensível dentro dela. Sua vagina teve outra convulsão, e ela gemeu de um jeito que tornou difícil reconhecer a própria voz.

Ele retirou o dedo e separou suas coxas. Ela sentiu um calor e uma umidade na vagina e percebeu que a boca de Sebastian estava ali. Usou toda sua força de vontade para não se retrair novamente. Então, ao mesmo tempo, o dedo dele começou a trabalhar nela, e

Regina se esqueceu de resistir, deixando para trás o constrangimento e tudo o mais, exceto as ondas de prazer, quase dolorosas de tão intensas. Ela gritou algo ininteligível, uma mensagem animal primária que dizia a ele para não parar, que queria mais.

Mas ele parou, e ela sentiu-o se agitando na cama ao seu lado.

— Vire-se — disse, a voz rouca de desejo.

Ela se colocou de costas e descobriu que ele estava nu. Seu corpo era ainda mais bonito do que imaginara, os ombros largos e a cintura afunilada mais perfeitos do que ela jamais soubera ser possível em um homem. Mas ela se concentrou, sem conseguir desviar os olhos, em sua ereção, grande, estendendo-se em sua direção. Não apenas porque nunca tinha visto um homem nu na vida — pelo menos, não na vida real. Mas o pau de Sebastian, grosso e inchado em sua direção, oferecia uma inegável prova do desejo dele.

Ele se curvou e ela percebeu que colocava uma camisinha. Foi o primeiro momento em que admitiu para si mesma o que estava para acontecer — o que queria que acontecesse.

Ele moveu-se para cima dela, e ela colocou os braços em volta de seus ombros largos, fechando os olhos

Ele beijou seu pescoço, depois desceu a boca até seus seios, brincando com os mamilos com os dentes, depois com a língua, até que pegou-os na boca, chupando-os, faminto. Sua vagina estava latejando, e ela quis os dedos dele dentro dela como nunca quisera tanto alguma coisa na vida. Seus quadris se mexiam embaixo dele, pressionavam para a frente, imploravam por ele. Mas, em vez dos dedos, ela sentiu a ponta de seu pau pressionando-a. Tencionou-se, mas ele se movia lentamente, penetrando-a gentilmente, cada vez mais fundo, até que ela estava quase tomada por ele. Ele parou, depois continuou pressionando. Ela sentiu uma dor aguda, depois uma umidade quente, à medida que seu corpo acolhia-o.

Ele se afastou.

— Por que não me contou? — perguntou ele, segurando seu rosto, os olhos escuros febris com algo que ela não conseguia entender. Raiva? Confusão?

— Não queria que você parasse — justificou ela.

Ele repousou a cabeça em seu ombro. Ela tocou seu cabelo, afagando-o, sentindo-se mais próxima deste estranho do que jamais se sentira de outro ser humano. Foi tomada por uma calma profunda, mas seu corpo ainda pulsava de carência.

— Não pare — pediu.

— Tem certeza?

— Tenho.

Ele a beijou na boca, e ela o abraçou enquanto voltava a subir nela, mas sem penetrá-la. Regina sentiu sua hesitação e murmurou:

— Eu não vou quebrar. — Mas sabia que uma parte dela acabara de fazê-lo.

Ela desceu as mãos até as nádegas de Sebastian, para puxá-lo para dentro dela. Devagar, ele a penetrou novamente, e desta vez sua vagina se apertou, envolvendo o pênis dele como se seu lugar fosse dentro dela. Ele entrava e saía, gemendo uma vez. O gemido incitou o prazer de Regina, uma sensação que irradiava de sua pélvis para o corpo todo. Sebastian movia-se mais rápido, levando o corpo dela junto. A sensação de prazer se intensificou e então se quebrou, como uma onda.

— Sebastian! — gemeu ela, impotente na agonia do orgasmo, mexendo o corpo junto ao dele em uma espécie de dança que estava além do seu controle.

A penetração ficou mais rápida, quase frenética, até que ele soltou um grito, como um rugido animal.

Ela ficou maravilhada com o fato de que seu corpo fosse capaz de dar-lhe tal êxtase. Isso fez com que se sentisse poderosa pela primeira vez na vida.

E quando ele desabou em cima dela, o cabelo escuro úmido de suor, o braço atravessado em seu peito, ela soube que não havia dor no mundo que não enfrentaria para tê-lo.

20

Ela acordou desorientada.

O quarto estava escuro, mas algo lhe dizia que já havia amanhecido. Regina rolou da cama e se viu olhando uma parede com pinturas dignas de um museu — um lembrete de onde estava e de como passara a noite.

O lado de Sebastian na cama estava vazio, embora tivesse dormido com ele ao seu lado. Acendeu a luminária na mesa de cabeceira para se orientar. As cortinas com blackout tornavam difícil saber que horas eram, mas ela teve a sensação de que iria se atrasar para o trabalho.

Depois percebeu uma pedaço de papel dobrado sobre o travesseiro de Sebastian e pegou-o.

Linda Regina,
Espero que tenha dormido bem.
Quando estiver pronta, encontre-me na sala de jantar para o café da manhã.
O banheiro fica à sua esquerda. Encontrará toalhas limpas e um roupão.
— S.

Regina saiu da cama. Embora estivesse sozinha, sua nudez a constrangia. Sebastian insistira que ela dormisse nua e, embora tivesse protestado, dizendo que nunca conseguiria pegar no sono sem roupa, a intensidade da noite levou a melhor e ela caiu em um sono sem sonhos, provavelmente assim que a cabeça bateu no travesseiro. Ela se fechou no banheiro e trancou a porta. Como esperava, era imaculado, reluzente e moderno, cheio de espelhos e mármore preto, uma banheira rebaixada e um box de ladrilhos brancos fechado com vidro.

Como prometido, uma camisola La Perla comprida e um robe combinando estavam pendurados em um gancho atrás da porta. Na bancada preta, encontrou uma escova de dentes ainda na embalagem, uma pilha de toalhas pretas felpudas e uma bandeja de prata cheia de produtos Molton Brown e Kiehl's.

Escovou os dentes, depois lavou o rosto com um sabonete líquido. Seu cabelo estava bagunçado, a franja torta. E sabia que precisava realmente de um banho.

Regina abriu a porta do box envidraçado. O chuveiro não era nada parecido com o que já havia visto. A ducha ia até o meio do box, perfeitamente redonda, e se achatava como uma panqueca. Quando abriu a água, parecia chuva.

Encontrou xampu na prateleira. Sabia que devia haver uma lâmina se procurasse pelo banheiro, mas não queria demorar demais. Ensaboou o corpo, as mãos parando sobre os seios e entre as pernas, onde esfregou gentilmente. Sentia-se dolorida, mas era uma dor bem-vinda.

Seu corpo parecia um novo amigo desconhecido. Alguém que sabia que podia dar muito prazer — a si mesma e a outra pessoa?

Pensar em Sebastian provocou um tremor delicioso por seu corpo. Fechou os olhos e imaginou a visão fascinante de seu pênis, a sensação de perceber que ele o colocaria dentro dela. É claro que, há muito tempo, imaginava como seria transar pela primeira vez. Mas percebia agora como fora ingênua e unidimensional em suas fantasias. Como poderia imaginar o cheiro da pele dele, a sensação de sua boca em seus seios, a pressão de suas mãos por trás dela, enquanto a guiava para seu pênis, ou o modo como o próprio corpo se abria para ele, como se finalmente o estivesse alimentando depois de uma greve de fome...?

Ela desligou o chuveiro. Isso era loucura. Precisava voltar à realidade. Não tinha ideia de que horas eram, e teria de passar em casa antes de seguir para o trabalho. A única roupa que tinha era o vestido preto que usara para ir ao Nurse Bettie.

Regina se enxugou e penteou o cabelo, depois ajeitou a franja. Pegou a camisola La Perla e viu que ainda estava com a etiqueta. Arrancou-a com um puxão e vestiu a roupa pela cabeça. O tecido era tão macio que acariciava sua pele. E ela percebeu que era transparente.

Ela vestiu o robe leve e o amarrou na cintura. Olhando os próprios olhos no espelho, sentiu-se, pela primeira vez na vida, verdadeiramente bonita.

* * *

— BOM DIA — cumprimentou Sebastian, sorrindo para ela. Vestia jeans escuros e uma camisa branca com as mangas enroladas pouco acima dos pulsos fortes. Seu cabelo estava molhado, os olhos brilhavam, desafiadores como sempre.

Ela o encontrou em uma longa mesa de café da manhã. Era estreita, preta e brilhava como se estivesse coberta por uma lâmina de gelo. Sebastian estava sentado em uma das extremidades com um laptop, cercado de pratos de *bagel*, frutas frescas, *muffins* e um bule de café. Serviu-lhe uma xícara enquanto ela se sentava, de frente para ele.

— Isto é... muito bom — agradeceu Regina, sentindo-se tímida de repente. — Mas estou atrasada para o trabalho... Tenho que ir. — explicou

— Já liguei para Sloan — anunciou ele

— Você o quê?

— Disse a Sloan que você não iria hoje. Que estamos trabalhando fora da biblioteca.

— Não tinha o direito de fazer isso. Já pensou que talvez *eu* quisesse ir trabalhar hoje?

— Você não tem o direito de querer nada. Foi extremamente má e precisa ser castigada.

Na luz severa do dia, aquela conversa parecia muito menos racional do que às onze da noite.

— Isto não é brincadeira — rebateu ela, baixando a xícara de café.

— Tem razão. Estou falando sério. A questão é: você também? — perguntou ele com raiva.

— O que quer dizer com isso?

— Como pôde omitir que era virgem?

Ela corou.

— Desculpe. Não parecia ser a hora certa. Quer dizer, eu me sentiria uma idiota só de dizer isso.

— Seu eu soubesse, nunca teria comido você daquele jeito.

Não podia acreditar na arrogância dele.

— Como e quando eu sou "comida", como você colocou, não é uma decisão sua — retrucou.

— Se é tão boa assim tomando decisões, por que nunca as tomou antes? Se tivesse confiança para escolher sozinha, a essa altura já o teria feito. Mas você tem medo. Vou lhe ensinar a ser destemida. Se você me deixar.

Ela ficou chocada ao sentir os olhos cheios de lágrimas.

— Está tudo bem, Regina — continuou ele. — Sei que é bom deixar que eu assuma o controle. Você não precisa pensar a respeito. Não precisa resolver nada. Não precisa fazer o que é certo. Renda-se a mim e verá como irá gostar.

A respiração dela ficou presa na garganta.

— Agora coma alguma coisa — disse ele. — Vai precisar de forças.

21

ELE SE POSICIONOU AO LADO DELA diante de um cômodo no loft que Regina ainda não vira. A porta estava fechada.

— Calce esses sapatos — ordenou.

Ela baixou os olhos e viu um par de sapatos de salto agulha de cetim branco, de 10 centímetros, e os calçou.

— Agora tire o robe — continuou ele.

Hesitando por apenas um segundo, vacilando nos saltos, ela desamarrou o robe La Perla e o deixou cair pelos ombros. Ele o tirou dela.

— Vire-se de costas para mim e feche os olhos.

Ela obedeceu. Sentiu algo macio passando por seus olhos e percebeu que ele a vendava com algo forrado com pele. Por instinto, suas mãos alcançaram o rosto para tocar no tecido.

— Mantenha as mãos ao lado do corpo — exigiu ele com firmeza. Ela fez o que ele mandou. Seu coração começou a acelerar.

— Sei que falamos antes sobre o fato de que, estando aqui, você está consentindo. Mas você sabe que pode sair por aquela porta a qualquer hora, que sempre tem escolha. A maioria de minhas... parceiras me procura com uma forte noção de seus limites... limites inflexíveis, como chamamos. Mas, como tudo isso é novo para você, terá que descobrir seus limites. Dessa forma, se nos envolvermos em algo e você disser "pare", eu vou ignorá-la.

— Vai? — perguntou ela. Será que havia perdido alguma coisa?

— Sim. Se você realmente não puder continuar, precisa dizer "limite inflexível" e eu vou saber que preciso encerrar a sessão imediatamente.

— Limite inflexível — repetiu quase para si mesma.

Ela o ouviu girar a maçaneta e abrir a porta. Estava admirada em poder identificar os atos dele por um som tão pequeno, mas percebeu que, sem a visão, os outros sentidos se aguçaram imediatamente.

— Dê dez passos para a frente — disse ele.

E andou lentamente, concentrando-se em não tropeçar nos saltos. Estendeu a mão e ele segurou seu braço, equilibrando-a. Ela nunca teria imaginado que demoraria tanto para dar dez passos.

Seus sapatos faziam muito barulho no piso duro.

— Pare aqui.

Ela ouviu o som de metal, e um arrepio atravessou seu corpo.

— Coloque os braços sobre a cabeça.

Ela obedeceu, sentindo-se uma tola.

— Mais afastados. Sentiu algo passar por sua cintura, algo macio porém firme, como couro. Em seguida um estalo, enquanto um braço era preso em alguma coisa, na posição estendida, acima da cabeça. Logo depois, o outro braço.

— Fique parada — avisou. — Estou usando uma tesoura e, se você se mexer, posso cortá-la acidentalmente.

— Como? — perguntou, retraindo-se por instinto, a pulsação acelerada. Depois sentiu a lâmina de metal frio nas costas, e o sussurro de tecido cedendo. A camisola de seda escorregava enquanto a tesoura a cortava ao meio, as lâminas roçando a superfície de sua pele enquanto desciam por seu corpo. Sentiu o ar frio do cômodo na pele nua, exceto pelos saltos. As mãos já começavam a formigar devido à suspensão forçada. Ouviu os passos de Sebastian se afastando. A porta bateu.

E ela entendeu que estava sozinha.

* * *

REGINA NÃO CONSEGUIA MAIS sentir os braços. Por um tempo, tentou flexionar os joelhos, curvar-se para trás ou para a frente, para recuperar a circulação. Finalmente entendeu que, quanto mais reta e imóvel ficasse, menos tensão haveria nas costas e nos músculos da perna, que, em algumas posições, ardiam de dor. Não sabia dizer quanto tempo se passara. Vinte minutos? Uma hora? Duas?

Sua mente disparava, questionando se devia chamar por ele. Mas algo lhe dizia para não fazê-lo.

Justo quando sentia que não poderia mais suportar, que desmoronaria e gritaria "limite inflexível" a plenos pulmões, sua atenção foi capturada: a porta se abrira. Ouviu os passos de Sebastian se aproximando. Ouviu o som de metal e quase salivou ao pensar que seus braços seriam libertados. Mas logo percebeu que ele não os soltaria, apenas os baixaria até o ponto onde flexionavam, na altura do cotovelo. Ainda assim, foi um alívio. Mesmo que a deixasse nesta posição por mais tempo, ela suportaria.

Sebastian se colocou à sua frente. Sentiu-o tão perto que, se inclinasse para a frente, conseguiria senti-lo. Mas permaneceu inteiramente imóvel.

Ele pôs a mão entre suas pernas, os dedos imediatamente encontrando o ponto que, antes da noite anterior, ela nem sabia que existia. O contraste entre as carícias incisivas e prazerosas de seus dedos e a dor longa e entediante que sofria era tão intenso que as pernas dela envergaram.

— Permaneça ereta — ordenou, e ela lutou para manter-se assim. Ele retirou os dedos de dentro dela e acariciou gentilmente sua vagina, esfregando o clitóris. Em seguida, ela sentiu um golpe molhado e rápido de sua língua, e seu dedo de volta, penetrando fundo. Ela gemeu, os braços doendo, as pernas lutando para se equilibrar e manter o controle, enquanto sua vagina pulsava com sensações que ela nunca imaginara.

Ele a levou à beira do orgasmo, mas cessou o toque. Se suas mãos estivessem livres, ela teria se masturbado ali mesmo, tão desesperada estava. E então teve a sensação inconfundível do pau dele roçando contra a entrada de sua vagina. Ele mal separou seus lábios e logo se afastou.

— Por favor — suplicou Regina com vergonha de si mesma, mas sabendo que estava só começando.

Ele separou os lábios da vagina com as mãos, a cabeça do pau posicionada contra ela, mas imóvel. Regina gemeu e empurrou o corpo em direção ao dele.

— Ainda estou chateado com você — disse ele, negando-se a continuar. — Quero que me prometa, sem mais segredos. Não sobre sexo.

— Tudo bem — sussurrou.

— Prometa.

— Eu prometo — concordou ela, mas sua voz parecia muito distante. Os dedos dele ainda brincavam dentro dela, e aquilo era insuportável.

Sebastian rapidamente desfez as amarras dos pulsos dela e Regina, incapaz de manter o equilíbrio, caiu contra ele. Com uma das mãos ainda afagando-a, ele a deitou no chão, duro e frio em contato com suas costas.

— Por favor — pediu novamente e, desta vez, ele se colocou em cima dela. Em outro estado mental, ela teria ficado envergonhada pela maneira como abria as pernas para ele, agarrando-se nele e gritando no instante em que seu pau a penetrou, travando nele até que sua necessidade latejante foi silenciada por um orgasmo violento.

Ele gozou segundos depois, a boca molhada e aberta sobre seu pescoço, murmurando coisas que ela não conseguia entender.

Em seguida, ele a pegou com facilidade no colo, como se ela não pesasse nada. Ainda vendada, ela pousou a cabeça em seu ombro e, para seu horror, começou a chorar.

Ela sentiu os braços de Sebastian envolvendo-a, e ele andou rapidamente pelo loft. Segundos depois, ela foi baixada até a cama e ele retirou a venda.

— Você está bem? — perguntou, seu lindo rosto tenso de preocupação. Ele beijou a testa dela, levantando sua franja para colocar a boca contra sua pele clara.

— Sim. — Ela o tranquilizou, tentando se controlar. — É que foi tão... intenso.

— É bom que seja intenso. Se não for, por que fazer? Pelo menos, é assim que penso.

— Não consigo acreditar que ficar fisicamente desconfortável pode se tornar uma sensação tão boa. É simplesmente... estranho.

— Mas não é, se pensar bem. Temos que experimentar contrastes para sentir qualquer coisa plenamente. Tristeza ou felicidade, esforço ou relaxamento, solidão ou ligação com outros. O que é um sem o outro? Não saberíamos.

— Sim — falou. — Entendo perfeitamente.

Ele a puxou mais para perto.

— Sabia que entenderia.

22

A TARDE JÁ AVANÇAVA quando Regina, aturdida, entrou em seu apartamento.

Carly, no sofá, com um bloco de desenho no colo, logo olhou para ela.

— Onde esteve? Por que não veio para casa ontem à noite? Eu fiquei morta de preocupação — começou ela, jogando o lápis.

Regina se abaixou para tirar os sapatos. Sebastian a mandara para casa em uma roupa nova, Prada da cabeça aos pés. Como sempre, os sapatos a estavam matando.

— Estou surpresa que tenha vindo para casa ontem à noite — disse Regina. — Pelo que eu vi no Nurse Bettie, você não parecia estar voltando para casa.

— Não mude de assunto. Para onde você foi? Não pode fazer essas coisas, Regina.

— Eu não sumi... foi *você* quem foi embora, lembra?

— Desculpe. Ando tão deprimida ultimamente. Só precisava de alguma coisa para tirar Rob da cabeça.

— E me deixar com aquele esquisito no bar?

— Nick era legal. Além disso, foi ele quem me contou que você tinha fugido com um cara qualquer.

— Não era um *cara qualquer*... era Sebastian. Mas, de qualquer forma, desculpe por ter deixado você preocupada. — Regina ficou comovida ao ver que Carly se importava com ela.

— O que Sebastian estava fazendo lá? Seguindo você?

Regina deu de ombros e foi para a cozinha. Não havia comido nada desde o café da manhã e, de repente, estava faminta. Ela tentou pegar um prato no armário e percebeu que os ombros doíam tanto que mal conseguia levantar os braços.

— Ai — sibilou, incapaz de pegar o prato.

— O que foi?

— Pode pegar esse prato para mim?

Carly apareceu na porta.

— Antes precisa me dizer o que está acontecendo.

— Meus braços estão doendo — explicou Regina.

— Isso eu entendi. Então, a menos que agora esteja jogando tênis à meia-noite no Central Park, me pergunto por que está sentindo dor — questionou Carly, colocando as mãos na cintura. Regina não conseguiu controlar o riso. De algum modo, a relação dela com Sebastian transformara a colega de apartamento sarcástica em uma espécie de mãe protetora.

— Se pegar o prato para mim, conto o que aconteceu — prometeu.

Carly pegou o prato, entregando-o a ela e dizendo:

— Desembucha, Regina.

* * *

ELAS SE SENTARAM À MESA comendo um restinho de risoto de frango com várias garrafas de Corona. Regina tinha se trocado e agora vestia uma velha camiseta Drexel e calça de moletom. Sentia-se fisicamente exausta, mas sua mente estava acelerada, e trabalhava com a máxima velocidade. Regina não imaginava que ela fosse capaz de ser tão rápida.

— Ele gosta de... acho que pode-se dizer assim... de me dominar — explicou Regina.

— Fazendo o quê, especificamente? — perguntou Carly.

Agora que o momento chegara, estava morrendo de vontade de contar a alguém o que estava acontecendo. Não sabia se Carly lhe diria que isso era loucura, que ela devia fugir desse cara, ou se diria *claro, eu faço essas coisas o tempo todo*. De qualquer maneira, Regina precisava confiar em alguém.

— Hum, bom, Sebastian me deu um celular e disse que eu tenho que deixá-lo ligado sempre, e só usar para falar com ele. E ele manda torpedos que são tipo, ordens. E me diz o que vestir... sempre salto alto e sempre uma lingerie específica.

— Bom, francamente, Regina, você precisava mesmo de uma orientação de estilo.

Regina lançou-lhe um olhar antes de continuar.

— Se eu não fizer o que ele pedir... se não me vestir do jeito certo, ele me "castiga".

Agora ela realmente tinha a atenção de Carly. A Carly petulante, vivida, que sabia tudo, de repente estava com os olhos arregalados.

— Continue.

— Bom, ele meio que... bate em mim. — Regina não conseguia falar mais nada. Não conseguia falar sobre o Quarto.

Carly assentiu.

— Já ouvi falar nesse tipo de coisa — comentou, tirando o rótulo de sua garrafa de cerveja.

— Já? — perguntou Regina, surpresa.

— Claro. É BDSM básico.

— BD o quê?

— BDSM: *bondage*, disciplina, sadomasoquismo. É uma subcultura bem grande.

— É mesmo?

— Claro. Algumas pessoas gostam mesmo dessa merda.

— Então não acha... esquisito?

Carly deu de ombros.

— Não é minha praia, mas não me importo. Estou certa de que, em pequenas doses, pode ser excitante. Conheci uma garota que usava uma coleira.

— Como assim?

— Ela usava uma coleira de couro... como de cachorro. Mas tinha um cadeado pequeno nela. Ela me disse que significava para os outros da comunidade que alguém era "dono" dela.

— Está brincando.

— Não estou.

Isso fez Regina se sentir muito melhor. Pelo menos não tinha ido *tão* longe.

— Então, está dizendo que tudo é relativamente normal — concluiu Regina.

— Ah, não, não é nada normal — discordou Carly. — Mas, se você está curtindo, quem se importa? Especialmente se você levar um guarda-roupa Prada no acordo. Que ele bata à vontade.

Regina corou e olhou para baixo, para o prato. Talvez Carly não fosse a melhor confidente, mas era a única com quem poderia contar no momento. E pelo menos agora Regina tinha um nome para o que vivia: BDSM. Precisaria pesquisar um pouco, embora algo lhe dissesse que não encontraria um livro sobre este tema em particular na biblioteca.

✳ ✳ ✳

PELA MANHÃ, REGINA chegou à sua mesa no trabalho e encontrou Alex sentado em seu lugar, organizando uma pilha de livros.

— Oi — cumprimentou Regina. — Desculpe por ontem. Espero que não tenha sido muito movimentado.

— Não, foi tudo bem. Mas Sloan quer te ver na sala dela.

Regina ficou apreensiva.

— Por quê? — perguntou, largando a bolsa atrás da mesa.

— Não sei. Mas, a julgar pelo tom de voz quando ligou para cá, eu não a deixaria esperando muito tempo.

Isso não cheirava bem. Regina desceu prontamente até o segundo andar.

A porta da sala de Sloan estava entreaberta. Regina viu-a, o cabelo louro claro em um nó perfeitamente desarrumado, a blusa azul-marinho enrolada elegantemente até os cotovelos, os pulsos bronzeados enfeitados com delicadas pulseiras de ouro. Bebia seu café do Starbucks enquanto navegava pelo *New York Post* on-line. Regina deu uma batida leve no batente.

Sloan levantou a cabeça e semicerrou os olhos.

— Ora, ora, ora... bondade sua ter aparecido.

— Desculpe por ontem — disse Regina, incomodada por ter de pedir desculpas, e dar desculpas, tão cedo. Ensaiara aquilo mentalmente no metrô, mas fora incapaz de pensar em algum motivo plausível para ela e Sebastian terem tido de trabalhar "fora" na véspera.

— Sente-se, Regina.

Com relutância, ela entrou na sala. A única cadeira extra estava coberta de revistas de noivas. Como Sloan não fez menção de removê-las, a própria Regina a desocupou, depois se sentou sem jeito com as revistas no colo.

— Sei que quando começou a trabalhar aqui, achou que o cargo na Mesa de Retirada estava abaixo de suas qualificações...

— Não, não é isso. Eu só pensei que...

— Não fale, por favor. Como eu dizia, sei que achou que estava abaixo de suas qualificações devido à sua formação, ao fato de ter se formado com honras e toda essa besteira. Mas, em uma biblioteca deste porte, a Mesa de Retirada é fundamental. *Fundamental.* E se não posso confiar em que você estará aqui todo dia, não posso mantê-la neste cargo.

— Sloan, eu *estarei* aqui todo dia. Não vai acontecer de novo. — Regina entrou em pânico. Será que poderia ser demitida por faltar um dia ao trabalho? Meu Deus, no que estivera pensando ontem? Qual era o problema dela?

— Bem, isso você terá que me provar. E, enquanto não me mostrar que posso confiar em você, vai trabalhar na Devolução.

Regina sentiu o sangue subir-lhe o rosto.

— Sloan, isso não será necessário. Eu prometo, não vai acontecer de novo.

— Esse assunto não está aberto a discussões, Regina. Agora vá para a Devolução. Alguém lá irá lhe mostrar como organizar o conteúdo dos carrinhos e como recolocá-lo nas prateleiras.

Regina achou que iria chorar, mas não queria que Sloan visse que ela tinha ficado aborrecida. Levantou-se e colocou as revistas de volta na cadeira, dirigindo-se para a porta.

— Regina, mais uma coisa — chamou Sloan.

Ela se virou.

— Sinceramente, espero que sua relação com Sebastian Barnes seja apenas profissional. Embora o apoio financeiro da família dele para esta biblioteca seja indispensável, não gostaria que uma integrante da minha equipe se envolvesse com ele. Seria inadequado. Fui clara?

— Sim — concordou Regina, incapaz de olhá-la nos olhos.

— Que bom. E durante seu intervalo de almoço, por favor, vá até a Vera Wang e pegue uma amostra de tecido para mim. Depois vou precisar que a leve a meu florista.

Regina concordou e saiu correndo de lá.

A caminho das escadas, encontrou Margaret. A senhora idosa acenou.

— Olá, Regina. Não tenho te visto muito ultimamente. Vamos almoçar juntas na escadaria hoje?

— Bem que eu gostaria, mas Sloan quer que eu cuide de uma tarefa na rua para ela.

Margaret balançou a cabeça.

— Lamento saber disso. Vamos deixar para outro dia.

Regina ficou estranhamente triste. Perguntou-se se Margaret achava que ela estava arrumando desculpas ou rejeitando-a de alguma maneira. Sentiu o telefone vibrar dentro da bolsa. Subindo as escadas rumo à Mesa de Devolução, leu a mensagem de texto.

O carro estará esperando por você às seis.

E, como um estalo, tudo estava bem no mundo.

23

REGINA OLHOU PARA O RELÓGIO que ficava de frente para a Mesa de Devolução pelo que pareceu ser a 15ª vez naquele dia. Enfim, o ponteiro da hora quase tocava o número seis.

Como se o tédio do trabalho na Devolução já não fosse ruim o suficiente, os músculos do braço e das costas ainda estavam doloridos da véspera, e por isso ela mal conseguia colocar os livros no carrinho e arrumá-los nas prateleiras. A caminho da Vera Wang, parou rapidamente em uma farmácia CVS para pegar um frasco de Advil.

Quando o relógio marcou seis e um, ela arrumou a pilha de livros na mesa, pegou sua bolsa e praticamente voou para o saguão de entrada.

Assim que chegou ao topo da escadaria, viu a Mercedes preta esperando por ela.

O motorista saiu e contornou o carro para abrir a porta de trás. O veículo estava vazio.

— O Sr. Barnes a encontrará no seu destino — explicou o motorista.

— Ah, tudo bem — concordou, entrando no carro. Era estranho estar ali sem Sebastian, e torceu para que o percurso fosse curto.

Depois, olhando pela janela, viu Sloan descendo a escada, a bolsa Birkin pendurada em um dos braços, falando ao celular. Regina se abaixou, na esperança de não ser vista.

O carro seguiu em direção ao norte e, minutos depois, parou diante do Four Seasons Hotel. Regina se perguntou se Jess estaria esperando por ela. Pensando naquela primeira noite com Sebastian, em como ficara estupefata com a lingerie e cambaleante nos saltos, Regina se admirou com o quanto havia acontecido em tão pouco tempo.

O motorista abriu a porta.

— O Sr. Barnes pediu que faça a gentileza de ir até a recepção e dar seu nome — instruiu o motorista.

— Hum, tudo bem. Obrigada.

Entrou no elegante saguão de calcário, mais uma vez maravilhada com a beleza e o espaço amplo.

Aproximando-se da recepção, sentiu que começava a transpirar de nervoso. Ajeitou a gola do vestido azul de verão.

— Bem-vinda ao Four Seasons. Como posso ajudá-la? — indagou um homem jovem com um largo sorriso e olhos brilhantes, fazendo sua pergunta parecer sincera em vez de rotineira.

— Meu nome é Regina Finch. Acho que alguém deixou algo aqui para mim.

— Ah, sim. — O homem colocou a mão embaixo da mesa e pegou um cartão-chave.

— Quarto 2020. Aproveite a estadia, Srta. Finch.

Regina pegou o cartão e atravessou o saguão até o elevador. Ouviu uma mistura de línguas estrangeiras em volta de si. A maioria das pessoas andava animadamente, algumas com roupas formais de noite, outras em ternos executivos. Avistou alguns turistas de short e camiseta, mas eram exceção.

O elevador anunciou sua chegada ao vigésimo andar com um click delicado. Ela saiu no corredor silencioso. Parecia 10 graus mais frio que o saguão, e os pelos de seus braços ficaram arrepiados.

Regina passou o cartão na porta e, mais uma vez, entrou no quarto 2020.

— Bem-vinda, Srta. Finch.

Regina se virou e encontrou a origem do sotaque forte do Leste Europeu. Ficou decepcionada por não ser Jess, e sim uma loura altíssima com batom vinho e olhos azuis frios.

— Meu nome é Greta e eu a ajudarei esta noite. O Sr. Barnes deixou suas roupas no quarto. Troque-se o mais rápido possível, por favor, e me chame se precisar de qualquer coisa.

Ela vestia um uniforme do hotel, blazer azul-marinho e saia com meia-calça e saltos discretos. Nesta mulher, a roupa parecia mais militar do que chique e corporativa.

— Você... trabalha para Sebastian? — perguntou Regina.

— Não, sou funcionária do hotel. O Sr. Barnes é um hóspede extremamente querido, e fazemos o máximo para atender qualquer necessidade dele.

— Muito bem... Obrigada — agradeceu Regina. Ela rezava para não precisar de nenhuma ajuda. A última coisa que queria era esta mulher ajudando-a a se vestir. Fechou a porta do quarto. Desta vez, não havia sacolas de compras em cima da cama, e sim um espartilho de cetim preto e uma saia de couro preta com uma amarração complicada.

Ah, não, pensou Regina. *Nunca vou conseguir vestir isso sozinha.*

E então, ao pé da cama, viu sapatos de plataforma de couro pretos, os saltos medindo 20 centímetros, e tiras de couro pretas, largas e afiveladas, para serem amarradas aos tornozelos. Pareciam instrumentos de tortura, não calçados. Tirou o vestido pela cabeça e o dobrou, antes de colocá-lo sobre a cama. Olhando o espartilho e a saia, percebeu que ficaria sem calcinha. Desabotoou o sutiã, tirou a calcinha pelos quadris e a chutou pelos tornozelos, colocando-a em cima do vestido.

Completamente nua, tremia e olhava o espartilho com preocupação. Decidida a se vestir sozinha, analisou a tarefa: teria de soltar o suficiente para entrar nele, e puxar bem as amarras traseiras. Talvez a garota-propaganda do Terceiro Reich na sala ao lado tivesse de amarrá-la no fim, mas assim seria melhor.

Regina logo percebeu que avaliara mal a tarefa. A dor nos ombros a impossibilitava de esticar os braços para trás.

Aflita, ela se voltou para a saia. Pelo menos esta ela conseguiria vestir — queria estar o mais vestida possível antes de pedir ajuda. Mas a saia de couro era praticamente aberta atrás, exceto por uma dúzia de amarras que a fechavam.

Não tinha outra alternativa, esta roupa simplesmente não podia ser vestida sem outro par de mãos. Regina olhou o quarto, procurando uma toalha, um roupão ou algo para se cobrir. Sem encontrar nada, puxou a pesada colcha da cama, pegando o lençol branco imaculado que havia por baixo. Enrolou-se nele como em uma toga e andou até a porta.

— Greta? — chamou. Ouviu os saltos da mulher contra o piso de mármore antes mesmo de vê-la.

— Sim? — disse a mulher, de braços cruzados.

— Preciso de ajuda, por favor.

O olhar da mulher não era de irritação, mas sugeria algo do tipo *por que demorou tanto?*

— Primeiro colocamos a saia — disse Greta incisivamente, como se já tivesse pensado muito nisso.

— Tem certeza? Hum, tudo bem. — Regina achou que iria morrer de vergonha. Como faria isso sem colocar a bunda nua bem na cara de Greta?

Ela já trabalhava na saia, desfazendo as amarras e abrindo-a em uma única tira de couro.

— Vire-se. De costas para mim. E tire o lençol.

Petrificada, Regina obedeceu.

Greta passou o couro em volta dela, primeiro na parte da frente e depois na de trás. Em seguida, trabalhou nas amarras com as mãos ligeiras, de um lado para o outro. Ainda assim, o processo pareceu demorar muito, e Regina ficou aliviada ao sentir o último puxão das amarras.

— Perfeito — elogiou Greta, quase para si mesma. — Agora o espartilho. Levante os braços.

Ainda sentindo dor, Regina obedeceu.

— Posso baixá-los agora? — perguntou, quando a frente do espartilho estava no lugar, e sentiu algumas amarras firmes nas costas. Greta murmurou algo que parecia uma permissão para baixar os braços; então ela o fez com alívio. Sentia as amarras sendo apertadas da base de sua coluna até as omoplatas. Depois Greta as puxou com tanta força que Regina perdeu o fôlego.

— Apertado demais — balbuciou.

— Tem que ser apertado — confirmou Greta, sem disfarçar seu desdém. — Agora, os sapatos.

Os sapatos! O processo torturante de entrar na saia e no espartilho fizera-a esquecer inteiramente dos calçados apavorantes.

Ela os olhou. De maneira nenhuma podia se abaixar e calçá-los em seu estado atual. Parecia que estava vestindo uma camisa de força.

Greta se pôs de joelhos e segurou um sapato para Regina calçar o pé direito. A disparidade de altura entre um lado de seu corpo e o outro a obrigou a se inclinar e segurar no ombro de Greta para manter o equilíbrio.

— O outro pé — pediu Greta. Regina calçou o pé esquerdo no sapato e, aos poucos, se levantou. Estava muito mais alta que todo o quarto. Agora tinha uma perspectiva diferente. Quando Greta se endireitou, Regina percebeu que ficara bem mais alta que ela.

— Meu trabalho aqui terminou. — E com essa, Greta deixou-a sozinha no quarto.

Regina teve medo de se mexer. Sentia que podia cambalear e se estatelar no chão, como um inseto que cai de barriga para cima e não consegue se endireitar. Mas a curiosidade provou ser uma motivação, e ela lentamente foi até o espelho de corpo inteiro.

— Meu Deus — suspirou. Do pescoço para baixo, ela nunca se reconheceria. O corpo, espremido e alongado, parecia poderoso e erótico, como algo saído de uma das fotos de Sebastian. A pele clara contra o espartilho preto parecia brilhar como madrepérola, e a saia curta e os saltos imensos deixavam suas pernas longas e poderosas.

Ela se virou de costas e conferiu o próprio reflexo no espelho. Ficou admirada com o que viu. O espaço entre as amarras mostrava vislumbres tentadores de sua pele dramaticamente branca em contraste com o couro preto retinto. Pensou em uma expressão que sempre achara ridícula: *pedaço de mau caminho*. Mas era exatamente o que parecia — e como se sentia. Ouviu a porta da suíte abrir e depois fechar.

— Onde está escondida? — Ouviu a voz de Sebastian.

Com o coração acelerado, Regina cambaleou até a porta do quarto e entrou na sala.

Sebastian estava arrasador; cada centímetro de seu corpo capaz de lidar com uma mulher de 1,80m vestida de couro. Usava calça social preta e uma camisa da mesma cor, e estava levemente bronzeado, como se tivesse passado o dia todo ao ar livre. Ela se perguntou o que ele havia feito desde que o vira pela última vez e sentiu uma onda de possessividade que nunca experimentara antes.

— Você está deslumbrante — elogiou, sorrindo para ela. — Chegue mais perto.

Ela andou lentamente, com medo de tropeçar e cair. Durante todo o tempo, sentiu os olhos de Sebastian fixos nela.

Quando estava perto o suficiente, ele pegou sua mão e a levou para uma sala com uma longa mesa de jantar com tampo de mármore. Duas taças de vinho estavam postas perto de um balde de gelo que resfriava uma garrafa de vinho branco.

— Está com fome? — perguntou ele.

— Na verdade não. — A ideia de comer naquela roupa não era nada atraente.

— Gostaria de uma bebida?

— Não, obrigada, estou bem.

— Acho que deveria tomar uma taça de vinho. — Ele tirou a rolha da garrafa e serviu-lhe uma taça. Ela a pegou e tomou um golinho. Era fresco e delicioso, e ela então descobriu que a queria.

— Não vai beber nada? — perguntou Regina.

— Não — respondeu ele, olhando-a.

Ela bebeu um pouco mais e, quando estava na metade da taça, ele a tomou dela.

— Vire-se.

Regina obedeceu, escorando-se na mesa para aliviar parte da pressão nos pés. Sentiu que ele desamarrava a parte de trás da saia até que ela abriu, deixando seu traseiro exposto. Ele passou as mãos sobre a pele dela, contornando a curva de cada nádega antes de deslizar os dedos para o meio.

— O que está fazendo? — interrompeu ela, mexendo-se para se livrar da mão dele.

— Fique parada, Regina. E não me faça pedir de novo. Agora abra as pernas.

Nervosa, ela separou mais os pés.

— Curve-se sobre a mesa.

Ela concordou.

Novamente, sentiu as mãos dele abrindo seu traseiro. Achou isso humilhante; foi a primeira vez que pensou em pará-lo.

E então uma sensação de choque imobilizou seus pensamentos, e todo o seu foco estava na pressão em seu ânus. Sebastian pressionava algo duro dentro dela.

— O que está fazendo? — Regina tentou com todas as forças não se virar. Sentiu que ele fechava a saia novamente, o objeto ainda alojado dentro dela. A mão de Regina voou para trás, puxando os cadarços. Ele lhe deu um tapa, apertou a saia e a virou. Ela estava praticamente ofegando de ansiedade.

— Relaxe, Regina. É só um plugue anal — explicou. — Não vai machucar você. É só uma sensação estranha até que se acostume.

Ele colocou a taça de vinho de volta em sua mão e ela a esvaziou com um gole só.

— Quer que eu tire? — indagou ele.

— Sim.

— Então vou tirar. Depois que você me fizer gozar.

Ela o olhou confusa. Será que ele esperava que ela transasse com ele assim? Ele abriu o zíper da calça e deixou que ela caísse no chão, depois tirou a cueca boxer branca. Seu pau estava duro. Ela se perguntou quando começara a ereção. Quando ele entrara pela porta? Quando vira sua bunda exposta — como ele havia orquestrado — pela saia? Quando colocara o plugue duro dentro dela?

— Fique de joelhos — mandou. Depois ela percebeu como ele queria que ela o fizesse gozar.

— Nunca fiz isso — disse Regina, colocando-se em posição.

— Fico feliz que esteja me dizendo isso. Sabe que não gosto de surpresas. Vamos devagar. Me lamba, como se meu pau fosse um picolé, que estivesse derretendo.

Ela pôs as mãos nos quadris de Sebastian e fez o que ele pediu. Podia sentir seu cheiro, seu gosto, a doçura salgada de sua pele, e essa intimidade avassaladora foi o suficiente para que ela se esquecesse de toda a pressão em seu traseiro.

— Agora coloque em sua boca — instruiu Sebastian, passando a mão no cabelo dela.

Regina colocou os lábios em volta do pau dele e ele passou uma das mãos sob seu queixo. Com uma leve pressão, indicou que deslizasse a boca por ele, para dentro e para fora.

— Use a língua — disse Sebastian, e ela se concentrou em passar a língua pelo comprimento, enquanto o acariciava com os lábios. Um som estranho saiu dele, e isto a excitou mais do que qualquer toque. Moveu-se mais rapidamente e logo seus movimentos não estavam mais controlando o ritmo, e sim o vaivém da pélvis de Sebastian, ele próprio se colocando para dentro e para fora de sua boca. Quando achou que ela ia engasgar, ele parou, e sua boca se encheu de um fluido quente e salgado. Chocada, ela engoliu por instinto, depois se afastou para poder cuspir o resto. Tossindo e envergonhada, cobriu a boca e desviou o rosto do dele.

Sebastian se deitou no sofá de veludo e a puxou para perto, abraçando-a.

— Foi maravilhoso — desabafou. De repente, tudo estava bem, mais do que bem. Ele beijou o topo da cabeça de Regina. — Agora vou cumprir minha parte do trato. Fique de bruços.

Ela havia se esquecido do plugue anal, mas agora que ele o mencionara ficara novamente ciente da pressão, a essa altura atenuada, mas inconfundivelmente presente.

Com a bunda virada para ele, repousou o rosto na curvatura do braço.

— Abra as pernas — mandou Sebastian. Quando ela obedeceu, em vez de tirar o plugue, sentiu seus dedos por baixo dela, avançando para esfregar seu clitóris. Enquanto a acariciava com uma das mãos, retirava o plugue com a outra. A justaposição de sensações confundiu seu corpo e, quando ele colocou o dedo em seu ânus, ela teve um espasmo de prazer.

Quando acabou, ela ficou deitada. Ouviu-o se levantar e andar pela suíte.

— Regina — chamou, voltando. — Levante-se.

Com as pernas trêmulas, ela conseguiu colocar-se de pé, mas teve de se apoiar nele. Quando estava ereta, ele se curvou e desafivelou seus sapatos. Ela os tirou com alívio, e viu que ele segurava o vestido dela. Ele desamarrou o espartilho e lhe estendeu o vestido. Ela o colocou ansiosamente pela cabeça, e quando o algodão macio cobriu seu corpo, sentiu como se estivesse enrolada em um cobertor confortável.

Sebastian a abraçou e a conduziu de volta ao sofá. Ela se sentou, com ele ao seu lado.

— Tenho uma coisa para você. — Entregou-lhe uma caixa azul-clara amarrada com um laço branco. Ela reconheceu a embalagem da Tiffany.

Desfez o laço com cuidado e ergueu a tampa. Dentro da caixa encontrou uma corrente de couro, da qual pendia um cadeado de ouro gravado com as iniciais T. & Co. e a data 1837. Era chique, elegante, e algo que Carly usaria tranquilamente, mas diferente de qualquer coisa que Regina considerasse para si própria.

— É lindo — comentou, quase com medo de tocar.

Sebastian o tirou da caixa e colocou-o em seu pescoço.

— Venha dar uma olhada — chamou ele, pegando-a pela mão e levando-a até um espelho. Sebastian colocou-se atrás dela, as mãos em seus ombros. Os olhos de Regina encontraram os dele pelo reflexo, e ela ficou admirada com sua intensidade.

— Sabe o que isto significa? — perguntou ele.

Ela estava prestes a admitir que não, não sabia. Mas então se lembrou das palavras de Carly: *ela usava uma coleira de couro... como de cachorro. Mas tinha um cadeado pequeno nela. Ela me disse que significava para os outros da comunidade que alguém era "dono" dela...*

— Sim — sussurrou ela.

— Então me diga.

— Significa que sou sua.

— Sim — disse ele em voz baixa. — Sua boceta é minha, e sua bunda, e seus peitos... para eu fazer com eles o que quiser, quando quiser, onde eu quiser. — Como se quisesse enfatizar seu argumento, ele agarrou os peitos dela, depois desceu a mão pelo seu corpo, provocando um arrepio em Regina. — Seu corpo agora é mais meu do que seu, ouviu?

Ela assentiu, os olhos no espelho, no colar.

Ele a virou gentilmente e beijou sua testa.

— Tenho mais uma coisa para você — anunciou em voz baixa.
— Espere aqui.

Ele desapareceu pelo corredor e voltou com outra caixa pequena, esta agora preta, amarrada com um laço também preto. Entregou a ela e, sem fazer perguntas, abriu.

Dentro, ela encontrou um pequeno objeto de aço inox na forma de uma lágrima gorda, com uma haste curta e uma base achatada. Ela o olhou confusa.

— É um plugue para a sua bunda.

Com as bochechas vermelhas, ela fechou a caixa.

— Leve com você o tempo todo. A qualquer momento vou mandar um torpedo dizendo para você colocá-lo. E quero que obedeça. Também vai usá-lo em todas as reuniões na biblioteca. Checarei depois das reuniões para saber se está seguindo essas instruções. Se não seguir, será severamente castigada. — Ele sorriu para ela e ajeitou seu cabelo. Ela ficou chocada ao descobrir que suas palavras a deixaram molhada.

— O carro está esperando lá embaixo para levá-la para casa.

24

Pela manhã, o primeiro pensamento de Regina foi o colar.

Suas mãos se moveram pelo pescoço, tateando-o, pensando se não teria sido tudo um louco sonho erótico.

Mas não, o colar estava ali, pesado em sua clavícula. O peso a reconfortou, ancorou-a na realidade de sua servidão sexual a Sebastian: um símbolo de seu desejo, de ser o objeto do desejo.

Era como se o mundo já pudesse ver isso. Pela primeira vez na vida, os homens a olhavam descaradamente enquanto ela andava pela rua. Não achava que estava fisicamente diferente; era mais como se as pessoas pudessem sentir a paixão fervilhando dentro dela. Como se conseguissem sentir o cheiro do desejo que ela levava consigo a toda parte. Levantou da cama, envolta na euforia permanente de satisfação sexual.

E então se lembrou de que era seu aniversário — e que sua mãe viria à cidade.

* * *

Era o final da manhã. Depois de horas colocando as devoluções em ordem alfabética, Regina foi interrompida pela visita de Margaret.

— Fui procurar você na Retirada e me disseram que tinha sido transferida para cá — disse ela. Naquele dia, usava óculos tão grossos que seus olhos pareciam magnetizados.— O que fez para merecer esse exílio?

Regina sorriu.

— De algum modo consegui entrar na lista negra de Sloan.

Margaret suspirou.

— A mulher é uma tirana. Trouxe almoço? Achei que poderíamos sentar na escadaria. Não está muito calor hoje.

Era verdade — seu aniversário de algum modo veio com um retorno à primavera. O céu estava limpo e não havia umidade.

— Eu adoraria — respondeu com um sorriso. Ela pegou embaixo da mesa seu sanduíche de manteiga de amendoim com geleia no saco de papel pardo. Ao se abaixar, o pingente de cadeado bateu em seu queixo. Aninhado sob a blusa, ela quase esquecera dele.

Encontraram um local perto do topo da escadaria. Regina inclinou a cabeça em direção ao sol. Pensou no primeiro dia em que se sentara naquele lugar — o dia em que vira Sebastian pela primeira vez.

Se não tivesse de ver a mãe naquela noite, ela até ficaria feliz. Perguntou-se se conseguiria pegar o cardápio antes de a mãe começar a culpá-la por tudo.

— Quanto tempo vai ficar na Devolução? — perguntou Margaret.

— Não sei — respondeu Regina, desembrulhando o sanduíche. Ela colocara geleia demais, e estava escapando do pão. Margaret balançou a cabeça.

— É uma pena, você entrou nessa área em uma época ruim. Posso ver que é apaixonada por isso.

— Ah, é só que acho que o poder subiu à cabeça de Sloan. Não estou chateada com isso. Posso esperar que ela saia.

Margaret meneou a cabeça, pegando uma uva com o garfo em seu recipiente plástico de salada de frutas.

— Não é só Sloan Caldwell... embora, no meu tempo, uma mulher assim nunca tivesse chances de chegar no comando do show.

A questão toda hoje é o dinheiro. Todo o sistema está entrando em colapso. Todas as bibliotecas estão perdendo financiamento e o apoio de políticos que não entendem o que fazemos... A Louisiana acaba de perder o financiamento estadual. As bibliotecas estão fechando, cortando pessoal, reduzindo a carga horária. Nunca pensei que veria esse dia chegar.

— O que quis dizer com "Sloan nunca estaria no comando do show?"

— Ela não conquistou o cargo por mérito. Os pais dela dirigiam o conselho. Eles ainda fazem doações imensas. Eles *compraram* o emprego dela.

Que interessante, pensou Regina.

— Se ela só está fazendo isso porque é um emprego fácil, então provavelmente não vai ficar muito tempo aqui. Parece muito envolvida com o planejamento do casamento. Talvez saia depois de trocar alianças.

— Como eu disse, pessoas como Sloan Caldwell são só parte do problema. Todo o futuro das bibliotecas neste país está em risco.

— Não está falando sério.

Margaret assentiu com tristeza.

— Infelizmente, estou.

Regina sentiu a bolsa vibrar. Pegou o celular. *Vou checar você depois da reunião do Lions à uma da tarde. Espero que tenha seguido minhas instruções e esteja com a caixa preta.*

Ela largou o celular na bolsa. Por que Sloan não lhe falara da reunião? Ou será que falara e Regina tinha esquecido? Não era típico dela se esquecer de uma coisa dessas, mas, dada sua distração nos últimos dias, isso não seria muito difícil. Não sabia o que fazer. Se fosse à reunião quando não deveria, Sloan ficaria irritada. Mas, se faltasse à reunião quando deveria estar lá, seria ainda pior.

— Tenho que voltar à mesa — disse Regina, largando a parte intacta do sanduíche no saco de papel e tirando o farelo das mãos.

— Eu não pretendia assustar você — desculpou-se Margaret.

— Não, não é isso. Acabo de saber de uma reunião de que Sloan não me avisou. Não sei o que está havendo.

Margaret balançou a cabeça como quem diz *eu avisei*.

Ao subir as escadas da biblioteca, Regina lembrou que o torpedo de Sebastian não falava apenas da reunião, mas também de como devia se preparar para ela. Parou no topo das escadas e abriu a bolsa, tateando em busca da caixinha preta. Sabia que ela estava ali, mas, por um momento de acelerar o coração, não teve completa certeza. Quando seus dedos se fecharam em volta dela, suspirou de alívio.

Entrando no saguão frio com ar condicionado, ela teve calafrios. Com um tremor, pensou no segredo que teria na reunião, um segredo impensável, que só ela e Sebastian partilhariam. E com a mão ainda na caixa, sorriu.

∗ ∗ ∗

Regina entrou na Sala da Curadoria e, quando Sloan levantou a cabeça com uma irritação maldisfarçada, ela soube que tomara a decisão errada ao ir para a reunião. Era tarde demais para voltar atrás. Sem saber onde se sentar, Regina pegou uma cadeira vaga, a dois assentos de distância da chefe. Olhou em volta, mas não viu Sebastian.

Regina se remexeu na cadeira pouco à vontade, o plugue de metal dentro dela tornando improvável que conseguisse ficar sentada por toda a reunião. Ainda não acreditava no que acabara de fazer, fechando-se em uma cabine do banheiro, tirando a calcinha e empurrando lentamente o objeto estranho em seu ânus. Tirando o escrúpulo mental, o ato físico foi surpreendentemente fácil.

— Sloan quer que você troque de lugar e sente ao lado dela — disse Lesley Byrd, uma das integrantes mais antigas do conselho.

— Ah, sim — assentiu Regina, levantando-se. Sua chefe lhe lançou um olhar mortal. Quando estava sentada ao lado dela, Sloan se curvou para perto e sussurrou:

— Eu não convidei você para esta reunião.

— Desculpe... soube da reunião e pensei que tivesse esquecido. Não sabia o que fazer. Preferi pecar por excesso e vir para cá.

Neste momento, Sebastian entrou na sala. Regina sentiu o ânus se contrair por reflexo contra o plugue. Ele a olhou diretamente, e o fato de saber que ele sabia o que estava dentro de sua calcinha a fez se sentir incrivelmente excitada. Sloan fora esquecida, seu desconforto físico também — agora, estava concentrada em seu joguinho com Sebastian. Este mundo, seu mundo oculto com ele, agora a dominava.

— A reunião de hoje será rápida — disse Sebastian, em pé na cabeceira da mesa. — Todos vocês sabem que têm mais ou menos dez dias para me entregarem os votos para os indicados ao prêmio de ficção. Então estamos todos atrasados. Mas Lesley precisa falar com vocês sobre a arrecadação de fundos do inverno. Lesley, a palavra é sua.

Lesley Byrd abriu um sorriso radiante para ele.

— Obrigada, Sebastian. — Ela baixou os olhos para o bloco de anotações amarelo antes de se lançar em sua lista de questões importantes para a arrecadação de inverno. Suas palavras se misturaram com alguns ruídos ao fundo. Regina só conseguia pensar na pressão em seu ânus — nisso e no esforço colossal para não olhar para Sebastian, o tempo todo sentindo Sloan lhe vigiando.

Sua mente, como que escravizada pela pequena peça de metal dentro dela, resvalava em devaneios sobre a noite anterior. Imaginou os dedos de Sebastian em seu clitóris, acompanhando a gota dura em seu ânus e mexendo seu corpo em um estado de sensibilidade extraordinária. Pensou no que sentiu quando ele retirou o objeto e que, sentada ali agora, podia estar a segundos desse doce alívio.

Quando ouviu Lesley pronunciar as palavras "E por fim...", finalmente se permitiu olhar para Sebastian, mas ele ouvia Lesley com aparente concentração. Regina olhou as mãos dele cruzadas sobre o bloco e se contorceu.

Todos se levantaram e pegaram suas anotações, e ela soube que a reunião felizmente tinha acabado. O ato de se levantar deslocou a pressão em seu ânus.

— Volte à Mesa de Devolução — disse Sloan. — Não tem mais tempo a perder.

Regina ficou assustada.

— O quê? — perguntou ela, na tentativa de ganhar mais tempo, olhando para Sebastian.

— Preciso pegar Regina emprestada por uns minutos — disse ele, e ela percebeu que ele estava bem atrás das duas, enquanto o restante do conselho saía da sala.

— De maneira nenhuma — negou Sloan, sem o menor tom de diversão com o qual costumava se dirigir a ele. — Ela já perdeu tempo demais. Regina é uma funcionária paga, não uma voluntária.

— Não estou pedindo a você — rebateu ele, tão baixo que fora quase um sussurro. Regina viu algo passar rapidamente pelo rosto de Sloan, uma expressão indecifrável.

Lançando um olhar mortal para ela, Sloan saiu da sala.

Regina olhou para Sebastian indagativamente, mas ele estava ocupado conduzindo os últimos retardatários para fora da sala. Em seguida trancou a porta.

— Talvez eu devesse ir...

Sem dizer nada, ele atravessou a sala e colocou Regina curvada sobre a mesa. Desabotoou sua saia e a puxou até o chão, baixando sua calcinha até os tornozelos.

— Abra as pernas — mandou, com a voz embargada de desejo. Nesse instante, Sloan e todo o restante foram esquecidos; ela fez o que ele mandou e foi recompensada com a sensação quente do plugue sendo retirado aos poucos. Mas sua ausência a deixou ansiando por ser preenchida novamente. Ele a manteve naquela posição, uma das mãos deslizando por baixo dela enquanto rolava o polegar por seu clitóris. Ela mordeu o lábio para não gemer, e então ele interrompeu o toque, mantendo-a no lugar com uma das mãos na base de suas costas. Ela se contorcia, mal conseguindo ficar parada. Ouviu um farfalhar, mas estava desorientada com a necessidade da pressão das mãos dele dentro dela. Quando pensava que não iria mais suportar, as mãos de Sebastian abriram ainda mais suas pernas e, com um movimento rápido, ele a penetrou.

— Oh! — exclamou Regina, tentando se agarrar à mesa. Ele ficou parado por um momento, seu volume a esticando. Depois, devagar, moveu-se para dentro e para fora, segurando-a pelos quadris. Ela se sentiu perdida em seu ritmo, esquecendo onde estava, incapaz de pensar em qualquer coisa que não fosse a pressão crescente em sua pélvis. Começou a gemer incontrolavelmente e, se estivesse em seu juízo perfeito, teria medo de que alguém a ouvisse. Mas cada parte do seu corpo estava concentrada no prazer. O orgasmo, quando veio, sacudiu-a como em uma convulsão.

As mãos fortes de Sebastian ficaram ali até que ela terminasse e depois, para sua surpresa, ele se afastou lentamente. Em seguida, virou-a.

— Chupe meu pau — ordenou. As palavras eram chocantes e emocionantes, e ela não hesitou em se ajoelhar. Ela o pegou na boca, surpresa com o gosto azedo de seus próprios fluidos. Não deixou que isso a detivesse, e passou a língua pela haste para cima e para baixo, lambendo a cabeça, envolvendo-o com a boca, repetindo a sequência até que incitou um gemido.

Ele se afastou.

— Levante-se — disse ele, com a voz áspera. Ele a ajudou a se levantar e a ergueu na mesa, de costas, abrindo suas pernas com o joelho ao montar nela. Penetrou-a quase com raiva, crescendo em um bombear frenético quase violento. Regina ficou surpresa ao descobrir seu próprio prazer crescendo de novo, sua vagina ganhando vida, como se antes tivesse sido colocada apenas em suspenso. Quando ele gritou e ela sentiu as vibrações de seu orgasmo, outra onda de prazer a dominou.

Regina o sentiu se afastar, mas não se mexeu até que ele gentilmente a colocou sentada. Ela viu que o rosto de Sebastian estava corado, e ele estava tão lindo e juvenil que ela quase chorou. A onda de emoção era maior do que qualquer experiência física — maior do que qualquer coisa que sentira na vida. O dar e receber parecia não conhecer limites. *O que era isso?* Perguntou-se. *Era amor?*

A ideia a assustou.

25

— NEM LEMBRO A ÚLTIMA vez que fiz uma refeição completa — disse sua mãe, espiando-a por cima do cardápio do Kellari, um restaurante grego a duas quadras da biblioteca. — Não faz sentido cozinhar só para mim. Ainda é um choque e tanto não ter você em casa, Regina.

Regina sorriu, tensa, olhando o restaurante. Era um espaço acolhedor e bonito, com teto parecido com o de uma catedral e vigas de madeira, além de uma cozinha aberta. Lembrou-se de que era seu aniversário, que a mãe estava ali para comemorar com ela.

— Não deveria parar de cozinhar só porque não estou em casa, mãe. Basta diminuir as porções e fazer o de sempre.

— Não é a mesma coisa.

Elas ficaram em silêncio, interrompido apenas pelo garçom, que chegou para anotar os pedidos.

— Vou começar com a salada grega tradicional — pediu Regina. — E depois o camarão jumbo grelhado. — Ela entregou o cardápio ao garçom.

Ele sorriu, olhando com expectativa para a mãe de Regina.

— Os peixes são todos grelhados? — perguntou ela, apontando a página do cardápio de peixes por quilo.

— Sim, senhora. E recomendamos pedir 200 gramas por pessoa.

— Não consigo me decidir. O que devo pedir, Regina? Tem alguma diferença entre esses peixes? Lavraki... pompano... É tudo peixe branco, certo?

— Se estiver querendo algo leve... — explicou o garçom, provendo uma descrição peixe a peixe, mas Regina viu que ele estava perdendo tempo.

— Eu peço para você, mãe — interrompeu Regina. — Ela vai começar pela salada grega, seguida do linguado grelhado.

— Muito bem, senhora. — Ele pegou os cardápios e se retirou.

— Pensei que fosse me mostrar a biblioteca antes do jantar. Achei que tivéssemos escolhido um restaurante neste bairro por isso.

Regina pretendia de fato mostrar a biblioteca à mãe. Mas a ideia de dar de cara com Sloan — ou, pior ainda, com Sebastian — a fez mudar de ideia.

— Bom, você sabe, mãe, eu trabalho lá o dia todo, e às seis da tarde eu só quero ir embora.

A mãe assentiu.

— No fim, é só um emprego, certo? Por mais impressionante que seja o prédio. Então você podia ter ficado na Filadélfia, hein? Não tem nada de mágico em Nova York.

Regina imediatamente pensou em Sebastian e sentiu-se corar.

A mãe, felizmente, não percebeu.

— Gosto de Nova York. Olha, lamento por não lhe mostrar a biblioteca. Por que não muda seus planos? Em vez de voltar de carro para a Filadélfia hoje, depois de jantar, você poderia passar a noite aqui. Aí eu levo você lá de manhã.

— Sabe que não vou conseguir dormir aqui, Regina. O barulho, essa gente toda...

— Mãe, não seria barulhento e nem teria gente demais em um quarto de hotel. — Novamente pensou em Sebastian e no Four Seasons. Em seguida, balançou a cabeça ligeiramente, como se quisesse clarear os pensamentos. — Eu gostaria que ficasse comigo, mas o lugar é muito pequeno e minha companheira de apartamento..

— Tudo bem, Regina. Pode me mostrar a biblioteca em outra oportunidade.

Mas não estava tudo bem. Como sempre, sentia que decepcionava a mãe. A carência dela era dominadora. Por isso nunca pensara em se candidatar a universidades fora da Filadélfia, por isso não alugou um apartamento em Center City quando estava na Drexel, e sim morou com a mãe nos subúrbios, indo de ônibus para as aulas todo dia. E, se houvesse uma biblioteca na Filadélfia que rivalizasse com a de Nova York, provavelmente ainda estaria morando lá. Regina achava que seria diferente se o pai ainda estivesse vivo ou se a mãe estivesse namorando alguém ou encontrasse um novo parceiro. Mas era como se ela simplesmente tivesse desistido da própria vida quando o marido morreu. O problema era que ela esperava que a filha fizesse o mesmo. Agora que havia se distanciado um pouco, Regina percebera até que ponto tinha concordado com isso. Se a mãe tinha vindo visitá-la só para convencê-la a voltar para casa por culpa, estava perdendo seu tempo.

O celular vibrou. Tentou ver discretamente.

— O que é isso? Um celular? Você não me disse que estava de celular novo. Por que fico ligando para sua casa e para a biblioteca se posso falar com você em seu próprio telefone? Qual é o número?

Regina olhou a mensagem de texto. *Estou mandando um carro para você agora.*

Epa.

Ela respondeu: *Não estou em casa.*

— Regina, estou falando com você. Qual é o número do seu celular?

— O quê? Oh, isso... É do trabalho. Não tenho autorização para dar o número.

— A biblioteca paga por ele?

— Sim, isso mesmo.

Terei de resgatá-la novamente?

Regina respondeu: *Bem que eu gostaria, mas não pode me resgatar do jantar com a minha mãe.*

O garçom chegou com as saladas. *Não me disse que não estaria disponível esta noite. Isso é inaceitável, e eu cuidarei desse assunto convenientemente.* Ela cruzou as pernas.

— Está sendo muito grosseira, Regina.

— Desculpe. — Ela colocou o telefone sobre o guardanapo, no colo.

A mãe a olhou desconfiada.

— Tem alguma coisa que não está me contando? Conheço você, Regina. Está acontecendo alguma coisa.

— Não está acontecendo nada — disse Regina, tentando despistar.

— Está saindo com alguém? Não se distraia com toda essa bobagem de namoros. Você me deixou para trabalhar. Então espero que esteja concentrada no trabalho.

Regina empurrou a salada com o garfo.

— Um dia terei que namorar, mãe. Você conheceu o papai quando tinha a minha idade. Ou perto disso.

— E veja onde isso me levou.

Regina não sabia o que a mãe pretendia dizer com aquilo e não queria saber.

— Vocês dois pareciam felizes, mãe — rebateu, melancolicamente.

— Até ele me abandonar.

— Ele não *abandonou* você. Ele morreu. Francamente.

— O resultado é o mesmo, Regina. Só estou tentando dizer que precisa controlar sua própria vida. Está revirando os olhos para mim agora, mas vai me agradecer depois. Não perca o foco.

* * *

REGINA ESTAVA NUA NO QUARTO.

Assim que chegou ao apartamento dele, Sebastian ordenou que tirasse a roupa. Ela parou diante dele, nua, só com o colar de cadeado, e ele a conduziu até a porta do quarto — ou, como Regina chamava, do Quarto — e a vendou mais uma vez antes de guiá-la lá dentro.

O Quarto estava frio, e ela sentiu os mamilos enrijecerem. Imaginou se Sebastian teria notado e se interpretara como um sinal de excitação.

A verdade era que não estava excitada. Estava nervosa. Sebastian mal a olhara quando ela entrou pela porta e não dissera uma só palavra desde a declaração abrupta *tire toda a roupa*. Agora, embora não pudesse vê-lo, sua raiva era palpável.

— Tem um banco comprido aqui, Regina. — A voz dele a assustou. — Deite-se de bruços. Ela tateou ao redor e suas mãos tocaram um móvel duro, mas que parecia ser estofado em couro. Sem jeito, estendeu o corpo nele, virada para baixo. — Deixe os braços caírem no chão — mandou. — Agora feche os punhos e estenda os braços embaixo do banco, de modo que as mãos se toquem.

Ela obedeceu e, imediatamente, sentiu que ele os prendia com uma algema feita de material não abrasivo, porém firme.

— Mantenha as pernas retas ou terei que amarrá-las também. E vá por mim, não vai querer isso.

Seu coração começou a disparar. Sebastian contornou o banco, seus passos pesados e lentos. Ela tentou se lembrar de que este era o homem que lhe dera um prazer físico intenso. O que quer que estivesse reservado para ela seria seguido de prazer. Depois, teve um pensamento estranho: se alguém lhe desse a chance de pular essa parte e ir direto ao prazer, ela o faria?

— Você me disse que entendia o significado do colar — disse ele.

— Eu entendo...

— Só fale quando eu mandar. Disse que entendia o significado do colar, que é minha propriedade e sua obediência. Sua indisponibilidade é inaceitável. O fato de não ter me contado sobre a visita de sua mãe é inaceitável. Está me entendendo?

Regina ficou em silêncio.

— Que bom. Agora aceite seu castigo.

26

Ela sentiu todo o corpo tensionar e sabia que o que aconteceria agora não seria tão ruim quanto a expectativa. Contraiu as nádegas, odiando estar tão exposta.

Um barulho alto, com o de um estalinho, a assustou. Percebeu que tratava-se de algo batendo no chão em grande velocidade.

E então sentiu algo golpear suas nádegas, infligindo uma dor rápida e aguda, diferente de tudo o que sentira antes. Engasgou, e o golpe veio novamente — tão rápido que mal teve tempo de se recuperar do primeiro. E mais uma vez.

— Precisa que eu pare, Regina? Pode falar.

— Não.

— Boa menina. — E outra vez. Sua mente disparava, tentando entender o que acontecia, e percebeu que ele devia estar usando algum tipo de chicote. A imagem agravou a dor.

Ele bateu nela mais duas vezes.

— Ai. — Regina respirava com dificuldade, incapaz de ficar em silêncio. Preparou-se para mais. Nada aconteceu. Continuou tensa, esperando, a pele de sua bunda e da parte de trás das coxas ardendo.

— Vou lhe dar tempo para pensar no que fez de errado. — Ela o ouviu quando ele saiu do quarto.

Saber que ele não estava ali para lhe bater não aliviou sua tensão. A solidão, o fato de não saber quando Sebastian voltaria, eram tão ruins quanto a dor física — talvez pior.

A ardência de sua carne cedeu um pouco. Sabia que, quando se mexesse, sem dúvida ela voltaria com tudo. Mas, por ora, estava mais consciente da tensão muscular em seus ombros e nos braços. Virou a cabeça para o outro lado para que o pescoço não ficasse rígido. Queria poder ver o que a cercava no quarto. Ver a mobília, ou como quer que aquilo se chamasse, dando-lhe dicas do que estava reservado para ela. Mas devia ser exatamente o que ele *não* queria. Voltou a cabeça para a posição original. Mexeu as pernas. Sua mente vagava e imaginou o que ele faria em seguida, depois do Quarto. Usaria a língua? As mãos? Iria provocá-la antes de lhe dar seu pau?

A porta se abriu. Ela ficou tensa. Teria de suportar mais do Quarto? Se ele houvesse apenas continuado, ela suportaria. Mas agora, após uma pausa, seria difícil voltar ao estado mental de quando seu corpo clamava para que ele a comesse. Era constrangedor, mas era verdade: se Sebastian colocasse a mão entre suas pernas, perceberia que ela estava inegavelmente molhada.

E então sentiu de fato as mãos dele, mas não em sua vagina. Ele esfregou gentilmente as áreas sensíveis do corpo que haviam sofrido maus-tratos e desamarrou seus pulsos.

Sebastian ajudou-a a se levantar, e ela estava zonza. Apoiando-se nele, ainda vendada, andou trôpega até o corredor. Ouviu que ele fechara a porta do quarto atrás deles.

As mãos dele moveram-se em sua nuca, desamarrando a venda.

Ela se virou para olhá-lo. Os olhos escuros dele brilhavam, o rosto estava corado. Ele pegou ternamente o rosto dela nas mãos e beijou seus lábios. Ela abriu a boca, o corpo apertado contra o dele. Ousadamente, pegou a mão de Sebastian e colocou-a entre suas pernas.

— Espere — sussurrou ele, levando-a para o quarto e conduzindo-a gentilmente até cama. Ela estendeu-lhe a mão. — Relaxe — disse, tranquilizando-a. Ela o viu se despir, sua excitação crescendo. A visão de seu pau a fez querer colocá-lo na boca. Pensou em falar isso para ele, mas não conseguia transformar aquilo em palavras.

Ele deitou ao seu lado, e sua mão correu do rosto aos seios dela. Colocou um mamilo na boca, chupando-o suavemente. Ela se contorceu, sentindo a pulsação familiar entre as pernas. Com a boca, ele percorreu o corpo dela até o umbigo, beijando-a suavemente, até que seus lábios pairaram sobre a vagina. Ela sentiu o calor de sua respiração, seguido pela pressão bem-vinda de sua língua contra o clitóris.

— Sebastian — gemeu Regina, as mãos no cabelo dele. Ela abriu mais as pernas, inclinando-se com a pélvis. Não tinha vergonha nenhuma, mas não se importava. Ele passava a língua nela, provocando-a levemente, como asas de borboleta. Regina o puxou, os saltos cavando na cama. Quando sentiu que ela não suportaria mais, ele pressionou a língua fundo dentro dela. — Isso — disse Regina, se esfregando contra a boca de Sebastian, movendo-se com ele enquanto ele a penetrava com a língua. Ele esfregou seu clitóris com o polegar e ela sentiu ondas de prazer percorrendo seu corpo, tão intensamente que competiram com a dor da chicotada. Sentiu o corpo todo tensionar, depois relaxou com um orgasmo explosivo que a liquefez.

— Vire-se — ordenou Sebastian. E, mais uma vez de bruços, ele a colocou de quatro. Pôs as mãos em sua bunda, abrindo-a em seguida. Ela resistiu ao ímpeto de perguntar-lhe o que ele ia fazer, e então ele falou:

— Vou trepar com você assim.

— Assim como? E então ele já pegava a camisinha, além de outra coisa. Sebastian colocou o preservativo e besuntou o ânus dela com algo frio, parecido com geleia. Ela pensou em dizer que aquilo não era uma boa ideia, que não ia dar certo, mas, como em tudo que ele fazia, Regina se convenceu de seguir conforme o combinado, até onde aguentasse, sem impedi-lo.

— Relaxe — murmurou ele, e ela repetiu mentalmente a ordem para si mesma. Em um momento sentiu o pênis dele pressionando, quase abrindo caminho onde ela estava certa de que ele não entraria. De algum modo, seu corpo, que mal acabara de vibrar com o orgasmo, mostrou-se incrivelmente maleável. Ele a penetrou, e era chocante, mas não insuportável. Não sabia o quão fundo ele a penetrava, e teve medo de perguntar, de que a resposta fosse *ainda não coloquei tudo*. Porque não suportaria mais. No entanto, enquanto o pau dele progredia lentamente e a mão dele deslizava para acariciar sua vagina, ela tinha a sensação de que queria mais.

— Está tudo bem? — perguntou ele.

— Sim. — E então ele começou a pulsar gentilmente dentro dela. A sensação era tão estranha, nem boa, nem ruim. Era como se o corpo estivesse confuso, preso entre sinais de prazer e dor. E sentiu que, a qualquer estocada, a qualquer segundo, poderia seguir em uma direção ou na outra.

Mas, de alguma forma, os movimentos calculados de Sebastian a mantiveram pairando ali, no meio de duas sensações opostas. Prazer, dor, prazer... A mão dele acariciava sua vagina, certificando-se de que a balança pendesse na direção certa.

— Regina — sussurrou ele, soltando, em seguida, um ruído que ela nunca ouvira dele. Sebastian penetrou-a mais forte. Ela mordeu o lábio, dizendo a si mesma que ele não poderia ir mais rápido. Mas ele acelerou, e, quando ela havia chegado no limite, ele gritou. Embora não sentisse o orgasmo dele como geralmente o sentia, percebeu a intensidade de seu gozo.

Ele saiu de dentro dela lentamente, e os dois ficaram deitados de bruços, lado a lado, ofegantes.

— Eu não pretendia fazer isso — desculpou-se. — Mas só de ver você, eu a quero tanto. Eu a quero toda, de todas as maneiras. E nunca sinto que consigo isso. Nunca sinto que tenho o suficiente.

— Você diz isso como se fosse ruim. — Regina achava que ela própria sentia que não o tinha o bastante.

— Não é ruim. Só não estou acostumado com isso.

Ele a puxou contra seu corpo, abraçando-a com tanta força que ela sentiu como se ele nunca mais fosse soltá-la.

* * *

— Por que não me disse que sua mãe vinha visitar você? — indagou Sebastian. Ela estava embaixo de seu edredom pesado, enroscada contra ele, com a cabeça em seu ombro.

Era o meio da noite, início da manhã, para ser mais exato. Ela havia dormido logo depois de terem feito sexo. E quando acordou encontrou-o abraçado a ela. Sebastian a encorajou a voltar a dormir, mas ela disse que estava desperta.

— Quando acordo, não consigo mais dormir por pelo menos uma hora.

Ele disse que então também ficaria acordado. Ficou surpresa com o gesto de intimidade, e não sabia o que fazer em relação a isso. Sentia, de algum modo, que a intensidade do sexo que haviam partilhado os deixara mais próximos, mesmo que apenas por esta noite.

— Nem pensei em te contar que minha mãe vinha me ver — revelou Regina com sinceridade. — É tão... distante desta parte da minha vida.

— Eu falei sério quando disse que queria saber tudo sobre você.

Regina não pôde deixar de sorrir, embora não soubesse o que fazer com essa informação. Seria outra maneira de ele exercer controle? Ou um sinal de que queria mais dessa relação?

— Como o quê? — perguntou ela.

— Começando por sua mãe. Como ela é? O que vocês fizeram esta noite?

Ela sabia que o motivo da visita de sua mãe seria o assunto óbvio, que não poderia ser ignorado. Se não admitisse que era aniversário dela e ele descobrisse depois, ficaria furioso. Odiava ter de contar isso, como se fosse grande coisa ou ele devesse fazer um estardalhaço.

— Saímos para jantar e comemorar meu aniversário — explicou.

— Hoje é seu aniversário?

— Tecnicamente, foi ontem.

— Se eu soubesse que você estava escondendo *esta* informação de mim, você teria levado mais dez chibatadas — disse ele, sorrindo.

— Não é nada demais.

— Eu que julgarei isso. Mas não há muito que eu possa fazer no meio da noite... Ou de manhã. Então sua mãe veio à cidade para o seu aniversário. Vocês são próximas?

Regina hesitou por um minuto.

— Somos — confirmou. — Eu acho.

— O que isso quer dizer?

— Bom, éramos só nós duas. Meu pai morreu de um ataque do coração quando eu tinha 8 anos. Então, claro que minha mãe e eu somos próximas. Mas agora que estou longe dela... agora que comecei a ver as coisas com certo distanciamento... acho que ela dependia demais de mim.

— Ainda é assim?

— Eu me mudei para Nova York, então não é mais. Não estou disponível como antes. Mas acredite, eu me sinto culpada por isso. Eu me sinto culpada todo dia.

— Não se sinta assim — disse ele com uma veemência que a surpreendeu.

— Não posso evitar. Lembra quando você me perguntou por que eu não tinha celular? E eu disse que não queria um? A verdade é que não quero que ela me ligue o tempo todo. Eu disse a mim mesma que estava evitando ter celular para economizar dinheiro, mas, na verdade, tentava me livrar dela.

Ela sentiu que começara a tremer.

— Regina — disse Sebastian, beijando a testa dela —, está *tudo bem*. Os pais podem ser... quer dizer, eu não falo com meu pai há mais de dez anos.

Ela se afastou dele um pouco para que pudesse olhá-lo no rosto. Os olhos de Sebastian pareciam distantes.

— Não? E por quê?

— Tivemos uma desavença — disse ele, em um tom de voz que não estimulava mais discussões.

— E sua mãe?

Ele hesitou por um segundo, mal dando tempo de Regina perceber. Mas ela percebeu.

— Ela morreu quando eu estava na faculdade. — Ela sentiu o corpo dele tenso contra o dela e rapidamente se arrependeu da pergunta. Após um curto silêncio, ele beijou sua testa. — Então, de quem você herdou esses enormes olhos azuis?

Ela sabia que ele mudava de assunto propositalmente, mas cedeu, com um leve sorriso.

— Do meu pai.

— Queria que você me deixasse fotografá-la. O fato de você não deixar acaba comigo.

Agora era a vez de ela se afastar.

— Eu já lhe disse, detesto que tirem fotos de mim. Além disso, desde quando você pede minha permissão para fazer qualquer coisa?

— Fotografar alguém é muito parecido com dominar alguém: se o outro não estiver disposto, o resultado é horrível.

Ela assentiu. Queria poder dizer a ele que queria tentar, mas não conseguiu. Agora era hora de *ela* mudar de assunto.

— E então, com quem *você* se parece? — perguntou Regina.

— Comigo mesmo — respondeu ele, beijando-a.

— É sério — insistiu ela, afastando-se. — Não me faça procurar você no Google.

O rosto dele fechou.

— Se tiver alguma coisa que queira saber, não posso impedir que leia fofocas. Mas só o que precisa saber sobre mim é que eu te adoro.

Seus braços a envolveram novamente. E ela não disse mais nada. A adoração dele era *mesmo* tudo de que precisava. Pelo menos por enquanto.

27

Regina viu a mensageira tatuada do outro lado da sala.

Ela se dirigiu diretamente para a Mesa de Devolução, mascando seu chiclete, determinada.

— Você mudou de setor — comentou ela.

— Sim — confirmou Regina.

— Mas eu encontrei você assim mesmo.

— É o que parece.

— Isto é para você. E preciso que assine.

Regina pegou a caixa preta grande, embrulhada com uma fita de cetim branco larga, e colocou-a no chão. Em seguida, assinou a folha de papel na prancheta da jovem e esperou que ela fosse embora.

— Mais alguma coisa? — perguntou.

— Devo pegar algo com você para levar de volta para ele.

— Do que está falando?

— Sei lá — disse a mulher, o chiclete estalando tão alto que alguns frequentadores da biblioteca olharam na direção delas. — O cara disse que você iria entender quando abrisse a caixa.

— Ah, meu Deus. Você precisa ir embora. Não quero que minha chefe veja isso.

— A gorjeta do cara é boa... *Muito* boa. Não vou embora.

— Tudo bem. — Regina suspirou, desfazendo o laço e, em seguida, retirando a tampa da caixa.

Dentro dela, sob uma nuvem de papel de seda branco, encontrou uma bolsa preta Chanel, reluzente, de couro xadrez, o grande monograma do duplo C impresso em cada lado. As alças douradas e entrelaçadas da corrente tinham couro na altura no ombro. Havia um bilhete por cima.

> *Minha querida R,*
>
> *Feliz aniversário. Detesto estar atrasado, mas neste caso ambos sabemos que não tive escolha. Espero que ache o presente útil. E, sem querer arriscar, instruí a responsável pela entrega a pegar aquele saco de lona horrendo que você carrega e trazê-lo para mim. A Chanel me garantiu que esta bolsa é mais do que capaz de carregar todos os seus livros.*
>
> *Dentro da bolsinha interna está a chave do seu quarto no Four Seasons. Suas roupas para esta noite — e seu verdadeiro presente de aniversário — estarão esperando por você quando sair do trabalho.*
>
> *Até lá.*
>
> *— S.*

— Podemos agilizar as coisas? — perguntou a mensageira. Regina se esquecera dela.

— Hum, sim...

Ela pegou a bolsa Old Navy surrada e esvaziou o conteúdo no chão a seus pés para que a mensageira não visse o que fazia. Depois entregou-a. Sentiu uma pontada de nostalgia pela bolsa antiga, mas isto certamente não valia uma recusa.

— É isso que devo levar de volta? — questionou a jovem, lidando com a bolsa como se fosse algo contagioso.

— Sim — confirmou Regina. — É isso.

* * *

REGINA E MARGARET ENCONTRARAM uma mesa no Bryant Park, um trecho de gramado luxuoso de 3 acres com quiosques de comida, mesas e cadeiras, e até um carrossel, todos aninhados entre a Quinta e a Sexta avenidas, limitados a leste pela biblioteca.

— É tão agradável. Por que não almoçamos aqui antes? — perguntou Regina. Era *mesmo* agradável, e seria ainda mais se a cadeira de metal não machucasse sua bunda, ainda sensível.

— Antigamente era uma joia. Agora está tomada de turistas por causa desse absurdo. Festivais de cinema. Os anos em que a Fashion Week acontecia aqui. Pode escolher. Eu costumava considerar isso aqui parte da biblioteca, mas agora não é mais. Apesar de este parque ficar inteiramente acima dos arquivos subterrâneos.

— Arquivos da biblioteca? Não acredito.

— Sim — confirmou Margaret, abrindo o recipiente de salada de frutas. — Começamos a ficar sem espaço na década de 1980... mesmo depois de transferirem várias coleções para outros prédios. Então a solução foi criar milhares de metros quadrados de espaço novo para depósito debaixo deste parque. É ligado à biblioteca por um túnel de quase 19 metros.

— Incrível. — Espantou-se Regina, olhando em volta. — E esse carrossel é tão encantador.

— Acha mesmo? Ainda não me acostumei a ele.

— É novo?

— É. Construíram há cerca de uns dez anos. — Os olhos de Margaret se estreitaram. — Que colar interessante — elogiou, olhando o cadeado de Regina.

— Ah, obrigada — disse ela, tentando cobri-lo com a mão, constrangida.

— Sloan costumava usar um desses — revelou.

Regina a olhou, perplexa. Quando conseguiu recuperar a voz, quase gaguejava.

— Eu nunca a vi usando.

— Eu mesma já não vejo há algum tempo. Mas ela usava todo dia. Depois parou.

Regina pegou a garrafa de água com a cabeça baixa para que o cabelo cobrisse o rosto em brasa.

— Você está bem? — indagou Margaret.

— Sim... é só o calor. Talvez o atum não tenha sido uma boa ideia. Desculpe.

— Regina, me diga o que está havendo.

Ela hesitou por um minuto, mas a dor provocada por seus pensamentos era demais para guardar para si.

— Estou... saindo com alguém — começou ela, devagar. Margaret assentiu, encorajando-a. — E ele me deu esse colar. Tem significado para ele... para nós. E ele também conhece Sloan. Então, o fato de ela ter usado este mesmo colar não pode ser coincidência.

— Sloan está de casamento marcado. Está dizendo que acha que ela também está saindo com esse cara?

Aquela ideia fez o estômago de Regina revirar.

— Não, não agora. Meu Deus, não. Mas, em algum momento, talvez. — Ela se levantou, tonta com o calor, com o movimento brusco e com imagens excruciantes que lhe passavam pela cabeça. — Preciso falar com ele.

— Regina, todo mundo tem um passado. Talvez seja difícil para você entender na sua idade, mas precisa levar isso em consideração. Se for mesmo verdade.

— Tudo bem, talvez sim. Mas eu não devia descobrir dessa maneira. Ele devia ter me contado. Os relacionamentos não são assim? Você fala sobre essas coisas?

Margaret fez que sim, concordando neste ponto.

— Mas Regina, se me permite dar uma opinião, esclareça os fatos antes de agir por pura emoção. Nós mulheres, em geral, esquecemos o quanto isso é importante. E depois fazemos e dizemos coisas das quais nos arrependemos.

— Se o que estou pensando for verdade, e parece que é, a única coisa de que vou me arrepender é de ter entrado nesta situação — disse Regina.

28

Às seis e meia da tarde, Regina passou o cartão-chave na porta do quarto 2020 do Four Seasons. Mas naquela noite esta seria a única instrução de Sebastian que seguiria.

Dentro do quarto, o ar gelado a fez tremer. Fechou a porta.

— Olá? — chamou, entrando no hall. Flores cobriam praticamente cada superfície, rosas, orquídeas, lírios, todas em vasos de cristal.

Pela primeira vez não havia assistente/funcionária esperando por ela, e isso foi um alívio. Talvez Sebastian presumisse que agora ela pudesse se vestir sozinha. Regina jogou a bolsa Chanel na banqueta cereja da entrada e avançou pelo aposento. A cama *king size* estava tomada de sacolas de compras e caixas amarradas com laços de todas as cores. Regina se virou e voltou à saleta.

Sentou-se em uma poltrona de camurça, batendo o pé com agitação contida.

Agora tudo começava a fazer sentido. Sloan arrancando de suas mãos o convite para a galeria. A maneira como olhava para Sebastian durante as reuniões e como ficou cada vez menos tolerante com qualquer atenção que ele conferia a Regina. Estava claro que não só houvera algo entre eles, mas que também, noiva ou não, Sloan evidentemente ainda nutria sentimentos por ele.

A porta se abriu.

Sebastian entrou e ficou claramente assustado ao encontrá-la sentada no meio da sala. Sua expressão de surpresa fora provavelmente o primeiro momento em que Regina o vira com a guarda baixa e, se fosse em outras circunstâncias, teria gostado ainda mais dele por isso. Mas não agora.

— Por que não está vestida? — perguntou, soando mais alarmado que irritado. Claramente, era sagaz o bastante para saber que havia alguma coisa de errado.

— *Estou* vestida — retrucou ela, levantando-se e atravessando a sala, parando na frente dele. — E estou indo embora. Só queria lhe dar isto. — Regina colocou o colar nas mãos dele. Sebastian o olhou como se o visse pela primeira vez.

— Não entendo — disse.

— Não, fui eu quem não entendeu. Não percebi que este colar era apenas parte do acordo com as funcionárias da biblioteca.

Os olhos dele brilharam de compreensão, porém, com igual rapidez, assumiram uma expressão neutra e fria.

— Duvido que alguma de suas colegas na Mesa de Retirada esteja usando o colar.

— Ah, não soube? Não estou mais na Retirada. Fui rebaixada para a Devolução. Parece que minha chefe não anda muito satisfeita comigo ultimamente. Tem alguma ideia do que possa ser?

— Parece que *você* tem. Então por que não diz o que está pensando, Regina?

— Por que não me contou que dormiu com a minha chefe?

— Não discuto casos antigos. E isso já faz muito tempo.

— Mas que droga, Sebastian! Não acredito. Me sinto tão idiota. — Ela sentiu as lágrimas nos olhos e se virou para que ele não as visse. — Ficamos conversando na cama ontem por horas... e você nunca pensou em falar nesse assunto?

— Não tem absolutamente nada a ver com você, Regina — disse ele, colocando a mão em seu ombro. Ela não se virou; em vez disso, manteve os olhos na janela com vista para Midtown.

— Não parece — retrucou ela.

— Já faz muito tempo, Regina, e durou pouco tempo.

— Você era apaixonado por ela? — perguntou em voz baixa.

— Eu nunca me apaixonei, Regina. Não se trata disso.

As lágrimas agora vinham mais rápidas, mais do que conseguia enxugar. Seu corpo começou a tremer pelo esforço de não chorar. Ela pegou a bolsa e saiu pela porta, passando por ele.

* * *

O sofá de Carly estava tomado de lenços de papel amassados e molhados.

— Desculpe. — Regina soluçou. — Estou fazendo uma bagunça. — Ela pegou o último lenço da caixa de Kleenex.

Carly foi até o armário do corredor e voltou, entregando-lhe uma caixa nova.

— Só precisa ver a situação de outro ângulo. O que eu te disse desde o começo? Divirta-se e aproveite o que puder. Olha, você ganhou roupas ótimas nesse acordo. E joias. Não acredito que devolveu aquele colar!

Regina balançou a cabeça.

— Não consigo me "divertir" se não há nada ali... se não tiver significado. Posso te fazer uma pergunta? O que aconteceu com você e o cara de quem gostava de verdade? Rob?

— Ah, isso. — Carly soltou o cabelo, depois o torceu, prendendo-o na nuca. — Ele não queria estar numa relação "exclusiva". Tudo bem, tanto faz. Fiquei chateada, mas depois pensei que a melhor maneira de lidar com isso era continuar ocupada.

— Com outros homens.

— É, ora. Tirou meu foco dele. E não fiquei carente demais. Não fiquei me perguntando onde ele estava nem o que estava fazendo enquanto eu saía com outros homens. Pelo menos não tanto como teria feito se tivesse ficado sentada em casa, sozinha. Mas ele descobriu sobre o Derek e sobre outro cara, e ficou puto.

— Mas ele sabia que você saía com outros? — Regina preferiu o eufemismo em vez de dizer *mas ele sabia que você estava dormindo com um homem diferente por semana?*

— Ele sabia que eu podia, em teoria, ver outras pessoas. Era assim que ele queria. Mas, quando percebeu que eu realmente fazia isso, surtou. Embora ele estivesse trepando com a tal da Amanda Donovan, que minha amiga Sherry conheceu por meio de Spence.

— Isso é hipocrisia — disse Regina.

— Totalmente! Os homens podem trair, mas não aguentam quando são traídos. Então ele surtou e me disse que estava tudo acabado.

O interfone tocou.

— Você pediu comida? — perguntou Carly. — Estou morta de fome.

— Não. Não pedi nada. — E então, percebendo que devia ser Sebastian, disse rapidamente: — Ignore.

Carly assentiu devagar, seguindo sua linha de raciocínio.

— Então... Você não está? — perguntou, indo até o interfone.

— Isso mesmo, não estou — reafirmou Regina. — Na verdade, nenhuma de nós está em casa.

Carly fez sinal de positivo e se afastou do interfone. Sentou-se novamente no sofá.

Minutos depois, ouviram uma batida na porta.

Regina e Carly se entreolharam.

Que merda é essa?, murmurou Carly.

— Alguém o deixou entrar — sussurrou de volta.

— Sei que está aí, Regina — disse Sebastian do corredor. Sua voz era alta, porém calma.

Regina se escondeu debaixo da mesa de jantar.

— Mas o que está fazendo? Ele tem visão de raios X? Vá para o seu quarto. Vou dizer a ele que foi dormir

Regina correu para o quarto e fechou a porta. Depois encostou a cabeça contra ela, a orelha direita vermelha contra a madeira.

Ela mal ouvia qualquer coisa vinda da frente do apartamento. Que droga de construção sólida do pré-guerra.

Uma batida incisiva na porta do quarto a fez recuar.

— Regina, não vou sair enquanto não falar comigo.

Que droga de companheira de apartamento banana!

Ela abriu a porta do quarto. Sebastian entrou com tranquilidade, como se tivesse feito aquilo dezenas de vezes. Aparentemente, ela foi a única a ficar perplexa por vê-lo ali. Parecia uma alucinação.

Ele fechou a porta, e ela se sentou na cama.

— Este lugar é mínimo. — comentou.

Ela fez que sim.

— Regina, me escute: o caso com Sloan foi há muito tempo. Agora ela vai se casar, e você sabe disso.

Ela assentiu.

— Acho que pensei... para mim isso é tão intenso. Pensei que tínhamos algo especial, eu acho. Não sabia que você fazia isso com todo mundo.

A ideia de Sloan no apartamento dele, de Sebastian amarrando-a, tocando seu corpo nu... *Sloan* tocando *Sebastian*... a enjoou. Ela levantou-se e se afastou dele. Ele pôs as mãos em seus ombros e a levou lentamente à cama para que se sentassem lado a lado. Manteve o braço em volta dela.

— Regina, o modo como estamos juntos... as coisas que apresentei a você... não são exclusividade nossa. É assim que eu sou sexualmente. E conheci outras pessoas antes. Mulheres, que também são assim. É uma espécie de comunidade — explicou.

— Uma comunidade? — repetiu ela.

— Sim, por falta de um termo melhor. E conheci Sloan por intermédio de um amigo que sabia que ela também estava nessa.

— O que quer dizer?

— Quero dizer que não introduzi todas as mulheres com quem estive nisso. Conheci muitas que conheciam seu papel como submissa; elas têm seus limites predeterminados, e caímos em um padrão fácil que funciona para os dois.

— *Sloan?* — Regina tentou imaginar a chefe arrogante, autoritária e reclamona fazendo o papel de submissa no quarto. Só conseguia imaginá-la brandindo o chicote, não se curvando a ele.

— Sim. Nós nos conhecemos por meio de um amigo em comum, nos divertimos e continuamos amigos no fim de tudo.

— Amigos — disse Regina, entorpecida.

— Sim. Acho que estar perto de mim, ver meu interesse pela biblioteca, fez com que ela quisesse o emprego.

Regina mal conseguia processar a informação. Era como olhar toda sua vida em Nova York por um caleidoscópio, que transformava tudo em mil fragmentos de cor.

— Ela aceitou o emprego por sua causa — disse Regina.

— Não, não foi por minha causa. Ela estava procurando alguma coisa para fazer depois que acabaram com o cargo dela na Ralph Lauren. Eu sabia que precisavam de alguém na biblioteca...

— Bom, isso explica muita coisa — insistiu Regina. Sebastian não mordeu a isca. Se tivesse mordido, ela teria dito que era evidente que Sloan não se importava com os livros nem com a biblioteca, que só estava matando tempo ali até o casamento ou até outra coisa aparecer.

E então lhe ocorreu outro pensamento, algo doloroso que a incitou a fazer uma pergunta cuja resposta, na realidade, não queria ouvir.

— Você a fotografou? — perguntou Regina em voz baixa. Sebastian a olhou direto nos olhos.

— Sim — respondeu.

Ela estremeceu, como que golpeada. Então haviam feito uma coisa que ela, Regina, não fizera — e não podia fazer — com ele. A relação física dos dois podia ter ficado no passado, porém Sloan sempre teria essa vantagem sobre ela. Sabia, mesmo enquanto pensava nisso, mesmo enquanto sofria por isso, que era irracional. Mas não conseguia evitar.

— Você comeu a bunda dela? — perguntou ela.

— Não fale desse jeito. Não parece certo vindo de você.

— Comeu?

— Não.

Ela ficou aliviada. Foi quando percebeu que toda essa história nunca seria "só diversão". Ela não era capaz disso.

— Regina, me escute. Fotografo mulheres desde que tinha 17 anos. Durmo com mulheres desde que tinha 15. Tive inúmeras amantes... algumas comuns, outras que conheci por meio do universo BDSM, onde há mais... envolvimento. Mas nunca tive por alguém o que sinto quando estou com você. Nunca introduzi ninguém nesse mundo.

— Por que não?

— Eu não queria. E no início, quando a conheci, não pretendia fazer isso. Achei você linda, e você me parecia meio perdida e, sem querer parecer grosseiro, tive o impulso de tê-la como conquista. Mas, quando falei com você um dia depois da reunião do Young Lions, sabia que não iria me satisfazer só com isso.

Ela respirava rápido e parecia que as lágrimas viriam novamente.

— E agora? — perguntou.

— Agora você volta ao Four Seasons comigo e nós continuaremos com nossa noite.

Ela se levantou e foi até o armário, mexendo em um grampo de cabelo.

— Quero dizer, onde isso tudo vai dar? Minha chefe ficará cada vez mais ressentida comigo no trabalho. Então está tudo uma bagunça. Tudo bem, você e eu fazemos cada vez mais coisas fisicamente, até que uma nova conquista atraia sua atenção. E aí você me joga fora.

— Regina, de onde veio tudo isso? As coisas estão mesmo tão ruins assim no trabalho? Vou conversar com Sloan.

— Não! — protestou, virando-se. — Não faça nada.

— Sloan é só uma amiga. Não estive com outra mulher desde nossa primeira noite juntos.

— Não esteve? — Na verdade, era tão ingênua que a ideia de ele sair com outras mulheres enquanto estava com ela nem passara por sua cabeça.

— Não —confirmou, como que maravilhado com o fato. — Não posso. Não queria ver mais ninguém. E isso nunca me aconteceu antes. Não percebe o quão concentrado estou em você? É verdade, a mecânica do que fizemos em meu apartamento... Naquele quarto... não é exclusiva. Mas o que eu sinto por você é.

Regina concordou, tentando processar tudo o que ele dizia, conciliando aquilo com suas próprias dúvidas e ansiedades. E por mais que quisesse fazer o que ele sugerira — sair com ele e continuar a noite — não podia.

— Acho que você deve ir embora. — concluiu ela.

— Por quê?

— Não posso mais fazer isso — afirmou, começando a chorar suavemente.

— Regina, não temos que "fazer" nada. Mas não vou embora.

Ela o olhou, estupefata. Seu queixo estava rígido, mas os olhos a fitavam com ternura.

— Não estou convidando você para ficar.

— Tudo bem, estou *perguntando* se posso ficar. Nem precisamos conversar se não quiser. — Ele abriu um sorriso hesitante. Ela resistiu ao impulso de sorrir também.

— Eu quero conversar — disse ela. — Mas quero falar de coisas que sejam reais. Essa história com Sloan faz com que eu me pergunte o que mais desconheço sobre você.

— Regina, só o que precisa saber a meu respeito é que eu estou completa e inteiramente enamorado por você.

Ela não pôde deixar de abrir um pequeno sorriso — *bem* pequeno.

— Enamorado? Acho que nunca ouvi alguém usar essa palavra.

— Não sei mais como posso chamar — concluiu. — Geralmente consigo manter minha vida bem separada em compartimentos. Tenho meu trabalho e meus amigos, e tenho minhas válvulas de escape sexuais. Sexo é só sexo. Mas com você é diferente. Eu penso em você o tempo todo. Tentei fotografar uma mulher para o trabalho outro dia, e só o que conseguia pensar era *se estivesse fotografando Regina, eu o faria em preto e branco, e puxaria o cabelo dela para trás para que seus olhos grandes dominassem o quadro*. Fico louco para ir às reuniões da biblioteca só para ver você do outro lado da mesa. Você está sempre comigo, Regina. E fico pensando que se eu trepar com você mais uma vez, ou fizer mais uma coisa com você, isso vai me satisfazer. Mas nunca tenho você o bastante.

— Você fala como se isso fosse ruim.

— Não é ruim, só não é o que eu quero.

Ela sentiu o estômago afundar.

— O que você quer?

— Sinceramente? Só a parte sexual. Só... sexo descomplicado.

Ela assentiu lentamente, tentando não perder a calma.

— Isso não vai funcionar para mim.

Ele a puxou entre seus braços, e sua ternura tornou impossível para ela reprimir suas emoções. Ela chorou, e ele a abraçou mais forte.

— Me deixe ficar com você esta noite — pediu ele depois de um tempo.

Ela concordou, apoiada em seu ombro, ensopando sua camisa de lágrimas.

29

COMO FAZIA TODA MANHÃ, Regina acordou com o barulho do despertador tocando às sete e meia.

Mas, esta manhã, ela encontrara Sebastian Barnes dormindo ao seu lado.

Continuou imóvel, a conversa da noite anterior voltando depressa à mente.

Eles não saíram mais do quarto. Emocionalmente esgotada, ela, por fim, vestiu uma camiseta e uma calcinha e se arrastou para debaixo das cobertas. Sebastian se despiu, pendurando as roupas com cuidado no armário abarrotado. E usando apenas uma cueca boxer, ele deitou na cama ao lado dela. Regina assumiu sua posição de sempre, de frente para a parede, e ele se enroscou atrás dela. Mesmo quando a mão dele passou por baixo de seu top, repousando em sua pele fria, ela sabia que, pela primeira vez, o contato dos dois não se tornaria sexual. Sabia que podia ficar deitada na cama a manhã toda, analisando a conversa, procurando alguma dica ou algum sinal do que deveria fazer. Mas não encontraria nada.

Com relutância, aos poucos ela desvencilhou seu corpo do dele, movendo-se com cuidado até que um pé tocou o chão, seguido pelo outro.

Ele estendeu a mão e pegou seu braço, assustando-a.

— Desculpe ter acordado você — sussurrou ela.

— Aonde vai? — perguntou ele.

— Trabalhar.

— Não vá.

— Preciso ir. Alguns de nós têm que trabalhar, sabia?

— Eu tenho um trabalho hoje — murmurou Sebastian, virando-se. Tinha uma leve barba por fazer no queixo, e ela teve o impulso de roçar os lábios ali.

— Tem?

— Tenho. Vou fazer umas fotos para a *W*. Gostaria de não ter que ir.

Ela sentiu uma onda de ciúmes, imaginando um desfile de modelos diante de sua câmera, seus olhos devorando-as, sua mente focada unicamente em como transformar aquela beleza em arte. *Mas não*, pensou ela. *Ele disse que, quando olha para elas, pensa em mim.* Mas isso não importava, lembrou-se. Eles queriam coisas diferentes. Ele nunca lhe daria o que precisava. Essa relação só a magoaria no fim. Então por que não terminar agora?

— Sei que você vai se animar — disse, pegando a toalha no gancho na porta do armário. — Vou tomar um banho. Não quero que você esteja aqui quando eu sair. — Ela entregou-lhe o iPhone, jogou a toalha no ombro e saiu.

* * *

— SENTI SUA FALTA, FINCH. A Retirada não é a mesma sem sua presença tecnologicamente deficiente — saudou Alex.

— Obrigada... eu acho — agradeceu Regina.

Eles se encontraram no saguão de entrada, onde todos os funcionários foram recrutados para um ensaio do Prêmio de Ficção Young Lions. Margaret era a única ausente. Já dissera a Regina que não tinha a intenção de comparecer ao jantar de gala. *Eu não fico fora de casa depois das sete e meia da noite*, explicara. *E o evento perdeu o sentido desde que perdemos a Sra. Astor.*

— E bem aqui, entre essas balaustradas, teremos a mesa para inscrição de novos membros — anunciou Sloan. Ela usava um vestido de linho azul-marinho acinturado e colares de pérola. O cabelo estava solto nos ombros e, emoldurada contra o pano de fundo do saguão grandioso, ela nunca estivera mais imponente e bonita. Regina a imaginou nua e algemada, a mão de Sebastian batendo em seu traseiro nu...

— Regina, eu estou entediando você? — perguntou Sloan, as mãos nos quadris. Regina percebeu que todos a olhavam.

— O quê? Ah, me desculpe. Não ouvi a última parte.

— Eu disse que você e Alex cuidarão da mesa dos novos membros. Agora sei como você é criteriosa com suas tarefas, Regina, mas deixe-me lembrá-la de uma coisa, lembrar a todos na verdade que atrair novos membros é o objetivo vital deste evento. Dinheiro, dinheiro, dinheiro! Gente, só o amor pelos livros não nos fará sobreviver a essa crise fiscal.

Como se soubesse alguma coisa de amor pelos livros, pensou.

E então ela a viu, a mensageira tatuada, entrando pelas portas centrais.

Ah, não, pensou, temendo o que poderia vir pela frente. Ela se virou, na esperança de que a garota não a visse. Talvez a mensageira deixasse a entrega de hoje na Devolução. Talvez uma das estagiárias de lá confirmasse o recebimento.

Ela cobriu o rosto, mas sentiu Alex dando um tapinha em seu ombro.

— Acho que você tem visita — disse ele.

— Shhhh — sussurrou. Mas ele estalou os dedos e acenou para a mensageira se aproximar.

— O que está fazendo? — perguntou Sloan, parando no meio de uma frase para fuzilar os dois com o olhar.

— Ah, oi... aí está você. Facilitou minha vida hoje — comentou a jovem, andando até Regina. Ela sentiu todos os vinte funcionários reunidos, além de alguns membros do conselho, virarem-se para encará-la quando a mensageira lhe entregou um envelope.

Horrorizada, Regina mal conseguiu segurar a caneta para assinar seu nome no papel da prancheta.

— Nada para eu levar de volta hoje, hein? — brincou a mensageira.

Regina balançou a cabeça, desejando que Sloan continuasse falando em vez de encará-la e transformar a cena em um espetáculo.

— Muito bem, então. — Regina não tinha certeza, mas pensou ter visto a jovem lançar um olhar sedutor para Alex. Ela se perguntou se, em algum momento, ele finalmente criara coragem de falar com ela.

Regina colocou o envelope embaixo do braço. Teve medo de que Sloan a fizesse abri-lo, como uma professora severa fazendo alguém servir de exemplo por perturbar a aula. Felizmente, só o que recebeu de Sloan foi um olhar devastador de irritação.

— Nunca se tem um momento de tédio com você, Finch — disse Alex.

* * *

REGINA FECHOU A CABINE do reservado do banheiro e encostou-se na porta. Antes de abrir o envelope, ouviu alguém entrar no banheiro. Puxou a descarga para disfarçar o som do envelope rasgando.

Por favor, me encontre na Sala Barnes às seis da tarde. Suponho que ainda se lembre de onde fica.

— S.

Regina rasgou o bilhete em pedacinhos e os jogou na privada. Droga.

Tinha sete horas para tentar esquecer o bilhete. Às seis, disse para si mesma, não ficarei tentada a encontrá-lo. *Vou sair da biblioteca sozinha.*

30

TODO O QUARTO ANDAR estava em silêncio.

Ela permaneceu do lado de fora das portas de bronze da Sala 402, se recompondo. Depois de horas andando de um lado para outro, agoniada sobre o que fazer, percebeu que não podia sair da biblioteca sabendo que Sebastian estaria esperando por ela. Talvez fosse uma boba. Ou talvez só estivesse curiosa sobre o que ele faria.

Ou talvez estivesse apaixonada por ele.

Ela nunca soube o que significava essas palavras: *estar apai xonada*. Agora sabia que era um código para *tenho uma desculpa para exercer um péssimo senso crítico*. Lembrou-se da última vez em que entrara naquela sala e encontrou uma mulher nua, curvada em êxtase, com Sebastian atrás dela, as mãos nos quadris dela, a boca entreaberta, os olhos fitando Regina ardentemente. Mal reconhecia a pessoa que fora naquele dia. E não queria voltar àquele ponto.

Regina girou lentamente a maçaneta.

O ar era embolorado. Não percebera isso da última vez, mas havia um odor abafado e não inteiramente agradável na sala. Mas pareceu-lhe tão encantadora como na última breve olhada que dera; a decoração inglesa de estilo clássico, os livros do chão ao teto e, claro, a pesada mesa de madeira.

Desta vez Sebastian estava sentado à mesa e totalmente vestido.

— Feche a porta — pediu ele.

Ela se virou e fechou a porta com cuidado. Manteve a mão na maçaneta, querendo adiar aquela conversa o máximo que pudesse, dizendo a si mesma para se ater ao que havia decidido. Diria a ele que só havia passado ali para falar que, para ela, estava tudo terminado e que não queria mais presentes, torpedos nem mensageiras.

Nem sexo.

Ele se levantou e se aproximou dela. Quando seus passos pararam, ela se virou.

Regina manteve os olhos em seu peito, com medo de perder toda a força de vontade se olhasse para seu rosto.

— Você se lembra da última vez que esteve nesta sala? — perguntou ele.

— Sim — respondeu, ainda sem levantar a cabeça. Embora estivessem a um braço de distância, conseguia sentir o cheiro dele, e isso a fez querer pressionar seu rosto contra o dele e beijar a cavidade onde seu pescoço encontrava a clavícula.

— O que você viu?

— Hum, eu... vi você fazendo sexo com alguém.

— Eu estava comendo uma mulher — rebateu ele. — E você sabe o que aconteceu depois que foi embora?

— Não.

— Eu continuei comendo a mulher. Mas imaginei que era você.

Regina quase perdeu os sentidos. Ele a amparou segurando-a pelos braços.

— Olhe para mim — disse ele. Regina o encarou, aceitando que estava perdida. Ele era tão bonito. Seus olhos estavam fixos nos dela, dando tudo e exigindo o mesmo em troca.

— Imaginei que era *você* ali, nua na minha frente, meu pau enterrado fundo dentro de *você, seus* lábios formando os gemidos que me pediam mais. E então gozei.

Regina se afastou dele, a respiração saindo aos poucos. Recostou-se na linda mesa e sentiu que ele se aproximava por trás.

— Desde aquele dia, eu quis colocá-la curvada neste banco.. para ter a experiência real. — Ela sentiu os dedos dele trabalhando nos pequenos botões que corriam pelas costas de seu vestido, e suas mãos agarraram a beirada da mesa. Sabia que devia dizer a ele que parasse, que cada segundo que permanecia ali fazia tudo o que dissera na noite anterior e naquela manhã ir por água abaixo. Mas disse a si mesma que cederia só mais uma vez. Uma última vez.

Seu vestido caiu no chão.

— Tire a calcinha e vá para aquele banco de mármore, de frente para a porta.

Com as mãos tremendo, ela tirou o sutiã e a calcinha, deixando-os em uma pilha a seus pés. Depois andou lentamente, constrangida, até o banco de mármore adjacente à mesa. Imaginou alguém entrando naquele momento, assim como ela fizera, flagrando Sebastian em sua primeira semana na biblioteca, e pensou: *bom, isso completaria o círculo. Seria um sinal do universo para que eu terminasse tudo.* Queria pedir a ele que trancasse a porta, mas algo a impediu de falar. E ela sabia que não havia ninguém para interrompê-los. Não haveria sinal nenhum, nem ninguém nem nada que lhe dissesse para parar. Só podia contar consigo mesma.

— Incline-se — mandou —, como ela estava. A bunda dela estava praticamente na minha cara. Sei que você se lembra, Regina.

Ah, era verdade. Ela se lembrava — lembrava-se do cabelo comprido da mulher varrendo o chão, as estocadas urgentes do corpo de Sebastian... Regina colocou os braços no banco para escorar a parte superior de seu corpo e curvou-se. Sentiu o sangue subir-lhe à cabeça. Sebastian se despiu, o cinto caindo de forma barulhenta no chão. E as mãos dele estavam em seus quadris.

— Já está molhada, Regina? Vou comer você agora. Foi exatamente isso que fiz com ela. Sem carícias, sem preliminares. Eu simplesmente enfiei meu pau nela, e ela aceitou. Pode fazer isso por mim, Regina?

Ela não disse nada, mas a verdade era que as palavras dele a estavam deixando molhada. E então sentiu a cabeça larga do pênis dele separando seus lábios. Houve alguma resistência, mas ele penetrou-a lentamente, preenchendo-a até que ela pensou que talvez não estivesse pronta, que não iria aguentar mais. Mas, assim que teve esse pensamento, ele recuou, e ela ansiava tê-lo dentro de si novamente. Então ele a penetrou de novo, com força, e ela perdeu o fôlego.

Ele recuou quase totalmente e voltou a penetrá-la, entrando em um ritmo que a conduzia rumo ao prazer. Seu corpo se balançava com o dele e, embora estivesse meio tonta e os braços sentissem o esforço da posição, sabia que tinha de passar por aquilo até chegar ao orgasmo.

Sebastian penetrava-a com mais força e mais rápido, e ela se lembrou do que viu quando o flagrou daquela vez — que parecia haver uma linha tênue entre dar prazer e infligir dor. E, neste momento, ela sabia que essa linha tênue era a realidade de toda a sua relação. E ela precisava aprender a andar nela, sem fugir.

— Ah, Sebastian — gemeu, sentindo vibrações em sua vagina que percorreram todo o seu corpo, até que sua boca pareceu cantar. Sabia que as vibrações vinham dele, e, quando ela gemeu de novo, ele também o fez, ao mesmo tempo, seus corpos presos em um vórtice de prazer maior do que os dois juntos.

Sentado no banco ele observou-a enquanto ela se vestia. Não se prontificou a vestir as próprias roupas, e seu corpo nu a distraía. Postado na beirada do banco de mármore, com o peito e os braços angulosos, seu rosto aristocrático fixado nela, mal a deixava se concentrar na tarefa que tinha pela frente. Regina continuava olhando-o de relance, pensando que ele parecia uma obra de arte. Ele é quem deveria ser fotografado, e não ser colocado atrás da câmera.

Ela estendeu a mão até suas costas para abotoar o vestido. Ele se aproximou e colocou-se atrás dela, assumindo a tarefa.

— Obrigada — agradeceu ela.

— Espere, ainda não terminei.

Ele pegou de volta o jeans escuro que tinha deixado sobre uma cadeira, tirando alguma coisa do bolso da frente.

— Vire-se de novo — disse, colocando-se atrás dela. E então sentiu que ele fechava algo frio e pesado em seu pescoço. — Bem melhor assim — concluiu. Antes mesmo de tatear com a mão, ela sabia que o cadeado estava mais uma vez no lugar.

E também entendeu que era ali que ele deveria ficar.

31

MARGARET APARECEU NA MESA de Devolução logo de manhã.

Regina mal a vira desde a revelação sobre Sloan, dois dias antes, durante um almoço.

— Como vai? — perguntou.

— Bem. — Regina sorriu. — Almoçamos juntas hoje?

— Não vou almoçar hoje — respondeu Margaret. E então Regina se lembrou de sua declaração sobre almoçar apenas duas vezes por semana. — Mas queria falar com você um minuto.

— Hum, tudo bem. — Regina não tinha ideia do que se tratava. Olhou em volta.

— Eu a vi saindo da Sala Barnes ontem à noite — revelou Margaret, em voz baixa. Regina ficou paralisada. — Com Sebastian.

Ela encolheu-se, tentando imaginar o que teriam dado a entender. Será que eles estavam se tocando naquele momento? Será que ela estava ajeitando as roupas, indicando a qualquer um que estivesse vendo que haviam sido tiradas recentemente?

— Ele é o homem com quem você está saindo — afirmou Margaret.

Regina assentiu.

— Você está apaixonada — continuou ela.

Só Margaret para ir direto ao cerne da questão. Talvez sua perspectiva de vida mais experiente a permitisse compreender que o sexo era o menor dos problemas.

— Ah, Margaret — exclamou Regina, colocando a cabeça entre as mãos.

— É tão ruim assim?

Regina fez que sim, sem levantar a cabeça.

— Eu conheci a mãe dele — disse Margaret.

— Conheceu?

— Sim. Lillian era uma grande benfeitora. Mas não doava apenas dinheiro, embora tivesse muito. Ela estava sempre muito envolvida. Uma mulher adorável e interessante. Sinto falta dela.

— Sebastian me disse que ela morreu quando ele estava na faculdade.

— Ela o adorava. Ele era o centro de seu universo. Foi uma tragédia. Um choque e tanto.

— Uma tragédia? — Regina sentiu um soco no estômago, um pressentimento, como se uma tempestade se aproximasse e ela não estivesse preparada.

— Sim. Ele não te contou? Ela se matou.

Regina sentiu um aperto na garganta. Não, ele não havia mencionado isso.

— O que aconteceu?

Margaret balançou a cabeça melancolicamente.

— Ela nunca mais foi a mesma depois que o marido a deixou. Ele foi embora com uma modelo bem mais nova, depois de conhecê-la no baile à fantasia do Met certo ano. Foi um escândalo. De qualquer modo, não estou te contando isso para fazer fofoca, mas porque conheço Sebastian Barnes desde criancinha. Ele era muito próximo a Lillian e posso te dizer que, pelo que vi e ouvi por aí, ele nunca se recuperou da perda e provavelmente não é o melhor jovem para se namorar.

Regina concordou, sofrendo por Sebastian e magoada por ele não ter confiado isso a ela. Na noite de seu aniversário, ele parecia estar partilhando algo real, quando, na verdade, deixara de fora a parte mais importante. A parte dolorosa. Do mesmo modo que deixara de contar que tivera um relacionamento com a chefe dela.

— Isso é um aviso? — perguntou.

— Pode ser um exagero. — disse Margaret. — Mas gostaria de vê-la tomando decisões bem-pensadas.

— Não sei se há uma decisão a ser tomada.

— Acho que haverá. Como disse, conheço Sebastian a vida toda. Acho que ele é uma pessoa decente. E um jovem interessante. Mas eu o vi em todas as festas beneficentes; li sobre ele nas revistas. Saindo com uma mulher, namorando outra. Ele é um dos solteiros mais cobiçados de Nova York. Elas nunca duram muito. Sinceramente, a mãe dele ficaria horrorizada. Sei que a maioria delas se satisfaz só com a imprensa, a diversão e o prestígio de ter namorado Sebastian Barnes. Mas não acho, contudo, que você seja uma dessas garotas. Então terá que decidir se está obtendo o que quer dessa relação. Se não, prepare-se para ir embora... ou ser deixada.

Regina teve aquela sensação familiar no estômago. Não era isso que queria ouvir.

— Eu tentei terminar outra noite, mas não consegui — confessou. — Simplesmente não pude.

— Não se cobre tanto — tranquilizou-a Margaret. — Talvez não tenha sido a hora certa. Tenho uma filosofia: se não sabe o que fazer, então não faça nada.

— Tudo bem — disse Regina, aliviada, como se Margaret a tivesse liberado.

— *Mas* — continuou Margaret, erguendo um dedo — um dia você *saberá*. Saberá bem lá no fundo. E então terá que tomar uma atitude.

* * *

REGINA ACORDOU NA manhã de sábado já com uma mensagem de texto dele.

Estarei aí ao meio-dia.

O sol entrava em seu pequeno quarto, espiando em volta das cortinas finas. O ventilador da mesa de cabeceira pouco fazia para combater o calor, mas ela não gostava de dormir com o ar-condicionado ligado porque sempre ficava frio demais. Olhou o relógio. Eram onze da manhã. *Não ligue para ele,* disse a si mesma.

Ela chutou os lençóis e discou o número dele.

Sebastian atendeu no primeiro toque.

— Não me diga que só acordou agora.

— Bom... sim — respondeu Regina sorrindo. Adorava ouvir a voz dele, mesmo quando ele implicava com ela dizendo o quanto era preguiçosa.

— Não é muito ousado da sua parte.

— É *sábado.*

— Exatamente. Vista-se. Vamos fazer compras.

— Para quê?

— Você precisa de roupas para esta noite.

— Desde quando você me inclui em decisões sobre o que vestir?

— Desde que percebi que você não entende o quanto eu quero que seja feliz, Regina.

Ela ficou em silêncio.

— Pode me dar outra chance? — pediu ele.

— Nem sei o que isso quer dizer.

— Me dê o dia de hoje... e a noite. Pode?

— Está bem — concordou, pensando nas palavras de Margaret: *um dia você* saberá. *Saberá bem lá no fundo.* — Por hoje, tudo bem.

32

A LOJA DE ROUPAS FICAVA escondida em uma rua transversal no Village, não muito longe do apartamento de Regina. Apesar da proximidade de sua casa, ela nunca a notara.

Chamava-se Guinevere e, ao contrário de outras marcas famosas, não havia manequins ou roupas na vitrine, apenas cortinas de veludo vermelho escondendo seu interior.

Sebastian segurou a porta aberta para ela, e Regina entrou. Ela perdeu o fôlego.

Era uma mistura de rococó/barroco com ficção científica e *Alice no país das maravilhas*. A única coisa que faltava era um pó de fada enquanto atravessava a porta.

As paredes eram cobertas de murais com fotografias de mulheres de pele fantasmagórica, cabelos platinados sedosos ou rosa tipo algodão-doce, bochechas rosadas e vestidos rococó com toques punk. Algumas pareciam saídas de contos de fadas modernos: coturnos, espartilhos, asas de borboleta. A mobília — poltronas decoradas, espelhos de moldura de bronze recostados nas paredes e um lustre de cristal de cinco camadas — podia ter saído do set de filmagem de *Maria Antonieta*.

Os vestidos, pendurados em araras intercaladas pelos móveis esparsos, não eram antiguidades, mas sim interpretações contemporâneas de cada fase romântica da moda desde a era elisabetana.

— A Pamela está? — perguntou Sebastian a uma das vendedoras. Ela era baixinha, estava toda vestida de branco e tinha olhos estreitos por baixo da franja pesada, um corte de cabelo não muito diferente do de Regina.

Regina se encostou em uma prateleira e quase derrubou uma xícara de chá de porcelana com borda dourada.

— Está na sala dos fundos — disse a mulher.

Sebastian pegou Regina pela mão e a conduziu pelo labirinto de vestidos, mesas e suportes para chapéu até o fundo da loja. Passaram por outra cortina de veludo até chegarem a uma salinha vazia, exceto por meia dúzia de vitrines.

— Oi, Sebastian — cumprimentou uma ruiva alta, levantando de uma poltrona eduardiana de estofado verde e dourado.

— Pamela — respondeu ele, dando-lhe um beijo no rosto. Regina tentou não sentir ciúmes, imaginando se Pamela também faria parte da "comunidade", como ele dizia. Odiava a nova maneira pela qual ela agora enxergava tudo que se relacionava a Sebastian. — Esta é minha amiga Regina.

Regina o olhou, pensando que "amiga" era um termo estranho para descrever a relação dos dois. Mas era este o problema. O que eles eram? Amantes? Parceiros de *bondage*?

— É um prazer conhecê-la — disse Pamela com um sorriso sincero, apertando a mão de Regina. — E o que os dois procuram hoje?

— Ela precisa de uma máscara — disse Sebastian. Regina o olhou abismada. A primeira coisa que lhe veio à mente foi uma das máscaras de Dia das Bruxas do Ricky's. Mas Pamela os levou a uma das vitrines mais próximas. Regina espiou a vitrine colorida com máscaras decoradas, adequadas para um baile formal. Douradas, pretas, com lantejoulas, plumas, com franjas, debruadas com brocados e com fitas penduradas.

— Esta é cravejada com duzentos cristais Swarovski — disse Pamela, mostrando uma delas e percebendo o interesse de Regina em uma peça dourada no centro. Pegou um chaveiro e destrancou a vitrine. Ela entregou a máscara para Regina.

— Experimente. — Sebastian a encorajou ao perceber sua hesitação. Regina concordou, passando-a pela cabeça. Ele a ajudou a ajeitá-la de modo que se acomodasse no nariz. Regina ficou surpresa com a clareza com que enxergava pelos orifícios dos olhos. Também se surpreendeu com a solidez, ao contrário das máscaras de papelão que as pessoas usavam nas festas de ano-novo. Pamela entregou-lhe um espelho. Regina olhou seu reflexo e sorriu.

— É linda — disse.

— Essa foi fácil — elogiou Sebastian. — Não há nada melhor do que uma mulher decidida. — Ele lançou-lhe um sorriso de aprovação, e Regina sentiu uma onda de satisfação. Não estava acostumada a agradá-lo fora do quarto. Era bom. Fez com que pensasse que talvez houvesse, sim, uma chance de acontecer algo mais em seu relacionamento. Tirou a máscara e a devolveu a Pamela.

— Mais alguma coisa? — perguntou ela, indo para o caixa na frente da loja.

— Por enquanto, não — respondeu Sebastian. — Mas, se não encontrarmos o que precisamos, talvez voltemos.

O carro os esperava do lado de fora.

— Para que tudo isso? — questionou Regina, pegando a bolsa de compras preta da mão dele.

— Esta noite vamos ao Baile Bondage — respondeu, abrindo a porta da Mercedes. Hoje, ele mesmo dirigia. Regina sentou-se no banco da frente, e preferia isso à formalidade de suas saídas habituais com o motorista.

— Ai, meu Deus, o que é isso?

— Não é um baile de verdade, só uma grande festa — tranquilizou-a. — Mas o *bondage* faz parte.

Ela engoliu em seco.

— Tem certeza de que é uma boa ideia? Quer dizer, não me importo com nada que fazemos. Mas não imagino estar em um lugar público...

— Não é público. É uma festa particular. E eu não pretendia ir. Mas a discussão que tivemos sobre Sloan me fez perceber que precisamos exercitar nossa confiança.

— Não foi bem uma discussão... — disse Regina.

— Um desentendimento. Como quiser chamar. — Sebastian apertou a mão dela. — Fez com que eu reconsiderasse o baile. Acho que será bom para nós.

— Sloan estará lá?

— Não. Por que estaria?

— Você disse que ela fazia parte da cena... ou "comunidade", sei lá como chama.

— Ah, sim. Bem, não vai tanto desde que ficou noiva. O noivo dela é baunilha.

Regina não tinha ideia do que isso significava. Ele era branco?

— Eu não sou baunilha? — perguntou ela.

Ele riu.

— *Você* é adorável.

— Não seja condescendente comigo — retrucou, sentindo-se idiota.

— Não estou sendo! Não vê que sou louco por você? Você acorda de manhã e eu já planejei nosso dia... e nossa noite. Você está sempre nos meus pensamentos, Regina. Cativou-me inteiramente. Me possuiu. Eu me sinto sob o feitiço de uma dessas fadas mágicas na parede da Guinevere.

Regina se virou para olhar pela janela.

— Aonde vamos agora?

— Louboutin. Como pode ir a um baile sem os sapatos de cristal? — questionou-a com uma piscadela.

* * *

O Jane Hotel era um prédio georgiano do início do século, na extremidade do West Side. Antiga parada para marinheiros cansados das viagens, o hotel ultramoderno e recém-revitalizado seria sede do Baile Bondage.

— Este lugar tem muita história, tem um passado registrado — explicou Sebastian.

Regina se segurou firme em seu braço, mal sendo capaz de andar pelas ruas de paralelepípedo do Meat Packing District com seus novos saltos Christian Louboutin. Estava menos preocupada em cair do que em arranhar os sapatos. Eram obras de arte magníficas. Com 10 centímetros de altura, cetim preto e a sola vermelha, que era marca registrada, os saltos eram gravados com cristais em forma de estrelas.

— Não é com o passado que estou preocupada — disse Regina. — É com o presente. — Ainda não conseguira tirar da cabeça as palavras *Baile Bondage*. E não podia dizer que gostava de como aquilo soava.

— Trouxeram os sobreviventes do *Titanic* para cá. Eles ficaram aqui até terminarem o inquérito americano — continuou ele.

— Isso é incrível — disse Regina, convencida. Mas tinha um desastre próprio com que se preocupar.

Sebastian a conhecia o suficiente aquela altura para sentir sua ansiedade. Afagou a mão de Regina em seu braço.

— Relaxe. A única coisa que precisa saber sobre esta noite é que ninguém vai tocar em você além de mim. Entendeu?

Ela fez que sim, mas não ficou mais tranquila. Não sabia exatamente o que a preocupava. Talvez a ideia de outra pessoa "tocando" nela fosse específica demais. Era mais uma inquietude geral por estar em público, em um lugar no qual todos conheciam o contexto da noite, sua marca particular de sexualidade. Mesmo que só ficassem ali bebendo vinho e beliscando queijo, *todo mundo saberia*. Não era só um joguinho particular entre Sebastian e ela. Esta noite, era real.

E ela ainda pensava na conversa com Margaret.

Ele segurou sua mão e, juntos, subiram as escadas do hotel, parando junto da porta.

— Coloque a máscara — instruiu Sebastian. Ela a estivera segurando desde que saíram do carro, quase esquecendo-a, embora estivesse presa embaixo do braço, grande demais para caber na ínfima bolsa de noite.

Ele a ajudou a ajeitar a máscara sobre o cabelo e, em seguida, colocou a sua, preta e simples. Vestia smoking preto. Ela também usava preto, um vestido impressionante de Morgane Le Fay que parecia mais uma fantasia do que um vestido. Era de organza de seda com bustiê de cetim transpassado na frente, amarrado firmemente em volta da cintura com fita preta. A saia era estilo balão, porém modificada; com uma seção no meio de tule opaco, e exigia uma pequena anágua de seda. O que a consolava naquela noite era que Regina não se sentia ela mesma. O que quer que acontecesse, podia fingir que só estava interpretando um papel.

Entrou, braços dados com Sebastian.

O saguão de entrada era estreito, com pé-direito alto, decorado com plantas de folhagem larga em vasos, uma cabeça de alce na parede, lustres com candelabros e um balcão de madeira antiquado, com um porteiro vestido formalmente de sobretudo marrom e quepe de mesma cor. Ela sentia que entrara em um filme do Stanley Kubrick.

— Boa noite — saudou o porteiro.

Sebastian lhe entregou uma espécie de cartão preto — parecido com um cartão de crédito. O porteiro verificou uma lista, depois o devolveu.

— Vai encontrar as regras do jogo no salão. Boa diversão, Sr. Barnes.

Sebastian a conduziu pelo corredor até um bar estreito, todo de madeira escura e luzes baixas, repleto de sofás compridos.

Uma mulher alta de vestido prateado reluzente os recebeu no meio da sala. Sua máscara era roxa, com plumas verdes e bordas de lantejoulas da mesma cor. O cabelo louro estava preso no alto da cabeça em um coque elaborado, e o batom era violeta e parecia cera.

— Bem-vindos, amigos. Prossigam até o salão. E só um lembrete: todos os quartos do hotel são de uso dos convidados do baile. Encontrarão acessórios e produtos de toalete em cada quarto, e são para seu uso próprio, como preferirem. Mas as portas devem permanecer abertas o tempo todo. Qualquer violação desta regra resultará em sua condução para fora das instalações.

Sebastian assentiu, e Regina o olhou indagativa. Se ele viu o olhar dela, não transpareceu. Em vez disso, pegou-a pela mão e levou-a para o salão de baile.

33

O salão de baile — se puder chamá-lo assim — mais parecia uma sala de estar de uma mansão decadente, pertencente a uma família incrivelmente rica e com o gosto mais opulento e excêntrico do mundo. Se tivesse de resumir a atmosfera com uma só palavra, teria ficado com vitoriano, embora não fosse muito precisa. O salão imenso tinha teto revestido, cornijas antigas, tapetes persas desbotados, uma lareira enorme e espécimes de taxidermia; acima de tudo, pendia um globo gigante de discoteca. Havia sofás de veludo em dourado e marrom, mesas de madeira antigas, poltronas com estampa de zebra, plantas grandes em vasos, lustres e janelas que iam do chão ao teto, com cortinas de veludo.

E contra o pano de fundo da glória decadente cuidadosamente montada, homens e mulheres vestidos em trajes de gala misturavam-se e dançavam ao som do DJ, que tocava a música de Edwyne Collins, "A Girl Like You".

Olhando para cima, via-se um mezanino. Regina teve o ímpeto de subir a escada e ter uma vista do salão de cima.

Um homem se aproximou deles. Trajava um terno de veludo vermelho, tinha o cabelo preto penteado e puxado para trás e usava uma máscara com um bico.

— Querem participar da caça ao tesouro da meia-noite? — perguntou ele. — Temos uma folha de inscrições ao lado da cabine do DJ.

— Não, obrigado — agradeceu Sebastian.

Regina gostava de caça ao tesouro, e a ideia de uma caçada acontecer à meia-noite, em uma espécie de baile a fantasia, a intrigava.

— Tem certeza de que não quer participar? — perguntou.

— Tenho. É só um exercício para ajudar as pessoas a criarem laços, para que possam passar para... atividades mais íntimas no decorrer da noite. Não precisamos disso.

Ela distraiu-se com a visão de um homem de smoking, seguido por outra pessoa — era impossível dizer se era homem ou mulher — de quatro rastejando, envolvido da cabeça aos pés em um traje de borracha preto.

— Como alguém consegue respirar desse jeito? — questionou Regina, estremecendo. Parecia anormal e desconfortável, e ela achou perturbador.

— Tenho certeza de que tem buracos de ventilação. Bom, não tenho certeza. O látex não é meu forte.

Apesar de se esforçar ao máximo para não fazê-lo, ela se viu encarando a estranha dupla.

— Vamos subir — disse Sebastian.

Ela o seguiu por uma porta acolchoada em couro com rebites de bronze. Pegaram um elevador até o segundo andar e seguiram por um corredor estreito, revestido de madeira. Como havia sido explicado, as portas dos quartos estavam escancaradas.

Regina olhou o interior de uma e rapidamente desviou o olhar.

A porta aberta revelava uma mulher nua em uma cama de casal, amarrada por um sistema complexo de cordas que a deixavam virada de barriga para baixo, as mãos e os pés atados, uma mordaça de esfera na boca. Sua bunda exposta estava coberta por vergões vermelhos.

— Ai, meu Deus! — exclamou Regina, segurando o braço de Sebastian. — Acha que ela está bem?

— Claro que está.

— Alguém simplesmente a deixou ali... — A visão a inquietava, mas ela disse a si mesma que era só encenação, como uma das fotos de *bondage* no livro da Bettie Page.

— Regina — disse ele —, procure se lembrar de onde está. E, acima de tudo, confie em mim.

Outro casal passou por eles no corredor, andando na direção oposta. A mulher estava com um vestido branco e longo. O homem vestia calça de smoking, sem camisa, e usava uma coleira de couro em uma correia em volta do pescoço. Suas mãos estavam nas costas, evidentemente amarradas, algemadas ou com os movimentos limitados de alguma maneira. Embora os dois estivessem de máscara, havia algo vagamente familiar neles. Regina teve a nítida sensação de que já os vira antes — que eram algum tipo de celebridade.

Sebastian encontrou um quarto vago e gesticulou para ela entrar.

O quarto era mínimo, como a cabine de um navio. Tinha uma cama de casal, uma TV de tela plana e uma mesa com um leque perturbador de objetos de *bondage*: Chicotes, grampos, algemas, vendas, mordaças, caixas de brinquedos sexuais novos e uma tigela cheia de camisinhas.

— Isso me parece uma má ideia — comentou ela.

— Confie em mim, Regina. Agora tire a saia.

Ela o encarou, mas seus olhos estavam frios e decididos. Ele estava no modo autoritário, e ela sabia que não devia questioná-lo. Não teria problemas em tirar a saia-balão porque ainda usava a de seda curta por baixo. Mas só iria até aí.

Regina desabotoou a saia e a tirou dela. Ele a empurrou de lado.

— Ajoelhe-se na frente da cama — ordenou Sebastian.

Ela se ajoelhou e ele tirou sua máscara, substituindo-a por uma venda. Seu coração começou a acelerar.

— Mãos para trás. — Regina sentiu a corda nos pulsos e ele apertou bem. Era menos confortável que as algemas que ele usara no apartamento.

— Levante-se — mandou, ajudando-a a se colocar de pé. — Agora, deite na cama de bruços. — Ele a ajudou a se deitar, a cabeça virada de lado para que pudesse respirar.

Depois sentiu Sebastian abrir o zíper da anágua.

— Isso não é uma boa ide...

— Só fale novamente quando sairmos deste quarto. — Ele puxou a saia de seda dela e ela obedientemente ergueu os quadris, permitido que ele a descesse pelas coxas sobre os joelhos e passando-a pelos pés. Estava exposta da cintura para baixo, vestindo apenas a calcinha de renda preta. Ouviu os passos de Sebastian se retirando.

— Aonde você vai? — perguntou. A pergunta foi recebida com um estalo de dor em suas coxas, a resposta vinda de uma única chicotada.

— Eu disse para não falar. Confie, Regina.

Ela estremeceu de dor e sua mente resvalou na fantasia dos dedos dele abrindo as pernas dela. Somente a pressão doce dos dedos de Sebastian ou da língua dele em seu clitóris faria a dor parar.

Não havia mais sons no quarto. Ouviu pessoas andando pelo corredor e se encolheu ao saber que a olhavam, como ela própria vira a mulher amarrada no primeiro quarto. Seu único consolo era o fato de ser anônima e não estar nua.

Ainda. Não sabia se Sebastian estava presente, esperando antes de retirar mais peças de roupa, ou se ele tinha saído para voltar à festa no primeiro andar. Foi preciso toda a sua força de vontade para não chamar por ele. Seus braços começavam a doer, as cordas já cortando seus pulsos. Percebeu que se contorcia, que doeria menos se ficasse inteiramente imóvel.

Regina tentou não entrar em pânico. Pensou na única coisa que ele dissera sem parar naquela noite: confie. Ele não a deixaria ali — pelo menos, não por muito tempo.

Podia ouvir a música no térreo. Florence and the Machine. Regina tentou se perder na música, imaginando estar em outro lugar. Mas cada pensamento se tornava sexual. Imaginou a venda sendo retirada, o pau duro de Sebastian ali, na ponta de seus lábios. Podia esticar a língua e sentir o calor salgado dele, pulsando por ela... Ouviu passos entrando novamente no quarto. Seu coração disparou. Queria chamar o nome dele, certificar-se de que era Sebastian, mas sabia que não podia.

E então sentiu mãos afagando sua bunda, dançando levemente pela renda da calcinha. Era o toque de Sebastian? Não conseguia distinguir, e esse pensamento a apavorou. E então lembrou-se do que ele dissera antes de entrarem no hotel: *a única coisa que precisa saber sobre esta noite é que ninguém vai tocar em você além de mim.*

A lembrança deste comentário foi a única coisa que a impediu de gritar enquanto a mão percorria suas coxas, deslizando pela calcinha, um dedo afagando levemente os lábios de sua vagina. Seu coração batia com tanta força que teve medo de parar de respirar.

E, acima de tudo, confie em mim.

Confie em mim, Regina.

O dedo fez pressão para dentro dela. Era inegavelmente bom e, no entanto, não havia nada de identificável nele. Entrava e saía. Sua mente se prendia ao medo de que fosse um estranho, mas seu corpo a traía, mexendo conforme o movimento da mão, faminto por um orgasmo. Mas só conseguia ir até ali; ainda esperava alguma dica de que fosse mesmo Sebastian. E, quando nada aconteceu para lhe dar essa pista, sua mente venceu e seu corpo ficou paralisado.

O toque parou. Sua calcinha voltou para o lugar enquanto seu interior latejava, ansiando por satisfação.

Teve medo de que a pessoa apenas saísse, deixando-a sozinha. Perguntava-se quem a havia tocado. Não iria suportar aquilo. Mordeu o lábio para não gritar.

Quando pensou que perderia o juízo, que romperia o silêncio e demonstraria falta de confiança, sentiu a venda sendo desamarrada e tirada de seu rosto.

Abriu os olhos e encontrou Sebastian ajoelhado ao lado da cama, com os olhos curiosos e intensos.

Regina sentiu uma onda de alívio, uma liberação de tensão tão grande que começou a chorar.

— Regina, não fique chateada. Eu disse que apenas eu a tocaria. Não acreditou em mim? — Ele desamarrou seus braços e ela se endireitou lentamente, esfregando os pulsos.

— Acreditei... Mas como podia ter certeza? Só de pensar que os outros passavam por aqui... E me viam. — Agora estava sentada, olhando a porta, preocupada. Sebastian se levantou e a fechou.

— Vamos arrumar problema — disse ela.

— Shhh... Você precisa se acalmar — tranquilizou-a, sentando-se ao seu lado e abraçando-a. — Eu não pretendia magoá-la. Gosto de testar limites. Pode... aproximar as pessoas. Pode intensificar as coisas.

— Está tudo bem — garantiu ela.

E fora sincera.

— Quer ir embora? — perguntou ele.

— Sim — respondeu, sendo sincera nisso também.

34

REGINA FLEXIONOU O pé contra a lateral da banheira.

A água cheia de espuma quase transbordava. Respirou fundo, deleitando-se com a água quente com aroma de lavanda.

Sebastian soube exatamente o que fazer quando voltaram ao apartamento dele. Ajudou-a a tirar o vestido Morgane Le Fay, enrolou-a em uma toalha macia e imensa e a levou imediatamente ao banheiro.

E deixou que relaxasse sozinha.

Ela não sabia há quanto tempo estava na água. Os dedos das mãos e dos pés estavam completamente enrugados. Sentia-se relaxada, mas tensa ao mesmo tempo. E estava cansada de ficar sozinha.

Seu pé apertou a alavanca para escorrer a água. Levantou-se, momentaneamente tonta, e se enrolou em uma toalha branca. Enxugou a nuca e soltou o cabelo, deixando-o cair sobre os ombros. Olhando-se no espelho, viu que seus olhos estavam pretos de manchas de delineador e rímel. Usando um lenço de papel, limpou-os o melhor que pôde e saiu a passos leves do banheiro.

— Achei que não fosse sair nunca — disse ele com um sorriso. Ele tinha se trocado e vestia uma cueca boxer branca e uma camisa azul aberta, as mangas enroladas. Ela adorava vê-lo de camisa, a parte de trás do cabelo preto enroscando ligeiramente no colarinho. Tinha uma beleza de tirar o fôlego, tornando muito mais difícil fazer tudo o que pensara na banheira.

Regina notou as duas taças de vinho na mesa de cabeceira. Seguindo seu olhar, ele pegou uma e lhe entregou.

— Obrigada — agradeceu ela. Era frio e fresco, parecendo, naquele momento, a melhor coisa que ela provara na vida.

Ele se sentou na beira da cama e ela ficou ao seu lado, virando-se ligeiramente para que pudesse encará-lo. Ele sorriu, e ela quase perdeu a coragem ao ver suas covinhas. Mas não se permitiria acovardar.

— Sebastian, eu agradeço por ter organizado toda esta noite, por estar pensando na questão da confiança em nossa relação. Mas o que aconteceu hoje... não é assim que vamos aprender a confiar um no outro. Ou a nos conhecermos melhor. Pelo menos, não do jeito que eu quero.

— O que tem em mente? — perguntou ele, com seu jeito provocador.

— Você ficou chateado comigo por eu não ter te contado sobre ser virgem... por não ter revelado a verdade sobre minha experiência sexual. Mas você não me contou a verdade sobre seu passado, sua história... sua vida.

— Claro que contei — interrompeu ele. — Eu disse que lamentava por Sloan.

— Não se trata de Sloan. Pelo menos, não só dela. Sabe a Margaret, da biblioteca? Ela me contou sobre a sua mãe.

O sorriso de Sebastian desapareceu.

— Ela não é meio velha para fazer fofoca?

— Ela não estava fazendo fofoca. Ela nos viu saindo da sala no quarto andar outra noite. Acho que pensou que eu devia saber algo sobre o homem com quem estou envolvida.

— Mas ela não contou algo sobre mim, contou? Ela contou sobre minha mãe.

— Sem essa. Não aja como se não soubesse o que estou tentando dizer. Por que não me contou toda a história sobre sua mãe?

Na noite do meu aniversário, estávamos conversando sobre as coisas que nos incomodavam em nossos pais, e você não disse uma palavra a respeito. Por quê?

— Porque, como eu disse quando você me perguntou sobre Sloan, não tem nada a ver conosco.

— E eu estou dizendo que *tem*. Se não conversarmos sobre coisas reais, como podemos confiar um no outro? Não são os joguinhos sexuais que fazem uma relação funcionar.

— E como pode saber?

— O que quer dizer com isso?

— Bom, até algumas semanas atrás, você era virgem. Isso me leva a crer que não tenha tido muitos relacionamentos sérios... se é que teve algum. Sexual ou de outro tipo. Teve?

— Na verdade, não.

— Bom, eu tive. E minhas relações são muito parecidas com essa. É isso que eu quero.

— Você disse que era diferente comigo.

Ele suspirou.

— Eu me *sinto* diferente em relação a você.

— Como?

— Não sei, Regina — respondeu ele exasperado. — Às vezes acho que *gosto* mais de você do que de qualquer outra com quem estive. Acho sua falta de experiência um desafio. Acho que você tem um bom coração. É incrível que não seja insensível. É fácil surpreender e agradar você. Mas isso não muda o que quero desta relação.

— E o que é?

— Exatamente o que temos. Exceto pelo fato de que quero fotografá-la.

Agora era a vez de Regina ficar exasperada.

— De novo não.

— Para mim, *isto* é intimidade. É compartilhar.

Regina saltou da cama, derramando vinho na toalha.

— Não dá para acreditar. Estou dizendo o que acho que falta nessa relação, ou o que quer que seja isso, e você está *me* pedindo mais? Por que eu deveria te dar o que você quer se você se recusa sequer a tentar me dar o que eu quero?

— Pensei que eu estivesse correspondendo às suas expectativas — rebateu ele friamente.

— Bem — retrucou Regina —, não está.

Ele pareceu pensar e assentiu lentamente, como se respondesse a uma pergunta.

— Vou levá-la para casa — disse em voz baixa.

* * *

— Você precisa de um cara legal, normal — disse Carly.

Era o fim da manhã, uma manhã interminável, na qual Regina sentia as horas passarem no escuro, sem sono, até que o sol finalmente lhe disse que era hora de sair da cama.

Comendo *bagels* com café, ela não conseguiu se conter e desmoronou na frente da colega de apartamento. Contou-lhe sobre o Jane Hotel, desconfiada de que até "Carly à prova de choque" ficaria escandalizada com os eventos da noite. Mas ela apenas arregalou os olhos e suspirou: *eu* adoro *o Jane.*

Depois, como se de repente se lembrasse de que os deveres de uma amiga/colega de apartamento exigiam um pouco mais de empatia, pôs a mão no braço de Regina.

— Olha, o que eu te disse desde o início? Divirta-se, mas não espere nada, lembra? Então você se divertiu, e agora pode classificar isso como uma experiência louca de namoro em Nova York, que um dia vai poder contar a seus netos.

Regina a olhou.

— Acha que é uma história para os meus netos?

— Bom, os seus talvez não, mas tenho certeza de que os meus adorariam ouvir essa. — Ela soltou uma gargalhada e deu um tapinha no joelho.

Regina abraçou as pernas contra o peito, querendo que o sofá a tragasse.

— Que bom que estou divertindo você.

— Não estou rindo de você, Regina. Você *sabe* que eu já vivi isso.

Sim, Carly vivera esse tipo de sofrimento quando terminara com Rob. A dor que era quase física, a incapacidade de comer ou dormir. Era como a explosão de energia que Regina sentira quando conheceu Sebastian, só que ao contrário, agonizante.

E Carly tinha razão. Ela a *avisara* mesmo.

— Sabe que fiquei um trapo por causa do Rob — relembrou Carly, como se lesse a mente de Regina. — Mas o que foi que eu fiz?

— Hum, não sei.

— Fiz a fila andar, como diria minha mãe.

Regina não sabia nada sobre isso. Pelo que podia perceber, não havia muita fila andando naquele apartamento desde o término. Talvez ela estivesse presa demais ao próprio drama para notar o que acontecera recentemente com a colega.

— Então, o que você quer dizer com isso? — perguntou Regina, mais por educação do que por interesse. Não havia nada que Carly pudesse dizer que a fizesse se sentir melhor. Ela havia se apaixonado loucamente por um homem inatingível e consideravelmente pirado, e as chances de encontrar a felicidade com outro pareciam tão prováveis quanto atravessar o guarda-roupa de Nárnia.

— Vou te apresentar uma pessoa — comentou Carly.

— Não, obrigada — disse Regina, ainda estremecendo ao pensar em Nick e seus amigos do Nurse Bettie.

— Sei que não vai ser fácil sair com um mero mortal depois de Sebastian Barnes, mas precisa confiar em mim, Regina.

— É — concordou ela. — Eu ando ouvindo muito isso ultimamente. Voltou para o quarto e fechou a porta.

* * *

Na manhã de segunda-feira, Regina correu para a Devolução, agarrada ao seu café do Starbucks contrabandeado. Então percebeu Sloan indo na mesma direção, 1 metro à frente, à passos rápidos. O rabo de cavalo platinado da chefe agitava-se em suas costas como uma bandeira inimiga.

Regina jogou o café na lixeira mais próxima e reduziu o passo. Mas não tinha como evitar Sloan, que claramente esperava por ela na mesa.

Um carrinho cheio de livros já estava estacionado ao lado de sua cadeira, precisando de sua atenção.

— Bom dia, Regina — anunciou Sloan. — É seu dia de sorte.

Regina mal conseguia olhá-la. Não entendia o ciúme e a suspeita que queimavam suas entranhas como ácido. Lembrou a si mesma que, há alguns dias, Sebastian Barnes não importava mais para ela — nem o passado dele, nem o presente. Ainda assim, algo em Sloan a afetava.

— Ah, é? Por quê? — Ela largou a bolsa no chão.

— Você vai voltar para a Retirada.

Era realmente uma boa notícia. Mas Regina não reagiu, apenas perguntou:

— Devo ir para lá agora?

— Em um minuto — disse Sloan. — Mas preciso que esteja disponível ao meio-dia. Tenho uns afazeres na rua e vou precisar da sua ajuda.

— Desculpe — disse Regina. — Vou almoçar com Margaret.

Sloan recuou com a rejeição, mas se recuperou rapidamente.

— Claro, por que não? Melhor fazê-lo enquanto pode.

— O que quer dizer com isso?

— Ela não te contou? Por cortes orçamentários, o cargo dela foi eliminado.

— Não podem cortar a arquivista da biblioteca.

— Ofereci a ela uma vaga na Devolução — continuou Sloan, despreocupada, como se não a tivesse ouvido. — Infelizmente, ela preferiu se aposentar. Mas acho que poderá lhe contar tudo durante o almoço.

Regina passou por ela e correu para as escadas. Disparando em direção à sala de Margaret, ela se perguntou por que ela não contara nada sobre o assunto. Depois lembrou que Margaret *havia* ido falar com ela dois dias antes, mas Regina estivera perdida demais na névoa de sua mágoa por Sebastian para aceitar o convite para um café.

A sala dos arquivos estava tomada pela luz do sol, os feixes iluminando a poeira do ar.

— Por que não me contou? — perguntou Regina. Margaret estava curvada sobre uma mesa, lendo um livro imenso com capa de tecido, usando uma lente de aumento.

Margaret levantou a cabeça lentamente.

— Ora, um bom-dia para você também.

— Não sei como pode ficar tão alegre. Sloan acaba de me contar o que aconteceu.

Margaret baixou a pesada lente de aumento, colocando-a no topo da página.

— Era inevitável, Regina. Não precisa me olhar desse jeito. Não sou uma vítima. Já passei da idade de me aposentar há muito tempo, de qualquer maneira.

— Bom, acho a época péssima. E as circunstâncias também.

— Foi ótimo o tempo que passei aqui — tranquilizou-a. — E eu te falei inúmeras vezes que nada aqui é como antigamente. Sabia que o presidente anterior desta biblioteca traçou um plano para transferir milhões de livros para um depósito em Nova Jersey? Levará pelo menos um dia para um leitor ter seu livro entregue no Salão Principal de Leitura.

— Eles não podem fazer isso — protestou Regina.

— Ah, eles podem, e farão. Acredite, nós protestamos. Alguns meses atrás, pouco antes de você chegar, enviamos uma carta assinada por centenas de escritores e acadêmicos. E este é só um dos problemas. O orçamento para aquisições diminuiu 25 por cento nos últimos quatro anos.

Para seu espanto, Regina começou a chorar.

— Ah, Regina. Você está encarando isso pior do que eu.

Margaret contornou a pequena mesa e abraçou-a. Regina cedeu, chorando nos braços da colega de trabalho como uma criança. De algum modo, ela pegou um lenço de tecido e colocou na mão de Regina, que enxugou os olhos.

— Obrigada. Desculpe. Não sei qual é o meu problema.

Margaret recuou e sorriu para ela.

— Vai ficar tudo bem, Regina. A biblioteca vai sobreviver. Eu vou arrumar emprego em uma livraria. Ou talvez crie um desses blogs...

Regina riu.

— Mas o mais importante é que *você* vai ficar bem.

Regina assentiu, mas sem se convencer.

— Obrigada por me contar sobre Sebastian. Tentei conversar com ele sobre a mãe, mas ele se recusou.

— Preciso te dizer uma coisa, Regina. Eu nunca disse que sabia tudo sobre homens. Nunca fui casada e isso não é por acaso. Mas uma das poucas coisas que aprendi na vida é que não se pode mudar um homem. E também não se pode consertar um.

— Sei que tem razão nisso.

— Pense no que você quer, no que te faz feliz. Só depois decida que homem deixará entrar em sua vida.

— Então nunca encontrou um homem com quem quisesse se casar? — perguntou Regina.

— Ah, havia muitos que eu queria — rebateu Margaret com um sorriso irônico. — E quando não queria mais nenhum deles partia para o próximo.

— Margaret!

— O que foi? — perguntou a mulher mais velha. — Posso lidar com livros velhos e bolorentos, mas não com casos de amor mofados.

35

REGINA NÃO TEVE PRESSA em terminar o trabalho. Olhou o relógio, vi que eram seis e dez e mal teve energia para se mexer.

— Bom, é ótimo ter você de volta, Finch. Mas vou dar o fora daqui — disse Alex, jogando um último livro em sua mesa.

— Tenha uma boa-noite — disse ela.

— Vou ter mesmo — retrucou Alex, com um sorriso largo.

— Ah é? A noite promete?

— Pode-se dizer que sim. O que está prendendo você aqui? Está ajudando com o ensaio?

— Que ensaio?

— Sloan está preparando a biblioteca para o jantar de gala. Uma espécie de simulação. Pensei que ela tivesse pedido para você ajudar.

— Ah, Deus... ainda não. Mas obrigada por avisar — Regina jogou suas coisas na bolsa. — Vou sair com você. Eles desceram as escadas até o saguão de entrada e sentiram o calor e a umidade que os esperavam do lado de fora.

As pessoas ainda estavam sentadas na escadaria, em menor quantidade que na hora do almoço. A calçada estava apinhada de gente seguindo apressada para a Grand Central Station, e Regina temeu o percurso de metrô que a esperava.

— Até mais, Finch — disse Alex, indo para a outra direção.

Ela estava prestes a se despedir, mas as palavras ficaram presas em sua garganta quando viu a Mercedes preta estacionada do outro lado da rua.

Você pode simplesmente entrar à esquerda na estação de trem, disse a si mesma. E foi o que fez. Infelizmente, Sebastian a conhecia o suficiente para saber aonde ela ia. E, com suas pernas compridas, chegou lá mais rápido que ela, interceptando-a na esquina da 42 com a Quinta Avenida.

— Não está atendendo o telefone — disse ele, parando bem na frente dela e bloqueando seu caminho. Ela não se permitiu olhar nos olhos dele. Se olhasse, estaria perdida.

— Quer dizer isto? — perguntou Regina, pegando o iPhone na bolsa e entregando-o a ele. Não era ligado há três dias. Ele se recusou a aceitá-lo.

— Podemos conversar um minuto, por favor? — pediu ele. Sabia que devia continuar andando, mas olhou para ele; a visão de seus olhos escuros, aveludados, e da boca marcante tinha um incrível poder sobre ela... Regina ficou paralisada.

Ele tomou o silêncio dela como um sim.

— No carro?

— Não vou entrar no carro.

Ele olhou em volta, pouco à vontade.

— Será difícil conversar aqui. — Como que para enfatizar o argumento, um homem de terno esbarrou com a pasta em Regina.

— Prefiro arriscar ser atropelada pelos pedestres.

— Fale por si mesma — rebateu ele com um leve sorriso. Algo estalou bem fundo nela. Ela o amava, que Deus a protegesse

Regina manteve a expressão impassível.

Ele olhou em volta novamente e passou a mão pelo cabelo. Ela seguiu o olhar dele pela rua, vendo que seu motorista tinha contornado a quadra e agora seguia devagar pela rua 42, entre a Madison e a Quinta.

— Tudo bem — concordou. — Você venceu. Vamos fazer isso aqui.

Ele a pegou pelo cotovelo e a conduziu para perto de um prédio. Ela se encostou em uma vitrine e o olhou, com expectativa.

— Meu pai deixou minha mãe por uma modelo de 20 anos... uma garota apenas três anos mais velha que eu. No início eu a odiava, mas eventualmente demos uma trégua, e então ficamos amigos. Ela me levou às sessões de fotos e foi assim que passei a me interessar por fotografia. Ela não se importava em me deixar praticar com ela. Mas acabou deixando o meu pai... por um fotógrafo, o que foi irônico. Naquela altura, os danos já haviam sido feitos, e minha mãe, que nunca se recuperou da rejeição dele e do divórcio, se matou.

— Quem era a modelo? — perguntou Regina, imagens da exposição de Sebastian na galeria tomando sua mente como uma maré indesejada. E ela já sabia a resposta.

— Astrid Lindall.

As palavras, confirmando suas piores inseguranças sobre seu relacionamento, pareceram um tiro. O mundo dele estava além dela, e seu interesse em Regina não podia ser mais do que uma diversão passageira.

— Eu agradeço pela... hum... informação. De verdade. Queria que tivesse falado essas coisas em uma época na qual pudéssemos conversar na cama durante horas, nos conhecendo. Mas não sei o que devo fazer com isso agora.

Táxis buzinavam, pessoas ainda esbarravam neles, e o calor e a umidade pesavam nela como um manto. Mas ela não queria se mexer; não queria que ele fosse embora; e, certamente, não queria entrar no metrô e voltar ao seu apartamento para outra noite ansiando por ele. A quem estava enganando, achando que ficar fora do carro evitaria que sua determinação e seu distanciamento desmoronassem como dominós?

— Vamos continuar essa conversa em outro lugar. Venha jantar comigo.

Ela não queria jantar. Queria sentir o ardor doce da corda nos pulsos, o ar frio do quarto que nunca vira, a dor aguda nas coxas, o alívio explosivo do pênis dele entre suas pernas.

Regina se virou e seguiu para a entrada da estação.

— Espere. — Ele a pegou pelo braço e ela deixou que ele a detivesse. — Se você não quer mais fazer isso, tudo bem. Tenho que aceitar. Mas não me trate como se eu tivesse feito algo errado. Nunca menti para você. Eu não a deixei. Você só está chateada porque acha que eu não posso lhe dar o que você quer.

— E pode?

— Não sei — confessou ele, parecendo ainda mais triste ao admitir isso do que ela ficara, nos últimos dias, ao perceber que queria algo mais. — Mas vim aqui para falar com você porque quero tentar.

— Tentar como?

— Não sei — repetiu. — Pensei que você tinha dito que queria conversar.

— Não é tão simples. Também acho que talvez não possa dar a você o que *você* quer.

— Você pode.

— Por enquanto — disse ela.

— Está falando da fotografia?

Ela mordeu o lábio, odiando admitir até para si mesma.

— E pode me dizer que isso não importa para você? Que consegue ficar com uma mulher que não está interessada em ser sua musa?

— Mas é aí que está enganada, Regina. Você *é* minha musa. Eu penso em você sempre que tiro uma foto. Vejo você em cada rosto... em cada corpo que fotografo. A edição de outubro da *W* devia ter seu nome na capa. Só o que peço é que me deixe ver o que acontece quando coloco a mulher que me inspira na frente de uma câmera de verdade.

Ela pensou nas imagens em preto e branco na parede do apartamento — mulheres em cordas, sob a ponta de um chicote, nuas e imortalizadas em um momento de objetificação de Sebastian.

— Não posso — concluiu ela.

— Você confiou em mim em tudo. Mal hesitou. E vai fugir porque tem medo de me deixar fotografá-la?

— Soa ruim quando você coloca dessa maneira.

Limite inflexível, pensou Regina. Em seguida, virou-se e se apressou rumo à estação do metrô.

*   *   *

O ROSTO DE REGINA estava inchado e tomado de lágrimas quando ela colocou a chave na porta de seu apartamento. Chorar no trem tinha sido um novo fundo do poço. Ou talvez uma mulher não fosse uma verdadeira nova-iorquina até que tivesse um colapso no metrô na hora do rush.

Entrou no apartamento, consolando-se com a ideia do porto seguro de seu quarto a segundos de distância.

— Onde esteve? — perguntou Carly, surgindo diante dela como uma aparição muito bem-vestida. Usava um vestido amarelo de verão que combinava perfeitamente com seu bronzeado um tanto desbotado, o cabelo louro mel em um nó descuidado na nuca. Os lábios tinham gloss, o rosto estava corado de blush NARS, o suficiente para lhe dar um brilho rosado. Mas nada disso era motivo para Carly parecer mais bonita do que nunca. Regina percebeu que não era o bronzeado, nem a maquiagem perfeita, nem o vestido: pela primeira vez desde que Regina a conhecera, Carly Ronak parecia genuinamente feliz.

— Hum, onde sempre estou até as seis ... no trabalho — respondeu.

Foi então que notou que as duas não estavam sozinhas no apartamento.

Um homem jovem se levantou do sofá. Tinha cabelo castanho claro e covinhas. Vestia uma camiseta Dartmouth e calças cáqui, e cumprimentou Regina com um sorriso caloroso. Ele não era bonito, e sim fofo.

— Oi, Regina... é um prazer finalmente conhecê-la. Sou Rob Miller.

— Você é o... Rob? — questionou Regina. Era este o arrasador de corações, o homem que reduzira Carly a um trapo choroso no quarto por dias sem fim?

— Estávamos esperando por você — disse Carly, pegando a mão de Rob.

Regina não sabia como, mas, no curso de uma única tarde, Rob de algum modo reaparecera na vida de Carly e agora estava na sala olhando para ela como se estivesse ali desde sempre e ela, Regina, fosse a visita. Será que estivera tão envolvida em seu drama com Sebastian que não notou que Carly tinha — como dizer isso? — se acertado com Rob?

— Vamos encontrar Andy, um amigo de Rob, para tomar uns drinques, e queríamos que você viesse conosco. — Meu Deus, um encontro armado? Carly devia estar cega em seu amor, porque claramente não percebeu que Regina mal tinha condições de escovar os dentes e ir para a cama, que dirá sair para um encontro.

— Outra hora — disse Regina. — Foi um prazer — murmurou para Rob.

Mas Carly não ia deixar que ela se safasse com tanta facilidade. Seguiu-a até o quarto.

— Ei — disse ela, fechando a porta depois de entrar. — Por que não vem com a gente?

Regina jogou a bolsa Chanel na cama. Queria ter a velha Old Navy de volta. Não suportava ver o couro preto reluzente com os Cs entrelaçados. Era como carregar Sebastian no ombro. Isso é que era bagagem.

— Por que não me disse que tinha voltado com Rob? Só conversamos sobre más notícias, é assim que funciona?

— Eu queria te contar, mas você não tem sido muito receptiva ultimamente.

Regina pensou em suas refeições feitas no quarto, com a porta fechada. Passou a dormir às nove da noite para escapar de sua infelicidade, acordando o mais tarde possível na manhã seguinte e disparando porta afora para o trabalho.

— Acho que tem razão. Desculpe. Então, o que houve?

Carly gesticulou para a sala, onde ele a esperava.

— Essa não é a melhor hora para falar nisso. Então, para resumir a história, nós não resolvemos nossos problemas. Mas encontramos um meio-termo.

Regina assentiu.

— Bom, fico feliz por você. Ele parece ser um cara legal.

— Venha com a gente. O Andy é legal também. Não pode ficar sentada aqui chorando por Sebastian Barnes pelo resto da vida. Precisa seguir em frente.

Regina concordou. Em sua mente, ela o viu olhando-a na rua 42, com expectativa e decepcionado ao mesmo tempo. Era mais fácil pensar em seguir em frente quando ela o culpava, quando se via dando tudo a ele e colocando-o como o vilão que mantinha a relação apenas na esfera unidimensional. Mas sabia que ele estava disposto, em um raro momento de estranheza, a mostrar a ela que tentaria dar mais. Ela era a única que percebia que tinha dado tudo o que podia. E morria de medo de não ser o bastante. Mas não era hora de explicar isso a Carly. Então se limitou a dizer:

— Ainda não estou pronta.

A expressão de Carly suavizou.

— Tudo bem, eu entendo. Já passei por isso. Mas esta é a última vez que vou deixar você se safar. Vou dizer a Andy que você quer adiar o encontro.

— Divirta-se — disse Regina, suspirando com alívio quando Carly a deixou sozinha e fechou a porta do quarto. Regina colocou a bolsa no chão e se deitou na cama, encolhida. Do outro lado do quarto, viu o livro da Bettie Page em cima da cômoda. Não o queria mais ali, mas não sabia o que fazer com ele. Não tivera coragem de jogá-lo no lixo. Quem sabe pudesse vender à Strand no dia seguinte?

Regina se levantou. Iria colocá-lo na sala e o misturaria à pilha de revistas de moda de Carly, onde não teria de olhar para ele.

Ficou ouvindo da porta de seu quarto. Estava silencioso no apartamento. Esperou mais alguns minutos e, quando teve certeza de que Carly e Rob tinham saído, pegou o livro e foi para a sala.

Pensando melhor, talvez devesse levar à Strand esta noite. O que mais tinha para fazer? Ela se sentou no sofá, decidida a folhear o livro pela última vez. Era lindo — e Regina tinha um fraco por livros bonitos. Abriu-o no meio, no capítulo com fotos de *bondage* e fetiche tiradas por Irving Klaw. Lembrou-se do que Sebastian lhe dissera naquela primeira noite em seu apartamento: que Bettie tinha algo que nenhuma das mulheres nas fotos dele tinha — "contentamento". Regina olhou atentamente a página que tinha virado. Lá estava Bettie, com um biquíni de oncinha, as pernas e os braços algemados, uma corda amarrada na boca. Mas, sem dúvida, seus olhos riam. *Ela parece estar se divertindo*, dissera ele. E Regina tinha de admitir que era verdade. Mas não podia deixar de pensar em como seria realmente *estar* naquela posição — a vulnerabilidade, a sexualidade real da qual aquilo era um prelúdio. Ela não sabia como Bettie Page tinha feito aquilo. Talvez em sua vida sexual real ela não fosse submissa e isso lhe permitisse interpretar o papel na frente da câmera. Seu "contentamento", seu senso de diversão, aflorava porque era apenas isso para ela: uma brincadeira. Ela não mostrava para a câmera algo tão real a ponto de revelar uma parte de si mesma.

Regina virou as páginas até o capítulo seguinte: Bettie de botas brancas, brandindo um chicote. Bettie de espartilho preto e luvas pretas até os cotovelos, agachada e ameaçadora sobre uma mulher de lingerie que estava de costas, amarrada e amordaçada. Bettie de cinta-liga, meias e botas pretas de salto plataforma, amarradas na frente, olhando para a câmera como se pudesse comer o fotógrafo no almoço. Bettie estalando um chicote.

Regina tirou os olhos do livro. Sentiu uma onda de adrenalina.

Nós não resolvemos todos os nossos problemas, dissera Carly. *Mas encontramos um meio-termo.*

E de repente Regina sabia o que fazer.

36

— É UMA LISTA DE COMPRAS e tanto — comentou Carly, olhando o Post-it rosa no qual Regina escrevia há dias.

Era sábado de manhã. Regina não podia deixar de pensar que uma semana antes estava fazendo compras com Sebastian para o Baile Bondage — um dia que começou com uma promessa e terminou com ela questionando tudo. Torcia para que esta excursão de compras a levasse à resposta.

Regina seguiu Carly na direção leste para a Christopher Street.

— Por isso preciso de você. Imaginei que podia passar horas no Yelp confiando em estranhos ou podia arregimentar minha guru da moda.

— Sou designer, não uma compradora pessoal — murmurou Carly, mas Regina sabia que ela ficara feliz por embarcar no projeto do dia. — Talvez a gente possa encontrar tudo em dois lugares. E você já tem mesmo espartilho e liga?

— Tenho — confirmou Regina, corando. O espartilho estava guardado no fundo do armário. Não o olhava desde a noite em que Greta a fechara nele, a noite em que Sebastian lhe dera o plugue anal.

A primeira loja se chamava My Cross to Bare e a vitrine era cheia de manequins magérrimos de plástico branco, vestidos em espartilhos, quepes de couro e botas de plataforma, com algemas penduradas nos pulsos.

Carly tocou uma pequena campainha branca e elas entraram na loja.

Regina percebeu algumas vendedoras reunidas, mas nenhuma parecia ter pressa em atendê-las. Talvez pensassem que os clientes que entravam na loja sabiam o que queriam e como conseguir.

Carly prendeu o cabelo em um rabo de cavalo, olhando a lista e pondo as mãos nos quadris, como quem se prepara para uma batalha. Depois andou pela loja pegando os artigos que queria: luvas compridas de couro preto, um par de luvas brancas; um espartilho de veludo preto com ganchos grandes e visíveis nas costas; um chicote com punho de couro preto trançado e franja de couro vermelho e preto; um chicote comprido, dramático, mas nada prático; e outro de equitação, de 45 centímetros.

Ela entregou a pilha a Regina.

— Essa foi fácil. Agora, pode me dizer por que está comprando tudo isso?

— Esta é minha versão de meio-termo para Sebastian — disse ela.

— Não entendi.

— Eu sei... é difícil de explicar. Eu mesma só estou começando a entender agora.

Uma vendedora asiática apareceu.

— Precisa usar a cabine?

— Não, obrigada. Vamos levar tudo — falou Carly, sorrindo para Regina

* * *

ENQUANTO SEBASTIAN ABRIA a porta de seu apartamento, Regina percebeu que, pela primeira vez, era ela que lhe fazia uma surpresa.

Ele sorriu e pegou as duas bolsas de lona de suas mãos.

— Uma semana sem falar comigo e agora está se mudando para cá? — brincou ele, claramente feliz em vê-la.

Ao contrário do outro dia na rua, Regina de imediato olhou em seus olhos e, naquele instante, entendeu que fazia a coisa certa. *Se* desse certo.

— Bom, parar de falar com você não adiantou muito. Achei que era hora de experimentar uma tática diferente. — Ela sorriu, mas tremia por dentro. E se ele dissesse não? E se dissesse que era uma ideia idiota? E se simplesmente não funcionasse desse jeito?

Ele a pegou pela mão e a levou para a sala.

— E como exatamente parar de falar comigo deveria ajudar? — perguntou Sebastian, sentando-se ao lado dela.

— Devia me ajudar a pensar... o que não consigo fazer com clareza quando estou perto de você. Tudo fica... nebuloso — disse Regina. Mesmo naquele momento, estar ao lado dele a distraía. Sentiu que se voltava para ele, como uma planta tombando para o sol em busca da luz que precisa para a fotossíntese. — Eu precisava ter clareza sobre o que queria... e o que estava disposta a dar.

— Tenho que admitir... e talvez seja por causa da minha inexperiência emocional... que eu não tenho ideia do que está havendo.

Regina engoliu em seco.

— Bom, eu pensei que você tivesse ficado chateado comigo na semana passada, na noite do Jane Hotel, quando eu te disse que precisava de mais alguma coisa dessa relação e que queria conhecer você. Porque comentei o que Margaret me contou, e talvez tenha sido minha culpa... Um jeito estranho de começar a conversa. Mas então você deixou claro que não estava interessado em ter esse tipo de relação. E parecia um rompimento para nós dois, certo?

Ele concordou.

— Mas então...

— Sim, eu sei — disse ela rapidamente. — Você me encontrou depois do trabalho naquela semana para tentar conversar e eu disse... bom, não lembro exatamente o que disse.

— Deixe-me lembrá-la: muito pouco, tarde demais — disse Sebastian, mas ele a olhava com afeto.

— É... algo parecido. Mas acho que o que realmente me apavorou foi perceber que, se *você* tentasse, *eu* teria que tentar. E você me pediu para posar para você, o que me fez dizer não, mas você estava me dizendo sim. E eu me senti encurralada. Ou induzida ao fracasso. E não quero ser a responsável por arruinar isso. — Regina sentiu as lágrimas encherem seus olhos. Piscou rapidamente para reprimi-las, mas elas caíram mesmo assim. Sebastian estendeu a mão e enxugou seu rosto.

— Você não está arruinando nada, Regina.

— Talvez *arruinar* seja uma palavra muito forte. *Limitando*.

— Todos têm limites. Não falamos nisso desde o começo?

Ela fez que sim.

Ele a abraçou e eles ficaram sentados em silêncio por alguns minutos.

— Regina? — chamou ele em voz baixa.

— Sim?

— O que tem nessas bolsas?

— Ah, sim. Por isso eu vim aqui. Eu mudei de ideia: quero que me fotografe.

Sebastian a olhou como se esperasse que ela dissesse que estava brincando. Depois, percebendo que ela falava sério, balançou a cabeça devagar.

— Agradeço por isso, Regina. Mas estive pensando muito também desde nossa última conversa. Lembra o que lhe falei sobre BDSM e fotografia, e o que eles têm em comum?

— Acho que sim.

— Eu lhe disse que não se pode obrigar ninguém a ser um verdadeiro submisso, a se entregar diante de uma câmera. Os resultados serão horríveis. Você também não pode se obrigar.

Ela percebeu que ele estava liberando-a da obrigação. Podia voltar atrás agora e eles teriam uma relação física pelo tempo que durasse, e seria assim. Ele não pediria para fotografá-la novamente. Ela estava livre para estabelecer os próprios limites.

— Não estou me obrigando. Eu quero.

Ele a olhou com ceticismo.

— Desde quando?

Ela foi até uma das bolsas e abriu o zíper, pegando o livro de Bettie Page. Levou-o para o sofá.

— Você me deu isto — disse ela, abrindo o livro.

— Sim, eu me lembro.

Ela folheou até a última parte do livro, localizando as fotos das quais gostava.

— Eu podia fazer alguma coisa assim.

Sebastian pegou o livro das mãos dela, colocando-o no colo. Olhou a página, mas balançou a cabeça.

— Não posso copiar o estilo dos outros — negou-se. — Não é assim que funciona.

— Eu não quis dizer o estilo da foto. Só quis dizer o jeito como *ela* aparece nas imagens. — Regina não sabia por que as palavras lhe faltavam. Rapidamente foi até outra parte do livro e mostrou a ele uma foto de Bettie amarrada a vigas de madeira. — Mas não nessas fotos. Não quero fazer esse tipo de coisa.

— Quer ser dominante? — perguntou. Ela assentiu. Ele pareceu pensar no assunto — Mas não é dessa forma que a vejo. Você não é assim. Não seria autêntico.

— Não foi você quem me falou que eu precisava... como posso dizer? Hum, evoluir? — indagou ela, sorrindo.

Ele a olhou com a expressão séria. Passou-se um minuto. Ela sustentou seu olhar. Mais um minuto.

— Vou pensar nisso — concluiu. — Mas preciso que você me convença de que pode projetar esse papel de maneira convincente. Vamos ver o que você tem nessas bolsas.

37

Uma simples torção de pulso poderia fazer a diferença entre bater em alguém e cortá-lo.

Pelo menos, foi o que Sebastian disse a ela.

De pé no quarto dele, vestindo as botas pretas de salto alto, um espartilho bem apertado, com os braços cobertos até os cotovelos por luvas de couro pretas, Regina segurava um chicote e se sentia poderosa — apesar de estar açoitando apenas um travesseiro.

Ela bateu novamente.

— Não pode carregar na ponta. Se bater na pessoa só com a ponta, vai deixar marcas, mesmo que não corte a pele. — Ele estava ensinando as técnicas que conhecia. Estava sentado em uma cadeira de diretor alta, do outro lado do quarto, dirigindo-a como um Francis Ford Coppola do sadomasoquismo. Aproximou-se dela e examinou o chicote.

— Isto é náilon ou fibra de vidro? — perguntou.

— Não faço ideia.

— Tudo bem, tente novamente. — Ele voltou à sua cadeira.

Ela ergueu o braço e desceu o chicote no travesseiro.

— Melhor — disse. — E lembre-se de que a força do impacto é determinada pela rapidez com que você desce o chicote, e não pela força muscular que coloca nele.

— Eu não sabia que era tão complicado — desabafou Regina.

— É preciso algum esforço e consideração — concordou, sorrindo. — O que foi? Pensou que para mim era só diversão?

Ela bateu no travesseiro mais uma vez.

— Não sei qual teria sido sua precisão neste golpe... poderia ter atingido mais o alto da coxa do que as nádegas. Precisa estar atenta a isso.

Regina o olhou.

— É um travesseiro. Como posso saber onde fica a bunda imaginária?

— Tenho que admitir, este pequeno exercício tem suas limitações. — Ele se levantou. — Acho que está na hora de passarmos a uma arena diferente.

Regina ficou excitada. Esperava que ele a levasse ao Quarto para vê-lo realmente, pela primeira vez. Mas notou a chave do carro na mão dele.

— Aonde vamos? — perguntou.

— Pesquisa de campo.

* * *

Se o clube tinha nome, Regina não viu na entrada. Seu interior era escuro demais para enxergar alguma coisa.

Regina se trocou para sair, embora Sebastian tivesse avisado que ela não ficaria com essa roupa por muito tempo. O clube tinha uma política rigorosa de "somente roupa íntima", e as pessoas guardavam seus trajes na entrada. Ela protestou, mas Sebastian lhe garantiu que, depois que entrasse, chamaria mais atenção vestida do que se simplesmente se misturasse à multidão. Havia certa lógica nisso, mas Regina ainda estava de ressaca da festa do Jane Hotel e não se sentia com espírito para "se deixar levar".

Mas a mulher na porta tinha quase 50 anos, muito inofensiva, e quando orientou Regina até a checagem de trajes, com muita educação e simplicidade, ela concordou. Não pôde deixar de sorrir ao ver Sebastian só de cueca.

— Eu não tinha me dado conta de que a política de "somente roupa íntima" incluiria você.

— Sou a favor da igualdade, querida — respondeu ele.

Embora a noite tivesse dado uma guinada inesperada, ela já se sentia mais próxima dele. E estava ansiosa para chegar à sessão de fotos, antes que a dinâmica entre os dois voltasse a ficar incerta ou antes que simplesmente perdesse a coragem.

Mas Sebastian insistiu que ela teria de viver o papel que queria projetar nas fotos. Regina pensou no quanto Bettie realmente o vivera e se perguntou o quanto era só atuação.

— Se quiserem alugar chicotes, algemas, chibatas, vendas ou qualquer outra coisa, encontrarão lá embaixo, à sua direita.

Regina entregou suas roupas, e a mulher lhe deu um tíquete de cartolina colorida, como um recibo de guarda-volumes.

— Não tenho bolso para guardar isso — disse a Sebastian.

— Consegue se lembrar do número?

— Sim.

Ele pegou o tíquete e o devolveu.

— Chega de enrolação... vamos. — Ele lhe deu o chicote.

Ele a guiou pela mão por um lance escada abaixo. Parecia um calabouço moderno. Candelabros proporcionavam luz e revelavam gaiolas, piso de pedra e arcos revestidos de madeira, dividindo os espaços. A mobília de aparência medieval claramente servia como instrumento de tortura, e as paredes eram pontilhadas por cordas, correntes, ganchos e polias.

Sebastian tinha razão: ela não se sentia terrivelmente exposta de roupa íntima. Os outros clientes do clube a olharam apenas com o interesse passageiro que dedicariam a qualquer pessoa que entrasse numa sala já ocupada ou em uma festa que já estivesse a todo vapor.

Ele a conduziu pela sala. Ela ficou surpresa ao ver mais homens do que mulheres amarrados, em vários cenários de *bondage*. Sua relação com Sebastian a levou a ver automaticamente as mulheres no papel submisso, mas, no clube, elas eram minoria.

— Você não vai brincar com nenhum homem — disse ele, enquanto passavam por homens acorrentados a paredes, um de frente, outro de costas para o salão. O que estava de frente tinha o pênis fechado em uma espécie de gaiola de metal. Cada homem era tratado por uma mulher que brandia chicotes e outros instrumentos de tortura.

— Por mim, tudo bem — concordou Regina rapidamente.

Uma mulher coberta de um tecido aveludado vermelho estava sentada em uma cadeira grande, que parecia um trono; tinha pernas longas, vestidas em botas de couro vermelho, e um homem estava atravessado em seu colo, de traseiro exposto. Ela o espancava com uma palmatória, e Regina podia jurar que ouvira o homem chamá-la de "mamãe".

— Por aqui. — Sebastian a guiou por um arco até outra sala. Regina viu uma mulher em uma paliçada de madeira vendada, nua da cintura para baixo. Ele pareceu contemplá-la por um momento, em seguida, dirigiu sua atenção à outra, estendida de bruços em uma mesa, nua, com pernas e braços amarrados. Ao seu lado, um homem a espancava com a mão. Sua pele clara estava marcada.

Sebastian parou Regina a poucos centímetros da mesa.

— Apenas assista — disse em voz baixa, abraçando-a.

A mão do homem recuou novamente, esperando bastante tempo até o golpe seguinte. A mulher gemeu — não de dor, mas de prazer.

Como se percebesse sua plateia, o homem se virou para olhá-los. Depois voltou seu foco para a mulher na mesa e bateu com a mão em sua carne, uma bofetada que Regina poderia ter ouvido da outra sala.

Ele se afastou.

— Aonde ele vai? — sussurrou Regina.

— Ele está passando a vez para nós — esclareceu Sebastian.

— A vez para quê?

— Para brincar com ela.

Regina arregalou os olhos e balançou a cabeça.

— De jeito nenhum.

— Foi para isso que viemos aqui — disse ele.

— Pensei que fosse só para olhar.

— Não sei de onde tirou essa ideia — rebateu ele, entregando-lhe o chicote. — Espere aqui um minuto.

Sebastian foi até a mulher e se curvou para lhe dizer alguma coisa. Ela virou o rosto para o outro lado, e Regina não sabia do que se tratava a conversa.

Ele se virou para Regina e gesticulou para que se aproximasse. Com relutância, ela se dirigiu até a mesa. De perto, as marcas na pele da mulher eram mais vermelhas e mais pronunciadas. Regina evitou olhá-la.

— Ela disse que você pode usar o chicote.

Regina o olhou como se ele fosse louco.

— Eu não vou bater nesta mulher.

— Ela está aqui para isso — explicou Sebastian. — E, mais importante ainda, *nós* viemos aqui para isso. — Ele afagou sua cabeça, mudando o tom de voz. — Ou ela apanha agora, ou você apanha mais tarde. Na verdade, você vai apanhar independentemente disso. A questão é o quanto.

Regina encarou seus olhos escuros e sentiu a familiar palpitação das entranhas até a pélvis. Percebeu que não devia se sentir mal por bater na mulher. Talvez ela não tivesse um Sebastian e tivesse ido até aquele lugar para sentir as coisas que Regina sabia que só uma pessoa podia lhe dar. Ela ergueu o chicote, mantendo o braço no nível que Sebastian lhe ensinara. Ele gesticulou para a bunda da mulher, lembrando Regina de bater no alvo, e não na parte de trás das coxas, o que podia ser muito doloroso.

Ela hesitou antes de açoitar, mas uma olhada rápida para Sebastian lhe deu o estímulo de que precisava para seguir em frente. Mordeu o lábio inferior e desceu o chicote no traseiro rosado da mulher.

— Pode bater com mais força — mandou Sebastian. Ela se perguntou se ele ficara excitado olhando-a agir. E, no espírito de uma relação mais aberta e comunicativa, decidiu perguntar.

— Isso é excitante para você?

Ele negou com a cabeça.

— Não — sussurrou no ouvido dela. — Estou me controlando ao máximo para não colocar uma venda em você e amarrá-la naquele banco ali. Você resistiria, mas eu arrancaria sua calcinha e usaria a palmatória para mostrar a esses amadores como se faz de verdade. *Isso* me excitaria.

O coração de Regina bateu com mais força.

— Agora — continuou baixinho —, quero que bata nesta mulher quatro vezes, depois vamos embora. Diga a ela que conte. Hesitando, Regina ficou de frente para a mulher.

— Conte — ordenou, nervosa, tentando manter a voz forte e estável. Ela olhou para Sebastian e ele assentiu.

Regina açoitou com o chicote, não com muita força, mas o suficiente.

— Um — falou a mulher, com a voz clara.

— *Mais forte* — murmurou Sebastian.

Regina usou mais velocidade, e o som da vareta em contato com a carne era quase demais para ela.

— Dois! — exclamou a mulher.

Regina continuou, seu braço começando a tremer.

— Faça-a gozar — ordenou Sebastian. Regina o olhou como se ele fosse louco. Açoitou o chicote com mais força. A mulher gemeu um pouco, não tão alto quanto fizera para seu predecessor, mas já era alguma coisa.

— Três — gritou a mulher, a voz um pouco mais tensa.

Regina bateu novamente, desta vez com uma força que a surpreendeu. A mulher reagiu com um grito de êxtase e a voz embargada, dizendo em seguida:

— *Quatro.*

Sebastian tirou o chicote da mão de Regina e a levou de volta às escadas.

* * *

DO LADO DE FORA, a noite esfriava. Regina, aliviada por estar vestindo suas roupas novamente, questionava se a parte mais difícil da noite ficara para trás — ou se ainda estaria por vir. Ficara feliz por ele tê-la levado ao clube, deixando que experimentasse em primeira mão o outro lado do açoite. Fora incrível para ela não ter sentido a menor excitação na posição de poder. Percebeu que a dinâmica sexual entre ela e Sebastian não era algo que aceitasse só para agradá-lo, e sim uma coisa genuinamente certa para ela. É claro que o prazer intenso que sentia com isso devia ter sido revelador. Mas até que experimentasse o outro lado, nunca teria certeza. Agora, após ter descoberto quem não era, conhecia melhor sua identidade sexual. E, embora contrariasse a lógica, saber que não era *dominatrix* facilitaria a sessão de fotos: ela revelaria pouco de si mesma; estaria interpretando um papel. Sua própria sexualidade ainda seria um segredo delicioso somente para Sebastian e ela.

Esperava conseguir interpretar a *dominatrix* de forma convincente. Tinha um novo respeito por Bettie Page.

Sebastian pegou o celular.

— Jess — disse ele. — Quero lhe pedir um favor. Pode ir até meu apartamento em vinte minutos? Estou com Regina e precisamos de sua genialidade.

Regina olhou-o confusa, mas ele apenas piscou.

38

— OLHE PARA O CHÃO, mas mantenha a cabeça reta e virada para a frente.

Jess, a ruiva britânica de sua primeira visita ao Four Seasons, orientava Regina pacientemente durante sua primeira sessão de maquiagem feita por uma profissional. Ela se recostou na cadeira de jantar de Sebastian. As luzes do teto esquentavam-na.

— Parece muita maquiagem — disse Regina, tentando falar sem mexer a cabeça. Ela roçou as pálpebras, que pareciam estar ganhando uma terceira camada de cor.

— Confie em mim, não é. Sei que Sebastian trabalha muito com preto e branco, então você precisa de mais contraste. Pode até parecer exagerado no espelho, mas na foto ficará perfeito.

Sebastian estava ocupado preparando a sala de estar, deslocando os móveis.

— Vou fazer algumas fotos lá fora — avisou ele a Jess. Isso era novidade para Regina.

— Como vai fotografar? Com a Mark II?

Sebastian murmurou algo parecido com uma afirmação.

— Cabeça parada — repreendeu Jess. Com os olhos para baixo, Regina via os seios da mulher esgarçando sua camiseta cinza e fina dos Rolling Stones. Regina imaginou com que frequência Sebastian trabalhava com ela, e o quão intimamente. Odiava-se por sentir ciúme e pelo modo como sua cabeça se voltava automaticamente para esse sentimento. Questionou quando se sentiria segura ou se algum dia isso aconteceria.

Jess voltou sua atenção para a gama de pincéis, potes, modeladores de cílios, rímel, lápis, pinças e pós compactos espalhados pela mesa de jantar de Sebastian.

— Quase pronto — disse, pegando vários tubos de batom e depois rejeitando-os.

Ele aproximou-se para avaliar o resultado. Regina se sentia tão maquiada que tinha medo de ver a reação de Sebastian à sua transformação. Mas a expressão nos olhos dele eliminou todos os seus temores.

— Jess, eu sempre posso contar com você para fazer mágica — disse ele. — E quanto a você — continuou, se aproximou de Regina e colocando a mão no topo de sua cabeça; ela ergueu a vista, e a adoração extasiada nos olhos dele fez seu coração pular —, está verdadeiramente linda.

* * *

Regina aguardava no terraço do prédio de Sebastian, sob o manto cintilante das estrelas de verão, o rio Hudson correndo atrás dela, prateado ao luar.

Agora o chicote começava a pesar em suas mãos.

— Olhe para mim, mas posicione seu corpo de lado — instruiu Sebastian. — Procure colocar o chicote atrás da cabeça. Segure a alça com uma das mãos e a ponta com a outra.

Regina colocou-se como ele sugerira. Agora sabia, depois de horas de sessão de fotos, como seguir instruções enquanto acrescentava algo próprio à cena. E, claro, a instrução mais importante veio no início do processo: ele lembrou que as melhores modelos eram aquelas que adoravam o que faziam no momento do ensaio — aquelas que não estavam ali pelo cachê nem para seu portfólio, e sim pela alegria que sentiam com a troca com a câmera.

— Se conseguir encontrar essa alegria — disse ele —, acertaremos em cheio.

Ela jogou o peso em um lado do quadril e sorriu, como se estivesse prestes a fazer algo extremamente perverso. Um sorriso que ia até os olhos, tinha certeza.

Deu a Sebastian algumas variações dessa pose, depois jogou o chicote no chão.

— Me mostre sua bunda — pediu ele.

Duas horas antes, esta ordem a teria feito vacilar. Mas agora estava cheia de ideias sobre o que fazer com seu corpo. Começara com espartilho e saia de couro, mas agora vestia apenas um bustiê preto, um shortinho de renda preto e botas de salto plataforma que comprara com Carly. Virou as costas para ele e colocou a ponta do chicote entre as pernas, a cabeça virada para olhá-lo, como se ele a tivesse flagrado no meio de alguma coisa.

Na primeira hora, pensara em Bettie — a incorporara — para vencer seu constrangimento. Agora, já atingira uma relação com a câmera que era inteiramente sua.

— Largue o chicote e sente-se no chão — continuou ele. Sebastian subiu em uma escadinha para fotografá-la de cima. Ela o olhou e ele levou a câmera aos seus olhos, baixando-a novamente.

— Onde está o seu colar? Quero que esteja com ele nestas fotos.

— É mesmo? Está lá dentro. Tirei quando troquei de roupa.

— Vá pegá-lo. Quando eu olhar a mulher nestas fotos, quero saber que ela é minha

* * *

As cordas pareciam apertadas, a venda, mais escura, e o quarto ficara mais frio.

Era como se tudo fosse orquestrado ao extremo para lembrar Regina de seu lugar. Podia ter tido permissão para bancar a *domi-*

natrix no clube e nas fotos, mas agora Sebastian estava determinado a trazê-la de volta à realidade — à realidade *deles*. A essa altura deviam ser quatro da manhã, e ela estava amarrada exatamente como a mulher no clube: de bruços, deitada na mesa e totalmente aberta, as pernas e os braços estendidos. Completamente nua, Regina sentiu a dor insuportável da vulnerabilidade e da expectativa, que, se não fosse resolvida, a deixaria louca. Ouviu Sebastian andando pelo quarto e, de repente, e sem nenhum aviso, a pressão fria do metal entrando em seu ânus. Perdeu o fôlego e, embora reconhecesse a sensação do plugue anal, seu coração ainda acelerou.

— Quantas chibatadas deu naquela mulher? — perguntou Sebastian.

— Quatro — respondeu Regina.

— Vamos até seis.

Ela se contraiu, esperando que ele a açoitasse ou enfiasse mais o plugue. Em vez disso, a sensação seguinte foi de algo duro, porém ligeiramente emborrachado, pressionando os lábios de sua vagina por trás. Seu primeiro instinto foi resistir, mas impediu-se de se contorcer e deixou que ele começasse a comê-la gentilmente com o objeto. Penetrou-a com algo em formato de pênis, e ela sabia que devia ser algum tipo de consolo. Ela quase disse a ele que não podia suportar, mas, quando atingiu um ponto que lhe deu um tremor de prazer, Regina tentou relaxar, e então ele parou, deixando-a com o objeto parado dentro de si. Ela sentiu-se latejar em volta dele, querendo mais do prazer que fora prometido com a última estocada. Tê-lo dentro dela, sem foder, era um tormento.

— Ai! — A última chibatada veio quando ela menos esperava, e ardeu. O volume entre as pernas e plugue no ânus foram esquecidos, enquanto seu corpo se contraiu para o golpe seguinte, que foi igualmente forte.

— Conte — ordenou ele, em voz baixa. — Você está no três.

Novamente, a dor, desta vez mais aguda.

— Três — contou ela. Seu único alívio era saber que haviam combinado que só iriam até seis.

— Se perder a conta, ou deixar de contar, vamos começar de novo — avisou. A ameaça foi suficiente para quase fazê-la esquecer em que número estava. Novamente, um golpe. Não sabia se fora menos severo ou se estava ficando dormente, mas não o sentiu tanto.

— Quatro — falou, tentando manter a voz firme. Pensou na mulher no clube e em como seria capaz de suportar isso de estranhos. Ouviu o chicote ser jogado no chão, e em seguida sentiu a mão de Sebastian batendo em seu traseiro com força, provocando uma dor ardente em uma área maior. Ficou tão surpresa que quase se esqueceu de contar. Felizmente, conseguiu sussurrar *cinco*. E então, nada. Sentiu-o parado ali, e cada músculo de seu corpo estava preparado para a dor, mas ele não a tocou. Na ausência de golpes, mais uma vez ficou ciente da pressão desconfortável em seu ânus e entre as pernas. Não se atrevia a se mexer, mas teve o desejo de se contorcer, para tentar desalojar algo se o movimento fosse forte e rápido o suficiente. Logo se viu querendo a administração final da dor, sabendo que só então ele a libertaria da tirania de metal e borracha. Só pensava em se livrar daquilo.

— Bata em mim — murmurou ela.

— O quê? — perguntou Sebastian, embora soubesse que ele a ouvira bem.

— Bata em mim de novo.

— Quer que eu bata em você de novo?

— Sim — consentiu.

— Tem que pedir com educação.

— Por favor, me bata de novo — repetiu Regina.

Ela tensionou o corpo e, como previsto, o último golpe foi o mais forte, chocante em sua força, no som e na ardência que parecia se espalhar de seu traseiro até as pernas.

— Seis — balbuciou Regina.

Acabara. Com o coração aos saltos, ela esperou.

39

Sᴇʙᴀsᴛɪᴀɴ ᴇsꜰʀᴇɢᴏᴜ sᴜᴀᴠᴇᴍᴇɴᴛᴇ a bunda ferida de Regina com as mãos; então, para alívio dela, tirou o plugue devagar.

Ela sentiu o consolo sair. E então não havia nada. A ausência de objetos, e dos golpes dele, era quase chocante para seu corpo. Sentiu ar demais à sua volta e uma necessidade palpitante de ser tocada de alguma maneira.

Sebastian soltou suas mãos e seus pés. Ela estava livre para se mexer, mas, de alguma forma estranha, se recusava a fazer isso. Permaneceu imóvel, na esperança de que, se continuasse assim, Sebastian de algum modo atenderia à necessidade de seu corpo de algo que suprisse a pressão e a dor.

— Vire-se de costas — pediu ele calmamente.

Devagar, ela rolou. A visão do rosto de Sebastian era um bálsamo para sua mente e seu corpo dolorido. Os olhos dele, que a percorriam, traziam conforto, mas somente seu toque traria uma cura. Ele certamente sabia disso e, independentemente da fantasia que usasse ou das fotos que ele tirasse, no fim ela sempre se subjugaria a ele.

— Feche os olhos. E mantenha-os fechados ou terei que vendá-la.

Ai não, pensou Regina. Não sabia quanto mais suportaria. Achava que tinha acabado.

Ainda assim obedeceu, fechando bem os olhos. Ouviu-o se afastar alguns passos e reprimiu o máximo que pôde a vontade de espiá-lo.

Ela o sentiu por perto, seguido de algo macio como uma pluma roçando em sua clavícula, descendo por seus seios, fazendo cócegas em seus mamilos, depois viajando lentamente do umbigo até que pousasse em sua coxa, acariciando-a.

— Abra as pernas — mandou ele.

Quando se abriu para ele, a maciez agitou contra sua vagina, provocando seu clitóris até Regina sentir sua pélvis arquear para a frente. Em seguida, sentiu o golpe quente da língua dele, levando-a ao êxtase.

Ela gemeu, tentando alcançá-lo, puxando-o para cima dela, para comê-la. Mas ele ignorou as exigências frenéticas de suas mãos, concentrando-se em seguir o caminho de sua língua com o dedo, até que o colocou dentro dela, fazendo-a contorcer-se. Regina sentiu o orgasmo chegando e se surpreendeu ao estender a própria mão para tocar seu clitóris, gozando em seguida. Mas ele afastou sua mão.

— Levante-se — mandou. — Apoie-se em mim. E fique de olhos fechados.

Suas pernas estavam trêmulas, e ele passou um braço por sua cintura enquanto seus pés descalços batiam no chão frio. Ele a guiou até o quarto, e ela percebeu que estava no corredor.

— Agora pode abrir os olhos — autorizou.

Ela abriu os olhos e viu o corpo dele, seu pau duro e mais do que pronto para ela. Sebastian pegou sua mão, colocando-a em seu pênis enquanto abria uma camisinha. Ela moveu a mão lentamente, sentindo-o pulsar entre seus dedos. Ficou surpresa ao perceber o quanto o queria em sua boca. Ajoelhou e passou a mão por trás de Sebastian, puxando-o para que sua boca envolvesse a cabeça do pau. Ele gemeu, indo para a frente, preenchendo sua boca rapidamente. Ela recuou um pouco, passando a língua pela cabeça do pau dele e movendo a boca para envolver tudo.

Ele gemeu novamente, e o som de seu prazer fez o estômago de Regina revirar de excitação. A mão de Sebastian afagava seu queixo, e ele enfiava o pau em sua boca e depois o retirava, em um ritmo extasiado.

Ele recuou e colocou a camisinha. Depois a puxou para perto, envolvendo seus seios com as mãos e beijando-a na boca de forma apaixonada. Ela sentiu seu pau contra a barriga e pressionou-se contra ele. Depois, com um movimento rápido ele a pegou no colo e entrou no quarto.

Deitou-a na cama, o edredom frio em contato com suas costas. Ela mal teve tempo de abrir as pernas antes que ele se movesse para cima dela, penetrando-a tão subitamente que a fez perder o fôlego.

Sua mente divagou até o espaço que era somente dos dois, uma suspensão de pensamento que a transformava em um nervo exposto, que tremia de prazer e ia em direção ao gozo. Ele entrava e saía, reduzindo o ritmo e ajustando seu ângulo a cada penetração, para que o pau roçasse em seu clitóris. Ela ofegou, cravando as unhas em suas nádegas, prendendo-o dentro dela enquanto seu orgasmo veio em ondas, provocando arrepios por todo o seu corpo.

— Goze — sussurrou ela, deslizando as mãos para acariciar suas costas. E ele o fez, enterrando o rosto em seu cabelo, sua penetração rápida e mais forte, até que seu corpo tremeu contra o dela e ficou imóvel.

40

Regina se enroscou nele, a cabeça em seu peito, enquanto a primeira luz da manhã começava a entrar no quarto.

Apesar dos esforços de ambos para dormir, ainda estavam bem acordados.

— Jamais vou conseguir trabalhar hoje — concluiu Regina.

— Depois da noite que teve, precisa descansar. Nem pense em ir para a biblioteca.

— Preciso ir. Eu *quero* ir. Olha, o que temos é importante para mim, mas meu trabalho também é. Não quero estragar tudo.

— Você não vai estragar nada. Telefone e diga a ela que não está se sentindo bem, que vai mais tarde.

Ela assentiu.

— Tudo bem. Mas não podemos continuar fazendo isso. Eu...

— Relaxe. — Ele a silenciou com um beijo.

— Posso te perguntar uma coisa?

Ele se apoiou em um dos cotovelos e a olhou, afagando seu rosto.

— Epa, isso parece sério. E, sob os novos termos negociados de nossa relação, acho que terei de responder.

— Isso mesmo — confirmou ela.

— Estou feliz pra cacete por ter me deixado fotografar você. Tinha minhas dúvidas sobre o que você queria fazer nas fotos, mas você foi ótima.

— Não mude de assunto — insistiu, mas ficou emocionada com as palavras dele. — Estou curiosa: você consegue transar sem todo o... *bondage* e a disciplina de antes?

— Claro. Mas, para mim, ir direto ao sexo é mais para casos de uma noite... Algo descartável.

— E aquela mulher que vi com você na biblioteca?

Ele riu.

— Eu estava me perguntando quando você perguntaria sobre ela. Este é um exemplo perfeito... Só sexo, nada especial. Umazinha e pronto.

— Umazinha e pronto — repetiu ela. — É verdade o que você disse antes? Que nunca se apaixonou?

Ela o sentiu tensionar e, por um minuto, teve medo de que a pergunta os levasse de volta para onde estavam na noite em que ele a avisou para não "estragar tudo" e a mandou para casa.

— Não — corrigiu —, não é bem verdade.

Agora ela é que ficara tensa.

— Tudo bem — disse Regina, praticamente prendendo a respiração, esperando que ele continuasse.

— Eu lhe disse como entrei na fotografia... que Astrid me iniciou

— Sim.

— Ela era só poucos anos mais velha que eu. Acho que se cansou rapidamente do casamento com meu pai. Ele tinha toneladas de dinheiro e era bonito, mas não gostava de ir a boates com ela, nem de ouvir uma banda tocar em Roseland. Então, às vezes, quando ele dizia que estava ocupado, cansado demais, ou o quer que fosse, ela me arrastava com ela.

— Entendi. — Ela lutou com a imagem de um Sebastian adolescente, andando por Nova York com uma das modelos mais famosas do mundo.

— Acho que ela sabia que eu estava entediado e muito solitário também. Eu tinha amigos, mas era só uma criança. E o dinheiro dos

250

meus pais me isolava um pouco. Tínhamos muito em comum, de certo modo. E então ela me ensinou a usar a câmera e me levou para algumas sessões de fotos.

— Tá, sei, já me contou isso.

— E eu me apaixonei por ela.

Regina sentiu um puxão no estômago.

— Como uma... paixão platônica de estudante?

Ele hesitou.

— Não, nós éramos amantes.

Regina sentou e se virou para olhá-lo.

— É mesmo? — Não sabia por que dissera aquilo. Era idiotice, ele nunca iria brincar com algo assim. Mas parecia inacreditável. Um adolescente tendo um caso com a mulher do pai...

— Sim, eu fiquei louca e profundamente apaixonado por ela. Não sei como era para ela... atração física, talvez. Diversão. Não sei. Mas fomos descuidados e meu pai nos flagrou, me expulsou de casa e me deserdou.

Regina não sabia o que dizer. Perguntou-se o quanto disso seria de conhecimento público, e concluiu que nem todos deveriam saber daquilo ou então Carly e até Margaret teriam comentado com ela Voltou a colocar a cabeça no peito dele.

— Desculpe. Deve ter sido... nem consigo imaginar. Todo mundo ficou sabendo?

— Não. — Ela notou que os braços dele a envolveram mais apertado. — Meu pai tinha muitos amigos, e dinheiro, na mídia. Ninguém se atreveu a incomodá-lo. Mas minha mãe soube. Implorei a ele para não contar... A mulher responsável pelo fim de seu casamento, com seu próprio filho. Era a única coisa da qual eu me envergonhava. Mas meu pai não me deu ouvidos e contou a ela o motivo de ter me expulsado e me deserdado.

— Ele deixou de sustentar você? Mas você não era menor?

— Era, mas minha mãe tinha o dinheiro da família e também ganhou com o divórcio. Me deserdar era uma ameaça vazia. Acho que por isso ele foi ainda mais longe em meu castigo, contando a ela. — Mesmo agora, tantos anos depois, ela podia ouvir a vergonha em sua voz.

— Provavelmente ela perguntaria por que você fora expulso. Eu não sei como você poderia ter contornado isso.

— Meu pai e eu sempre nos desentendemos. Acredite, eu teria dado um jeito.

— Então por que morava com ele, e não com ela?

— Depois do divórcio, ela foi visitar os pais no exterior e ficou lá por quase um ano. Não tive alternativa. Poucos meses depois de ela voltar, teve de lidar com outro golpe. E desta vez a culpa tinha sido minha.

— Oh, Sebastian... você era só um adolescente. E acho que Astrid não era muito mais que isso.

— Depois que saí da casa do meu pai, minha mãe desconfiou que eu estivesse escapulindo para vê-la... e ela tinha razão. Eu me desentendi com minha mãe, menti para ela, discutimos muito. Depois ela se matou.

Regina perdeu a fala. Levantou a cabeça para olhá-lo. Ficou chocada ao ver que ele estava quase às lágrimas.

— Sebastian, não me diga que você se culpa.

— Não, eu não me culpo — respondeu, mas seu rosto dizia o contrário.

Ela beijou o rosto dele e sentiu o gosto salgado de suas lágrimas frescas. Abraçou-o e o segurou firme, e então Sebastian enterrou o rosto em seu cabelo, agarrando-o como se fosse uma corda que segurava para escapar de um naufrágio.

— Não foi culpa sua — repetiu Regina, afagando sua cabeça. De algum modo, suas palavras libertaram uma torrente de tristeza, e ele chorou copiosamente, como uma criança. Ela sentiu que seria capaz de fazer qualquer coisa para livrá-lo da dor.

— Meu agente recebeu ofertas de editores querendo fazer um livro com as fotos que tirei de Astrid. Mas não posso fazer isso. Nem mesmo quero olhar para elas. Concordei em usá-las na exposição da Manning-Deere só porque era o que a galeria queria, e era minha melhor chance de ter uma exposição. Nunca tirei fotos daquele nível desde então. Os editores de moda não sabem a diferença. Mas o mundo da arte sabe.

— Por que diz isso? Vi seu trabalho para as revistas. Vi fotos na parede no outro cômodo.

— Elas são boas. Mas não são especiais. E, definitivamente, não foram inspiradas em nada. Antigamente eu pensava que era porque Astrid era simplesmente a melhor modelo. Pelo menos, tentei dizer isso a mim mesmo. Mas sabia a verdade, as fotos eram brilhantes porque eu gostava tanto dela que isso transpareceu no trabalho. E é por isso que estava tão desesperado para fotografar você, Regina.

— Por quê? — perguntou ela.

Ele levantou a cabeça e pegou seu rosto nas mãos. Ela sentiu sua pulsação acelerar. Os cílios dele estavam molhados, e ela teve vontade de tocá-los com os lábios.

— Porque, pela primeira vez desde Astrid, estou apaixonado.

41

REGINA PAROU AO PÉ da escadaria da biblioteca, virando-se para acenar para Sebastian. Ele abriu a janela da Mercedes e gritou:

— Pego você às seis.

— Tudo bem — concordou, vendo o carro preto desaparecer no trânsito da Quinta Avenida.

Sua mente voava alto com uma euforia que nunca havia experimentado na vida, mas seu corpo não acompanhava. Cada parte dele doía — as costas, os pés, os braços. A bunda. E assim, diante do leão de pedra Paciência — ou seria Perseverança? —, ela ajeitou as sandálias de salto alto de tiras e a bolsa sobre o ombro antes de fazer a longa subida até a porta de entrada.

Passava do meio-dia. Acordara com o despertador às sete da manhã, hora em que ligou e deixou um recado para Sloan dizendo que não se sentia bem e que iria se atrasar um pouco. Depois voltou a dormir até as onze, quando pulou da cama e tomou o banho mais rápido de sua vida. Sebastian a guiou até seu closet, onde ela encontrou uma blusa e saia Prada, ambas ainda com as etiquetas. Vestiu-se rapidamente e ele dirigiu como um louco para que ela chegasse à biblioteca antes da hora do almoço.

O saguão de entrada estava frio e silencioso. Regina respirou fundo e disse a si mesma que tudo ficaria bem. As pessoas adoeciam. Tinham consultas médicas. Chegam atrasadas. Subiu a escada central rapidamente, o cadeado quicando pesadamente em seu pescoço.

A porta da sala de Sloan estava aberta, e ela notou Regina imediatamente.

— Ora, veja quem decidiu sair da cama e nos agraciar com sua presença — saudou Sloan. Regina engoliu em seco, sabendo que as palavras que escolhera eram mais do que um bordão oportuno. Eram dirigidas a ela e, caso houvesse alguma dúvida, o desdém em seus olhos azuis a eliminara.

Sloan tamborilou os dedos da mão esquerda sobre a coxa bronzeada, seu imenso anel de diamante refletindo a luz do alto. Regina se viu olhando-o, hipnotizada.

— Eu sinto muito — disse, obrigando-se a olhar nos olhos da chefe. — Não vai acontecer de novo. Agora estou aqui e posso ficar até tarde...

Sloan vislumbrou o pescoço de Regina, chamando atenção para o fato de que estava mexendo no cadeado. De imediato, ela abaixou a mão.

— Você me decepcionou muito — rebateu Sloan com frieza. — Era uma das melhores candidatas ao cargo, mas certamente não era minha única opção. Contratei você não só pelo seu histórico acadêmico e pelas recomendações, mas porque você me parecia o tipo de garota que coloca o trabalho em primeiro lugar, acima de todo o resto. Que apreciaria...

— Eu coloco, Sloan. E o aprecio. Sonhei com esse emprego a maior parte de minha vida. Ele ficou lá, servindo de estímulo para mim durante os quatro anos de faculdade. E, embora eu tenha me atrasado ou faltado um dia, isso não reflete a seriedade com a qual levo esse emprego. Meu trabalho na Mesa de Retirada *sempre* foi feito... E bem. Estou inteiramente envolvida no prêmio de ficção. E...

— Você está demitida — cortou Sloan.

Regina a olhou, chocada. Algo no rosto de Sloan lhe dizia que ela estava feliz por ter uma desculpa para demiti-la, e a surpresa de Regina se transformou em raiva.

— O problema aqui é realmente meu trabalho? — perguntou, o rosto quente e o coração começando a disparar. — Ou os seus sentimentos por Sebastian?

— Pode desviar a culpa como quiser, mas ainda assim está demitida. Quanto a Sebastian Barnes, ele não é funcionário pago desta biblioteca. Eu sou. E contrato e demito como julgar conveniente. Se me testar nisso, vai se arrepender.

* * *

CARLY VOLTOU AO APARTAMENTO às quatro da tarde e soltou um gritinho de surpresa ao ver Regina sentada no sofá.

— O que está fazendo em casa? — Suas mãos seguravam tantas sacolas de compras que ela mal conseguiu fechar a porta sem deixar cair alguma coisa.

Regina, apesar de ter tido um bom tempo para processar a reviravolta horrenda das últimas horas, não conseguiu responder à pergunta da colega. Ainda estava pasma. Depois de Sloan tê-la demitido, ficou tão abalada que saiu sem nem mesmo pegar os livros que tinha guardado embaixo da mesa, sem se despedir de Alex ou de Margaret.

Pensar em Margaret causou-lhe um bolo na garganta. Lembrouse de que ela estava indo embora, de qualquer modo. E então, na confusão de seu estado mental, pensou no jantar de gala do Young Lions, dentro de duas semanas, que iria perder.

Todos os seus anos de esforços — estudando em vez de se divertir, registrando as notas como se os números fossem a base de sustentação de seu futuro, sonhando com o dia em que teria um emprego em uma biblioteca de verdade. Os dias frios e chuvosos de março quando ela foi entrevistada na Biblioteca Pública de Nova York. O dia perfeito de abril em que recebeu o telefonema dos Recursos Humanos que mudou sua vida. Tudo isso tinha ido pelo ralo.

— Eu fui demitida — explicou Regina, com os olhos cheios d'água.

Carly ficou compreensivelmente chocada.

— Está *brincando* — exclamou a amiga, uma resposta típica de Carly. Ela abriu a sacola da Whole Foods e ofereceu um muffin a Regina. Ela balançou a cabeça, ao mesmo tempo agradecendo a oferta de comida e respondendo o comentário.

— Não, não estou.

— Por quê? O que houve? — Carly se jogou no sofá.

Regina não sabia bem como responder. *Hum, eu dormi com o ex-amante da minha chefe. Cheguei atrasada várias vezes, envolta em uma névoa de sexo...*

— É uma longa história — resumiu.

— Sou toda ouvidos — respondeu Carly. Seu celular tocou e ela o ignorou, o que não era comum.

Regina respirou fundo.

— Eu cheguei atrasada algumas vezes.

Carly deu de ombros.

— E daí? Acontece.

— Ao que parece, minha chefe e Sebastian costumavam...

— *Não.* — Carly inclinou-se para a frente, os olhos arregalados.

— Sim.

— Não acredito! Sabe, Regina, você apareceu na minha porta toda calada, tímida e inocente. Agora olha para você. Está vestida para matar, transando com um dos maiores gatos de Nova York e tem mais drama na vida que qualquer pessoa que eu conheça...

— Parece que você está se esquecendo do xis da questão. *Eu perdi meu emprego.* Estou desempregada. Estou tentando não entrar em pânico, mas me mudei para Nova York por causa deste emprego. Eu vivo do que ganho. Não sei o que fazer.

— Antes de tudo, você precisa relaxar. Vai encontrar outro emprego. Quer que eu dê uns telefonemas?

— Não... não sei. Quero o emprego que eu tinha. Eu quis ser bibliotecária desde que me entendo por gente. Sei que parece pequeno e sem glamour para você, mas para mim é importante.

O semblante de Carly suavizou-se.

— Tudo bem, se você achar que há alguma coisa que eu possa fazer, me diga. Se estiver preocupada em pagar o aluguel, não fique. Sabe que não preciso do dinheiro. Só preciso de uma colega de apartamento para que meus pais pensem que estão me mantendo longe de problemas.

Regina a olhou, surpresa.

— Obrigada, Carly. Agora me sinto mal por não cumprir minha parte no trato... A parte de mantê-la afastada de problemas.

Carly riu.

— Ora, isso *sim* seria um emprego em tempo integral.

— Sério... obrigada. Mas não posso aceitar isso. Vou encontrar um emprego.

— O que Sebastian disse?

— Ainda não contei a ele.

— E por que não? Ele provavelmente poderia mexer uns pauzinhos para você e arrumar uma coisa em algum lugar.

Ela não contara a Sebastian porque não queria dar a impressão de correr até ele diante de um problema. Não se importava em ser indefesa na cama. Mas na vida real era diferente.

Como que prevendo o que ela iria dizer, Carly falou:

— Olha, eu entendo toda essa história de não-querer-que-ele-te-veja-em-um-momento-de-fraqueza. E você é esperta nesse sentido. Mas o cara realmente gosta de você. Percebi isso na noite em que ele apareceu aqui depois que vocês brigaram.

Regina assentiu.

— Sim, sei que ele gosta de mim. Por um tempo, eu não sabia. Mas agora sei. É claro que tenho que contar a ele, e vou fazer isso. Só preciso processar essa história primeiro. — Ela olhou no relógio.

— Na verdade, ele vai me pegar na frente da biblioteca daqui a uma hora. Não posso mais adiar.

Ela pegou o iPhone e discou o número dele. Caiu direto na caixa postal.

— Ele não está atendendo. Tenho que encontrá-lo lá. Vou esperar do lado de fora, na frente dos leões.

— Os leões?

— É, você sabe. Os grandes leões de pedra que ficam na base da escadaria?

Carly fez que não com a cabeça.

— Não lido com bibliotecas, Regina. Quer dizer, fala sério.

* * *

APESAR DE SUA INTENÇÃO de se esconder na frente dos leões até ver o carro de Sebastian, o metrô a deixara na biblioteca às quinze para as seis, e ela não podia ficar parada durante o tempo que faltava para ele chegar. Decidiu que conversaria com Margaret. Regina percebera que nem mesmo tinha o telefone dela. E duvidava que Margaret tivesse um endereço de e-mail. Nem mesmo sabia quando seria seu último dia de trabalho, e isso lhe provocou um pensamento apavorante de que talvez nunca mais a veria. Sabia que aquilo era irracional, mas esse pensamento a motivou a subir as escadas — arriscando encontrar Sloan — e entrar na biblioteca.

Regina teve a ideia paranoica de que os seguranças a pediriam para sair, mas lembrou a si mesma de que estava em uma instituição pública e que não havia sido presa — apenas demitida. O segurança que a cumprimentava toda manhã provavelmente nem sabia disso ainda. Como previsto, ele acenou enquanto ela corria pelo saguão e subia a escadaria rumo ao quarto andar.

Regina passou pela Sala Barnes, evitando olhar lá para dentro. Se Sloan descobrisse a libertinagem que acontecera ali, teria sido demitida semanas antes.

A sala dos arquivos estava aberta. Regina bateu no umbral da porta para não assustar Margaret. Quando não obteve resposta, entrou.

— Margaret? — chamou.

— Aqui atrás.

Regina a encontrou em uma escada alta, substituindo ou pegando um livro pesado de uma prateleira que ela não alcançava.

— Cuidado! Deixe-me ajudá-la com isso.

Regina correu até ela, e Margaret olhou para baixo.

— O que está fazendo aqui? Soube que foi praticamente conduzida para fora da biblioteca — disse ela, com um sorriso.

Regina a olhou, confusa.

— É claro que estou exagerando. Mas você sabe como os boatos correm. — Ela desceu devagar da escada. — Nunca pensei que veria o dia em que chegar às minhas prateleiras preferidas fosse dar tanto trabalho. — Ela respirava com dificuldade. E espanou as mãos no vestido. — O que aconteceu, querida?

— Um desastre — explicou Regina, tentando reprimir as lágrimas que jorraram pelas últimas cinco horas. — Faltei um dia, depois cheguei atrasada e... acho que o verdadeiro motivo é que Sloan tem ciúmes da minha relação com Sebastian.

Margaret assentiu.

— Eu tentei te avisar.

— Eu sei. Quando me contou sobre o colar.

— Confesso que não imaginava que chegaria a esse ponto.

— Não sei o que fazer.

— Se precisar de referências, eu as darei de bom grado. Sloan pode ser sua chefe, mas estou aqui tempo suficiente para abrir algumas portas. Quem sabe uma organização sem fins lucrativos?

— Ah, Margaret. Você tem sido maravilhosa. — Margaret a abraçou, e Regina respirou fundo algumas vezes para se acalmar. — Quando será seu último dia? — perguntou. — Tive medo de não conseguir entrar em contato com você.

— Trabalho até sexta-feira, dia do Prêmio de Ficção Young Lions. Mas por que acha que não conseguiria falar comigo? Pode me encontrar no Twitter.

— Twitter?

— Sim. Ou no meu novo blog de resenhas literárias.

— Você começou um blog?

Margaret assentiu e foi pegar uma caneta e uma folha de papel. Escreveu seu número e o entregou a Regina.

— Verei você em breve. Deixe a poeira baixar antes de tomar qualquer decisão sobre o que fazer. Às vezes é bom começar um novo capítulo.

— Mas você está no mesmo emprego há cinquenta anos.

— Sim, e se eu posso enfrentar a mudança, você também pode — disse Margaret, os olhos azuis brilhando. Ela apertou a mão de Regina.

— Não é a mudança que não consigo enfrentar, é o fracasso.

— E você fracassou? Só o tempo pode dizer se foi um fracasso. Em um ano, dois, cinco... quem sabe como olhará em retrospecto para essa época. Pode ser a guinada para o resto de sua vida.

42

Ela viu a Mercedes assim que saiu da biblioteca. Sebastian estava ao volante.

Mesmo de longe, sentiu os olhos dele enquanto descia a larga escadaria. Ao se aproximar, ele saltou do carro e abriu a porta para ela. Bastava vê-lo para se sentir melhor — o primeiro momento desde a demissão em que ela não sentia o tremor consequente do pânico.

Ele a puxou em um rápido abraço, antes deixá-la entrar no carro. Quando voltou para o volante, ela soltou:

— Tentei ligar para você mais cedo, mas caiu direito na caixa postal.

Ele assentiu, conduzindo o carro através da apinhada pista central.

— Desculpe... passei o dia todo com as fotos que tiramos ontem à noite. Eu não queria distração nenhuma. — Sebastian olhou para ela e abriu um enorme sorriso.

— E como ficaram? — perguntou ela, apreensiva.

— Estou levando você até minha casa para que veja com os próprios olhos.

A excitação dele era palpável e contagiante. Ela abriu um leve sorriso em retorno.

— Tudo bem então. — concordou Regina.

Ele apertou sua mão.

— E o que está havendo?

Será que ele havia percebido que tinha algo errado? Será que ela se parecia com alguém que tinha acabado de ser demitida?

— Bom, Sloan me demitiu.

Ele riu.

— Ela não pode fazer isso.

— É claro que pode — disse Regina, frustrada. — Ela é minha chefe. Você nunca trabalhou em um emprego de horário fixo, então não entende.

— Vou falar com ela — replicou ele incisivamente, como se isso resolvesse tudo.

— Não! — Regina ficou mortificada com a ideia. — Por favor, não faça isso. Mesmo que *pudesse* obrigá-la a me readmitir... E este é um grande *se*... Seria um inferno para mim. Eu só preciso... deixar para lá.

A Quinta Avenida estava engarrafada por causa da hora do rush. Sebastian virou a oeste.

— Não concordo com você. Quer seu emprego de volta ou não?

— Você não entende, Sebastian... eu estraguei tudo. Queria esse emprego mais do que qualquer outra coisa.

— Você não fez nada para merecer ser demitida.

— Obviamente fiz. Ela ficou com ciúmes de você e de mim, e depois eu dei a ela uma desculpa para me demitir. Foi idiotice minha — constatou, sentindo-se sufocada de novo.

— Política ruim de escritório — concordou. — Está arrependida de ter se envolvido comigo?

Ela negou com a cabeça.

— Não. Nem por um minuto.

— Bom, mesmo que esteja, acho que quando vir as fotos, vai mudar de ideia.

✳ ✳ ✳

Sentada à mesa de jantar de Sebastian, repleta de fotos reveladas, Regina mal reconhecia a criatura bonita, confiante e altamente erótica que a encarava de volta em um preto e branco acentuado.

De algum modo, ela *incorporara* Bettie Page, mas de forma mais sombria e perigosa.

Cada foto parecia revelar uma camada diferente dela, e a sequência na qual Sebastian as organizara criara uma progressão excitante de dominação e desejo.

As fotos eram, ao mesmo tempo, inquietantes e emocionantes.

— Nem acredito — disse ela.

— Eu sim. — Ele andava atrás dela e olhava por cima de seu ombro de vez em quando. — Não a pressionei sobre ser fotografada para deixá-la pouco à vontade ou para exercer algum tipo de controle. Tinha um pressentimento de que o resultado seria algo especial. — Ele puxou uma cadeira para se sentar ao lado dela, pegando sua mão. — E eu tinha razão.

— São tantas fotos.

— Eu sempre tiro várias; então isso não é nada extraordinário. O notável é que todas são boas. Quase todas. Às vezes faço um ensaio e só algumas são aproveitáveis; então tenho muito menos flexibilidade em termos do que apresento. O que temos aqui é ouro puro. — Ele olhou-a com muita seriedade. — Não quero que se preocupe com nada. Nem com seu emprego, nem comigo... nem com a gente.

Ele segurou o rosto, olhando em seus olhos com uma intensidade e um foco que exigiu o mesmo dela. Isso lhe deu a palpitação habitual no estômago, e ela viu nos olhos dele o desejo de sempre, mas também algo mais. Havia algo de diferente no modo como ele a olhava, e ela percebeu que, pela primeira vez, havia certa admiração.

Sebastian baixou a cabeça e beijou seu pescoço, provocando-lhe um arrepio. Regina estremeceu e se inclinou enquanto ele a abraçava. Ela sentiu o cheiro dele, e o corpo dela se inundou de desejo, apesar das dores que ainda sentia da noite anterior.

Ele a beijou na boca com avidez, como se estivessem separados há semanas. Desabotoou seu sutiã, a mão vagando sob sua blusa para encontrar os mamilos duros. Ele os esfregou sem parar até que ela soltou um leve gemido, e só então abriu sua blusa, puxando-a tão rudemente que alguns botões se romperam, caindo no chão com um leve estampido.

Os lábios e a língua dele trabalhavam em seus seios, brincando com os mamilos no início, depois chupando-os com força até doerem. Ela perdeu o fôlego, as mãos em seu cabelo, maravilhada que seu corpo agisse como seu pior inimigo, querendo-o desavergonhadamente apesar da dor da trepada de menos de 24 horas antes. Mas, como de hábito, ela sentiu a umidade escorregadia entre as pernas e se contorceu de desejo.

Sebastian se levantou, e ela sentiu a lufada de ar contra os mamilos molhados e machucados. Ele jogou as fotos de lado e a colocou na mesa. Desabotoou sua saia e a tirou, deixando-a cair no chão junto com sua calcinha.

— Vá para a beirada — disse ele, com a voz embargada de desejo. Ela deslizou para baixo, as pernas penduradas na lateral da mesa. Ele se sentou na cadeira e abriu as pernas dela, inclinando-se para lamber sua vagina com um longo golpe da língua. Ela gemeu e arqueou as costas, e ele deslizou um dedo para dentro dela.

— Ai, Sebastian — sussurrou ela. A língua dele se agitava contra seu clitóris, enquanto o dedo entrava e saía. Ela sentiu as mãos puxando o cabelo dele, a própria pélvis movendo-se firme e com ritmo. Sua mente zumbia como um motor, todos os pensamentos dispersos e sem sentido. Quando ele subiu na mesa e Regina pôde sentir seu pau roçando contra sua vagina, ela era um nervo exposto, e só podia sentir alívio quando ele a penetrasse. Ela abriu mais as pernas, agarrando quase freneticamente as nádegas de Sebastian. Pensou que ele a provocaria, e sabia que, se ele a fizesse esperar, não iria suportar. Mas felizmente ele a penetrou, e a sensação foi tão dura e rápida que ela sentiu o espasmo na vagina quase de imediato, agarrando-o em meio a um orgasmo tão forte que teve um instante de pânico com a perda de controle. Gemia palavras sem sentido, e em troca ele murmurava algo, seus rostos grudados, até que o jorro de palavras dele transformou-se em um som alto, assustando-a enquanto o corpo dele se sacudia e a penetrava em uma exibição quase violenta de seu próprio êxtase. Depois disso, Sebastian ajeitou-se de maneira que suas costas ficassem contra a mesa dura, e ela se aninhou nele.

— Não vou conseguir andar — disse ela, de brincadeira·

— Eu te carrego — respondeu ele, puxando-a para mais perto. E Regina sabia que ele não estava brincando

43

REGINA PASSARA INCONTÁVEIS vezes pela Front Page Books, na esquina da West Fourth Street, e sabia que tratava-se de uma das poucas livrarias independentes que restavam em Manhattan. Naquela manhã, a caminho de seu apartamento depois de quatro noites seguidas na casa de Sebastian, notou uma vitrine com os indicados ao Prêmio de Ficção Young Lions, incluindo um dos títulos que recomendara como finalista. Sentiu que era um sinal e abriu a porta de vidro, fazendo soar um sininho. Um gato malhado veio correndo e contornou seus pés.

Regina abaixou e acariciou a cabeça macia do animal. O gato se esfregou em suas pernas, o rabo elevado.

— Merlin, venha cá — chamou uma mulher atrás do balcão da frente. Vestia camiseta, jeans e muitas joias turquesa. Parecia jovem, com menos de 30 anos, mas seu cabelo era quase inteiramente grisalho. — Desculpe, não sei o que deu nele ultimamente. Depois de dez anos, ele de repente começou a receber cada ciente, e nem todos querem este acréscimo à sua experiência de compras. — A mulher se aproximou e pegou o animal que ronronava alto nos braços. — Posso ajudá-la em alguma coisa? — perguntou, quase como um segundo pensamento.

No início, Regina não sabia por que exatamente tinha entrado na loja. Mas, assim que a mulher perguntou se podia ajudar, a resposta ficou evidente.

— Estava me perguntando se teria alguma vaga de emprego.

— É possível — respondeu a mulher. — Tem alguma experiência?

— Sou bibliotecária — disse Regina, sentindo-se bem ao falar aquilo.

— Ah, nossas pobres e dilapidadas bibliotecas. O que vamos fazer com todos esses cortes de verba? Sem bibliotecas, sem livrarias. A história verá isso como o declínio de nossa civilização. Dizem que é possível julgar uma civilização por sua arte, e não pela política, sabia?

— Vi os indicados para o Prêmio de Ficção Young Lions na vitrine.

Ela não mencionou que fizera parte do comitê de seleção.

— Qual é o seu nome? — perguntou a mulher.

— Regina Finch.

— Deixe seu telefone, Regina. Ligarei para você depois de falar com minha sócia. Melhor ainda... — A mulher colocou Merlin no chão e voltou ao balcão, acenando para Regina segui-la. Mexeu em uma gaveta e entregou um cartão de visitas a Regina. — Meu nome é Lucy. Me mande seu currículo por e-mail.

— Ótimo — agradeceu Regina, tentando conter a empolgação. — Mandarei. Obrigada!

Na rua, Regina andou rapidamente de volta ao apartamento. Mal passara tempo em casa durante as últimas duas semanas, mas hoje tinha reservado o dia para uma séria busca por emprego e sentiu que a Front Page Books tinha sido um começo promissor. Mandaria seu currículo para Lucy e, se parecesse ansiosa demais em fazê-lo cinco minutos depois de seu encontro, que assim fosse. Sentia falta dos livros e queria encontrar seu lugar trabalhando com eles. Como tentara explicar a Sebastian, aquilo não era apenas o que ela precisava, era o que ela queria profundamente. Subiu a escada, torcendo para Carly estar em casa. Não falava com ela havia dias.

— Olá, estranha — saudou Carly quando Regina entrou no apartamento. Sentiu uma pontada de culpa. Na noite anterior, ela lhe mandara um torpedo dizendo *me ligue imediatamente*, enquanto ela estava no cinema com Sebastian. Regina pensou em responder depois do filme, mas acabou esquecendo.

— Oi. Desculpe por não ter te respondido ontem à noite. Eu estava no cinema, depois...

— Não diga mais nada — tranquilizou-a Carly, gesticulando. — Posso imaginar como são as coisas no ninho de amor com Sebastian. Aliás, sua mãe ligou, tipo, dezenove vezes.

Regina suspirou. Evitara falar com a mãe desde que fora demitida. Se admitisse que agora estava desempregada, a campanha da mãe para que voltasse para casa seria dolorosa e incansável

— Me desculpe.

— É sério, dê seu celular para a mulher ou *eu* vou dar! — disse Carly, apontando o dedo em uma reprimenda falsa.

E foi quando Regina percebeu o diamante lapidado no dedo anular da mão esquerda de Carly.

— Ai, meu Deus! — Regina atravessou a sala a passos rápidos e pegou a mão de Carly. — É o que penso que é?

Carly assentiu, radiante.

— Ele fez o pedido ontem à noite. Por isso mandei o torpedo.

Regina puxou-a para um abraço.

— Parabéns! — disse ela, sentindo os olhos tomados de lágrimas de felicidade pela colega. E então ficou constrangida com o pensamento puramente egoísta que adentrou sua mente: agora ela não estava apenas desempregada; provavelmente estava prestes a se tornar uma sem-teto.

Seu telefone vibrou e ela se afastou de Carly para pegá-lo na bolsa.

— Desculpe, um minutinho. Alô?

— Onde você está? — Sebastian parecia meio sem fôlego.

— Em casa. Por quê?

— Pegue um táxi e me encontre na 66 com a Madison.

— Agora? Acabei de chegar em casa. — Ela entrou no quarto e fechou a porta. Pegou o laptop. — E tenho que mandar meu currículo...

— Não vai demorar muito. Eu te levo de volta depois, se quiser.

— O que tem na 66 com a Madison?

— A butique Gaultier.

Ela balançou a cabeça.

— E *por que* eu tenho que te encontrar na Gaultier?

— Porque achei o vestido perfeito para você — respondeu ele, como se fosse a réplica mais óbvia do mundo.

— Sebastian, eu não preciso de um vestido Gaultier. — Até Regina, que não tinha a menor noção de moda, conhecia Jean-Paul Gaultier e suas roupas provocantes. No mínimo, o conhecia como o estilista da lendária turnê *Blond Ambition* da Madonna, nos anos 1990.

— Claro que precisa. O que vai vestir no baile do Young Lions?

Regina afastou o telefone da orelha, dando aquele olhar irritado que teria dirigido a Sebastian se ele estivesse diante dela. Depois voltou a falar.

— Eu fui demitida, lembra?

— E daí? Ainda irá como minha acompanhante, não é? Agora entre num táxi. Tenho quase certeza de que mais excitante do que vê-la nua será vê-la neste vestido.

Regina sorriu.

— Tudo bem. Espere por mim aí. Chegarei assim que puder. — Ela desligou o telefone, abrindo o laptop para mandar seu currículo.

* * *

NÃO ERA TANTO UM VESTIDO, e sim uma confecção, uma fantasia de renda preta transparente do pescoço aos pés. Com a gola dobrada e mangas curtas, flertava com o conservadorismo. Mas o vestido inteiro grudava em seu corpo como uma segunda pele, abraçando suas pernas até a bainha aberta, terminando em uma delicada poça de renda a seus pés.

— Muito excitante, não? — comentou o vendedor, um homem negro e magro chamado Marcel. Tinha o cabelo bem curto e descolorido, quase branco, os olhos maquiados com delineador Kohl. Regina, com um recém-adquirido interesse por maquiagem desde o ensaio fotográfico, resistiu ao impulso de perguntar qual era a marca de seu delineador.

— Muito — concordou Sebastian.

Regina se olhou no espelho e foi obrigada a concordar com eles. O vestido era deslumbrante, e ela sentiu como se tivesse sido feito para ela. Só havia um problema.

— É muito, hum, transparente — ressaltou, declarando o óbvio.

— Você *poderia* mandar forrá-lo — disse Marcel lentamente, um rápido beicinho indicando que considerava isso um sacrilégio. — Mas, quando o Sr. Gaultier o mostrou na passarela, a intenção era realmente enfatizar a transparência da renda. — O vendedor pegou um fichário branco e o abriu em uma das páginas marcadas, mostrando uma foto do vestido no desfile da coleção de outono de Gaultier. A modelo o usara com um sutiã vermelho e uma calcinha fio dental da mesma cor.

— Nada feito — rebateu Regina. — Vamos a um evento em uma *biblioteca* — disse ela incisivamente a Sebastian, como se ele tivesse se esquecido disso.

Marcel assentiu, agora mais solidário ao ver que os pudores de Regina se deviam mais à ocasião do que à sua ignorância para moda.

— Se quiser manter o visual sem ousar demais, pode usar um sutiã tipo top e um shortinho por baixo. Pode ser vermelho ou, se realmente não quiser se arriscar, preto.

É claro que, por insistência de Sebastian de que ela usasse lingerie o tempo todo — e sua dedicação em provê-las —, Regina agora tinha uma imensa variedade para escolher. Teria achado praticamente qualquer cor para usar sob o vestido em sua coleção pessoal.

— Vermelho — disse Sebastian, sorrindo.

— Preto — retrucou Regina, cruzando os braços.

Ele olhou para Marcel.

— Vendido.

* * *

ELES ANDARAM PELA Madison Avenue de mãos dadas, passando pela Barney's, Calvin Klein e Tod's. Regina ajeitou a sacola Gaultier sobre o ombro.

— Podia ter comprado o vestido sem precisar me chamar — disse Regina.

Sebastian a olhou como se ela tivesse feito uma sugestão ultrajante.

— Sem que você experimentasse primeiro?

— Isso nunca o impediu.

— Tudo bem, você me pegou. Eu só queria uma desculpa para te ver.

— Eu saí da sua casa hoje de manhã!

— Exatamente. Isso já tem muito tempo.

Ela sorriu e balançou a cabeça. Enquanto andavam, as mulheres olhavam para Sebastian, em seguida para ela. Regina não sabia se o reconheciam das revistas ou dos sites de fofoca, ou se apenas o achavam lindo, ou se a visão de duas pessoas loucamente apaixonadas era suficiente para chamar atenção.

— Tem certeza de que me levar ao baile é uma boa ideia? — perguntou ela. — Sloan vai ficar furiosa.

— Não dou a mínima para o que Sloan pensa, e você também não deveria se importar. A única razão para eu não ter dito a ela exatamente o que penso sobre sua demissão foi você ter me implorado para não fazê-lo.

— Ficarei desconfortável lá — disse ela.

Ele parou de andar e a encarou.

— Não fique. Você pertence àquele lugar tanto quanto qualquer um. Você trabalhou neste evento e deveria aproveitá-lo.

Regina sabia que ele tinha razão. Ela não devia se importar com o que Sloan pensava. Não trabalhava mais para ela. Ir ao evento podia ser a melhor maneira de superar a antiga chefe.

— Além disso — continuou ele, pegando o rosto dela e beijando-a na boca —, eu tenho que ir... vou apresentar o primeiro indicado. E, se eu vou, você também vai; quero que esteja ao meu lado. Sempre.

Seu beijo ficou mais intenso, e ela apertou o corpo contra o dele. E então soube exatamente por que as pessoas estavam olhando.

44

A BELEZA IMPERIAL da biblioteca à luz do dia era transformada em algo inteiramente diferente à noite.

O Salão Astor, suavemente iluminado por seus lustres de influência romana, era uma arena majestosa de mármore branco e sombras dramáticas. Arrumado com mesas redondas e formais para acomodar os 250 convidados, Regina mal reconheceu o lugar por onde antes passara diariamente a caminho de sua mesa.

E tentou fingir que não notava a diferença.

De braço dado com Sebastian, ela disse a si mesma que não devia se sentir desconfortável no baile do Young Lions. Não era a mesma mulher que subira a escada com os olhos arregalados, no primeiro dia de trabalho. De certo modo, nem era a mesma mulher que Sloan demitira duas semanas antes. A cada dia, o amor de Sebastian — e sabia agora profunda e seguramente que era amor, como jamais vivenciara — ajudava-a a formar uma versão de si mesma que nem sonhava que pudesse existir.

— Esses eventos são muito mais suportáveis quando pulamos a hora do coquetel — comentou Sebastian, piscando para ela. De smoking preto, ele era uma visão, o epítome da beleza masculina. Ela sorriu para ele; em seus Louboutins estava a apenas alguns centímetros do nível de seus olhos. Ainda assim, ele podia beijar facilmente o topo de sua cabeça, o que fazia enquanto um fotógrafo da revista *New Yorker* tirou uma foto deles. A atenção a assustou, mas ela tentou não demonstrar.

— É melhor se acostumar com isso — avisou-lhe Sebastian, mas ela não tinha ideia do que ele pretendera dizer com isso. Certamente haveria temas mais dignos para os fotógrafos. Só na frente do salão, ela viu um grupo de jovens socialites de Manhattan, o ator Ethan Hawke (uma graça e com o cabelo vagamente desgrenhado, porém muito mais velho do que ela imaginava que fosse), Julianne Moore (deslumbrante em um vestido de seda cor de ametista) e Adam Levine, o vocalista do Maroon Five. De paletó de smoking e as tatuagens cobertas, ele se parecia com qualquer habitante comum de Nova York. O que assinalava seu status era a beldade loura meio ruiva e magra em seu braço que Regina reconheceu de um anúncio na Times Square da linha de lingerie da Calvin Klein. Sentiu-se grata a Sebastian por tê-la convencido a usar o dramático vestido Gaultier. Se vestisse qualquer coisa menos impressionante, teria se sentido um patinho feio entre cisnes. Por hábito, seus dedos acompanharam o cadeado do colar sob a gola de renda.

Ela olhou discretamente o salão, perguntando-se quando encontraria Sloan, temendo este momento. Mas, em vez de ver sua inimiga, ficou encantada ao ver Margaret, que conversava com um dos indicados ao prêmio de ficção e que estava elegante em um longo preto bordado e um colar de pérolas impressionante, com várias voltas ao redor do pescoço. Ela avistou Regina quase no mesmo momento e pediu licença para falar com ela.

— Estou agradavelmente surpresa em vê-la aqui.

— Pensei que tivesse dito que não viria — respondeu Regina, colocando a mão em seu ombro.

— Ah, eu não pretendia. Mas, em vista da minha aposentadoria, eles me deram uma espécie de prêmio. Teria sido falta de educação não vir. — Ela se virou para Sebastian, sorrindo calorosamente. — E como vai, Sebastian? Você está muito elegante... e mais parecido com sua mãe a cada ano que passa. Sei que ela ficaria orgulhosa do seu trabalho aqui.

Regina apertou a mão dele, preocupada com sua reação. Mas bastou um olhar para saber que, longe de tê-lo aborrecido, o comentário o fez corar de felicidade.

— Agora, se me derem licença, tenho que achar um garçom com uma taça de vinho branco. Não aguento esse coquetel ridículo.

Regina ouviu uma voz conhecida.

— Finch! — Ela se virou e viu Alex caminhando em sua direção com uma acompanhante, uma jovem magra exibindo um braço cheio de tatuagens e com o cabelo bem curto.

Regina reconheceu a mensageira.

— Você não telefona, não escreve... nem acredito que saiu daquele jeito — disse ele sorrindo, para mostrar que estava brincando.

— É, foi meio repentino. Alex, este é Sebastian. Sebastian, estes são Alex e...

— Marnie — apresentou-se a jovem, estendendo-lhe a mão.

Regina puxou a manga de Sebastian.

— Ela é a mensageira que entregava todas as suas encomendas — explicou, percebendo que os olhos de Marnie se arregalaram.

— *Você* era o cara? Amigo, valeu pelas gorjetas. Você pagou por isso. — Ela estendeu o braço e mostrou a tatuagem nova, uma frase que atravessava o antebraço: *A mente é seu próprio lar, e sozinha pode tornar o paraíso um inferno, e o inferno, um paraíso.* É uma citação de Milton, extraída de *Paraíso perdido* — explicou, orgulhosa.

— Sabe, eu te julguei mal — disse Alex a Regina. — Você deve ser muito ruim para ter sido demitida depois de três meses no emprego.

Regina não sabia como responder a isso, embora Marnie assentisse vigorosamente, concordando.

— Precisamos circular — disse Sebastian, apertando a mão de Regina. Ela levantou a cabeça e ele piscou para ela.

Um homem baixo mas de aparência distinta e cabelos grisalhos atravessou a sala para falar com Sebastian. Regina o viu primeiro mas, assim que Sebastian notou o homem, sua face se iluminou.

— Que bom ver você, Gordon. Quero lhe apresentar minha namorada, Regina Finch.

Regina sorriu com a escolha de palavras de Sebastian. O homem apertou sua mão.

— Regina, este é Gordon Mortimer, editor da Taschen.

Ela conhecia a Taschen, provavelmente a maior editora de livros de fotografia, arte e design do mundo. Sebastian tinha uma coleção considerável desses livros em seu apartamento: Dalí, Helmet Newton, David LaChapele, Roy Lichtenstein.

— Sebastian, vi sua exposição na Manning-Deere. Um trabalho fabuloso. Estive falando com seu agente, e ele foi muito reservado. Mas eu adoraria fazer um livro. Ele falou com você?

Sebastian fez que sim.

— Falou... e fiquei lisonjeado, adoraria fazer um projeto com vocês. Só não sei se as fotos de Astrid Lindall são o material certo para meu primeiro livro.

— Tem mais alguma coisa em mente?

— Talvez.

— Vamos almoçar na semana que vem. — O homem sorriu para Regina, e Sebastian apertou a mão dele. — Estou ansioso para conversarmos melhor.

Quando ele saiu do alcance, Regina se virou para Sebastian.

— Isso é tão empolgante — disse ela, apertando a mão dele. — O que você acha?

— Quero falar com você sobre isso depois.

Eles começaram a se mover pela multidão, e foi quando ela viu — ou melhor, sentiu — a encarada mortal de Sloan a 2 metros deles. Como um animal na selva, Regina devia ter sentido que Sloan a olhava, porque se virou bem a tempo de vê-la. Sloan estava com um homem de jeito tímido que tinha o braço em sua cintura e supôs que fosse o noivo dela, Harrison.

Puramente ao acaso, Regina fez contato visual. Ela rapidamente desviou o olhar, mas o estrago já estava feito. Regina conseguiu fazer a tradução do olhar feio, que dizia *saia da merda da minha festa, sua puta.*

— Ai, meu Deus — sussurrou Regina.

— O que foi? — perguntou Sebastian.

— Sloan.

— Ignore-a. Não pode deixar que ela a abale. E não vai poder evitá-la a noite toda. Ela vai se sentar conosco.

* * *

A MESA FICAVA PRÓXIMA do palco e claramente compreendia a lista VIP da noite. Regina ficou espremida entre Sebastian e o presidente da biblioteca. Na sua frente, Ethan Hawke divertia sua mesa com histórias do primeiro baile anual do Young Lions, em 1999. Regina mal conseguia vê-lo por cima do centro de mesa de lírios, mas acompanhava suas histórias com atenção extasiada. Ao lado dele, Sloan a fitava furiosa, fervilhando com uma raiva que, sem dúvida, era invisível a todos, menos a Regina.

A história de Ethan sobre os desastres, por pouco evitados, do primeiro baile foi acompanhada de um riso caloroso e incitou Harrison a contribuir com sua própria história de desastre iminente, aparentemente centrada na primeira vez que levou Sloan à Inglaterra para conhecer sua família e ela foi obrigada a participar da caça anual à raposa. Sua descrição dos eventos divertiu todos, menos Sloan.

— No fim, eu sempre digo a Sloan para não se afligir, e ainda assim ela sempre fica aflita, e as coisas sempre acabam magnificamente bem — disse Harrison.

— Talvez terminem "magnificamente" graças à minha aflição. Ou, como prefiro colocar, ao meu trabalho árduo — rebateu Sloan.

Se alguém mais na mesa percebera a tensão do diálogo, não houve sinal. Ethan respondia as perguntas sobre seu mais recente projeto, uma continuação do filme *Antes do pôr do sol*. Era a primeira vez que Regina ouvia falar a respeito do assunto, e tentou conter seu impulso de interromper e dizer o quanto tinha adorado aquele filme. Agora percebia que, quando o assistira, talvez fosse nova demais para apreciar plenamente sua exploração da nostalgia, das oportunidades perdidas e das concessões mais assustadoras da vida. Mas adorara o filme assim mesmo. Até esse dia, era o que a motivava a querer visitar Paris. Dissera a si mesma para mencionar isso a Sebastian. Talvez um dia eles fossem juntos.

Sebastian, embora segurando sua mão embaixo da mesa, estava conversando com a acompanhante de Adam Levine, que aparentemente fotografara alguns meses antes para a *W*. Houvera uma época, pouco tempo antes, que isto a teria deixado com ciúmes. Mas sabia que seu lugar na frente da câmera — e no coração de Sebastian — estava seguro. Quando escutou partes da conversa dele com a modelo, sorriu ao ouvi-lo falando sobre ela.

O presidente da biblioteca pediu licença.

— Vamos começar — disse ele, dando alguns passos até o palco.

O zumbido alto do salão aos poucos foi silenciando quando o presidente assumiu o microfone, dando a todos as boas-vindas ao 14º baile anual de gala do Prêmio de Ficção Young Lions.

— Antes de começarmos com a apresentação do primeiro indicado, quero agradecer a todo o conselho da curadoria, pois cada um fez milagres este ano para preparar este evento seis meses antes de sua data habitual.

A sala explodiu em vigorosos aplausos.

— E, agora, tenho o prazer de apresentar-lhes o presidente do conselho, Sebastian Barnes.

— Volto logo — sussurrou Sebastian a Regina e se juntou ao presidente diante do salão. Eles trocaram algumas palavras, as apresentações foram feitas, e um dos autores finalistas finalmente assumiu o microfone para ler trechos de seu romance de estreia.

Regina viu a elegância e desenvoltura de Sebastian na frente da multidão e sentiu os olhos de todas as mulheres cravados nele — especialmente os da loira que estava sentada bem diante dela. Enquanto ele voltava à mesa, o peito de Regina se encheu de amor e orgulho.

Sebastian não se sentou; em vez disso, tocou Regina de leve nas costas.

— Vamos tomar um ar lá fora — chamou ele.

Não precisou pedir duas vezes. Depois que ele voltou, ela estava ansiosa por um momento a sós com ele. Imaginou um beijo rápido — porém apaixonado — no saguão.

Sebastian andava rapidamente, levando-a pela mão. Nada disse até que saíram no pórtico.

A noite estava mais fria do que ela estava acostumada, e Regina tremeu. Sebastian tirou o paletó e colocou-o em seus ombros.

— Você parecia sob controle lá em cima — elogiou ela.

— Você mais do que ninguém sabe como eu fico quando estou "no controle".

Ela sorriu e assentiu.

— Você sabe o que eu quis dizer.

Ele se virou para Regina, esfregando os ombros dela.

— Está se esquentando?

— Sim — respondeu Regina, radiante. Os faróis dos carros iluminavam a Quinta Avenida. Ela respirou fundo, uma brisa soprava do leste.

— Regina, lembra-se do que aquele editor falou, certo?

— Sim, claro. É muito empolgante. Você sabia disso? Nunca tocou no assunto.

Ele fez que sim.

— Meu agente me contou há algumas semanas. Mas eu não tinha nada que quisesse colocar em um livro. Sentia que era cedo para fazer alguma coisa assim com a Taschen.

— Tudo bem. Sei que a oferta ainda estará de pé quando estiver pronto.

— Era isso que eu queria conversar com você. Estive esperando pela hora certa, mas encontrar Gordon esta noite... pareceu um golpe de sorte.

Ela o olhou de maneira questionadora.

— O que é? Está me deixando nervosa.

— Quero mostrar a ele as fotos que fiz de você. Para um possível livro.

Regina perdeu o fôlego. Apertou a mão contra o peito, dizendo a si mesma para se acalmar.

— Sebastian, você disse que eram só para você. Para nós — disse ela em um jato de palavras tão atropeladas que nem sabia se ele a entenderia.

— Eu sei. E ainda pode ser assim. Só estou lhe dizendo que são as minhas fotos favoritas entre todas que fiz na vida. As melhores, tenho certeza disso. A paixão e o amor que sinto por você transparecem naquelas fotos. Era isso era o que faltava em meu trabalho esse tempo todo. Eu amo você, Regina.

— Eu também te amo — disse ela, e ele a abraçou. Ela apertou o rosto em seu ombro, com cuidado para não manchar de batom vermelho sua camisa branca. Seus sentimentos por ele naquele momento eram tão grandes que deixaram clara qual deveria ser sua reação.

Ela estava orgulhosa do que haviam feito juntos. As fotos eram o resultado tangível de seu meio-termo, de encontrar aquele lugar onde eles podiam se amar e ainda amar a si próprios. Não havia nada de errado nas fotos. Não precisava insistir para que elas ficassem só entre os dois. E talvez, até que fosse capaz de verdadeiramente dá-las a Sebastian, ainda retinha uma parte de si mesma.

Regina queria que ele a tivesse por completo.

— Quero que mostre as fotos — disse ela.

Ele recuou e a manteve gentilmente à distância de um braço.

— Não precisa dizer isso. Eu amo você de qualquer maneira — respondeu. Ela sabia que ele tentava ser comedido, mas sua excitação era palpável.

— Eu sei que não *preciso* dizer isso. Eu fui sincera.

Ele baixou os olhos, depois voltou-os para ela, e Regina ficou chocada ao ver suas lágrimas.

— Você me deu um verdadeiro presente, Regina. E não estou me referindo apenas às fotos.

Ela se aproximou dele, abraçando-o. Estava tão feliz que sentiu que poderia explodir a qualquer momento.

Ele se afastou, e ela percebeu que Sebastian segurava uma caixinha azul. Uma caixa da Tiffany.

— O que é isso? — perguntou ela, sentindo o *déjà-vu* da noite em que ele lhe dera o cadeado. Ele sorriu para ela, seus olhos dançando. Ela rapidamente desatou a fita branca e abriu a tampa, encontrando uma chave de platina de cerca de 3 centímetros coberta de diamantes. Tirou-a da caixa e viu que estava em uma corrente.

Sebastian estendeu-lhe a mão, e ela percebeu que ele soltava o colar do cadeado. Ela o sentiu deslizar pelo pescoço. Ele o colocou na mão dela.

— Adoraria vê-la usando o novo — disse ele, fechando-o. — Você não terminou de olhar a caixa.

O fundo de veludo acolchoado que abrigara o colar estava vazio. Ela o olhou indagativamente, e ele pegou a caixa, tirando o forro. Ali, no fundo, havia uma chave de casa comum de bronze.

— O que é isso? — perguntou ela, confusa.

— A chave da minha casa. Achei que, com sua colega de apartamento a caminho do altar, você precisaria de um novo lugar para morar.

Regina pôs a mão na boca, abrindo um sorriso bobo que ameaçava explodir em gargalhadas de êxtase.

— Isto é um sim? — perguntou ele.

Ela assentiu, os olhos arregalados.

Ele a beijou suavemente nos lábios e recuou para falar.

— É claro que você entende que tenho regras na casa. Mas sei que você é obediente.

— Ah, eu sou?

— Sim, é — repetiu, puxando-a, a boca em seu pescoço. — Na cama, pelo menos.

Ele a pegou pela mão e andou até a beira do pórtico, em seguida desceram as escadas.

— Não podemos ir embora agora — disse Regina, parando.

— Claro que podemos.

— Quero ver Margaret receber o prêmio dela.

— Vai me fazer ficar sentado durante toda a cerimônia?

Ela sorriu, assentindo de leve.

— Tudo bem, pode me fazer assistir a tudo agora — concordou. — Mas, quando chegarmos em casa, vou me certificar de que você não consiga se sentar por uma semana.

— Promessas, promessas — disse ela, brincando e recostando-se nele.

Eles entraram de mãos dadas na biblioteca.

Este livro foi composto na tipologia Minion Pro,
em corpo 10,5/15,5, e impresso em papel off-white,
no Sistema Cameron da Divisão Gráfica
da Distribuidora Record.